书屋往事

袁超 著

中国工人出版社

图书在版编目（CIP）数据

书屋往事 / 袁超著. —北京：中国工人出版社，2022.6

ISBN 978-7-5008-7931-2

Ⅰ. ①书… Ⅱ. ①袁… Ⅲ. ①随笔－作品集－中国－当代 Ⅳ. ①I267.1

中国版本图书馆CIP数据核字（2022）第084328号

书屋往事

出 版 人　董 宽
责任编辑　宋 杨 李 骁
责任校对　丁洋洋
责任印制　黄 丽
出版发行　中国工人出版社
地　　址　北京市东城区鼓楼外大街45号　邮编：100120
网　　址　http://www.wp-china.com
电　　话　（010）62005043（总编室）
　　　　　（010）62005039（印制管理中心）
　　　　　（010）62379038（社科文艺分社）
发行热线　（010）82029051　62383056
经　　销　各地书店
印　　刷　北京市密东印刷有限公司
开　　本　880毫米×1230毫米　1/32
印　　张　10.875
字　　数　210千字
版　　次　2022年7月第1版　2025年11月第2次印刷
定　　价　48.00元

序

作家白落梅说："走过平湖烟雨，岁月山河，那些历尽劫数，尝遍百味的人，会更加生动而干净。"这句话无疑是《书屋往事》最好的注脚。

袁超先生的文字，有深思，有深意，有深情。

他的深思，见于怀古追今，寻访胜迹之时；他的深意，见于行游四海，横议中外之际；他的深情，见于沉吟往事，思亲忆友之间。

袁超先生的文字，淡泊如水，涵容如水。

他的淡泊，似风过疏林，声掠原野。不事雕琢，不求刻意。得真意，成自然。

他的涵容，似芥收须弥，烛照大千。海纳百川，和光同尘。绘众生，记万象。

他的文字纯净得如同婴儿，朴素得如同素丝。老子说："专气致柔，能如婴儿乎？"孔子说："绘事后素。"就像婴儿成就生命，就像素丝织就绸缎：至柔、至顺、至简、至淡，却蕴藏着最基础、最丰富的生机与活力。

袁超先生的文字，极类张中行“负暄”系列：形散神聚，非叙事琐屑，又非抒情呓语；刻画入微，如之如见其人，读之如临其境，如之如与其事；千人千面，非亲历者不能道之，非潜沉者不能道之，非深挚者不能道之。

《书屋往事》中，作者以文字构筑现场，投身当下以进入个人的历史。我们在书稿中可以看到一个读书行者，在时间与空间的双重浪游。

“浪游”一词，出自《浮生六记》。苏州城外还才不遇、籍籍无名的沈复，行踪遍及天下。山林古寺、海祭岭花，蜀山鄂水，流泉飞霞。不拘世俗、放浪形骸，乃沈复一生快意之事。

沈复说：”名胜所在，贵乎心得，有名胜而不觉其佳者，有非名胜自以为妙者。”王安石说：“夫夷以近，则游者众；险以远，则至者少。而世之奇伟、瑰怪，非常之观，常在于险远。”

袁超先生所游历的，是古城开封的月色，是丽江客栈的灯火，是溱洧之畔的吹歌，是阿里山下的落樱，是嵩山一角僻静的潭水，是永泰寺的雪……

山水怡情，云烟过眼，真正的游历，的确无关名声，无关远近。他游的是历史、是今昔，是感慨。他关注的是人间烟火，因为有所思，文笔亦更流畅和富于哲理。

但袁超先生的步履、眼界，实已远迈沈复和王安石。

北海道的居酒屋、斯洛伐克街头的古米尔雕像、河内街头的摩托大军、捷克的卡夫卡旧宅、克罗地亚的菜市场与卖蜂蜜的老妇人、旧金山的圆石滩、内乌姆的大巴司机、开城的午餐……

异域风情，迥异中华。但在他笔下的，却从未复读历史、复述名胜。宏伟的传说、神化的伟人、辉煌的建筑，都只是作为游历的点缀。他目光所及，依旧是最普通的人、最普通的生活、最普通的态度、最普通的关怀。从这些普通和细微之处，像水滴一样折射出不同文明的光辉。

袁超先生繁华历尽，始见真淳。

他笔下是风风火火的邵敬春大姐，是含辛茹苦的姑姑，是天人永隔的至交好友，是利落优雅的读书会主持，是曾经留着小胡子的自己……这是一篇篇绝好的“人物列传”，在这里，我们读到了一个个平凡而鲜活的灵魂，与他们的多味人生、悲欢喜怒。

他笔下是筚路蓝缕享誉全国的职工书屋，是知青时代的峥嵘岁月，是芒种时的小麦与夏日的玉米地，是城墙根下的演出……

当作者在写作中回溯时，“岁月“一词，于他而言，并不是一个“过去时”，而是“进行时”，甚至是“将来时”。是他过往的思绪与当下的思考、未来的期待的交织。而这些交织点，封存着最真实、最珍贵的记忆片段。

一个人不必是诗人，但生命里需要拥有诗意。

“时间是由浅向深，人生是由薄向厚。”

裴　涛

2022 年 6 月 12 日

目
录
/

4

书屋往事

书屋往事

从郑州火车站走下火车，我拖着行李箱没有出站，不由自主地走进了车站大楼四楼的职工书屋。

火车站四楼这条走过多次的走廊很宽敞，走到头就是一个大厅，大厅门上挂着一个金黄色的铜质匾额，上面四个火红的大字“职工书屋”闪着亮光，落款是中华全国总工会。

心里蓦然欢喜。仅这样全国级别的职工书屋，经我手建成的，目前已有 400 多间了，省级级别的也早已超过 1000 间了。

脸上不露声色，心里却暗自得意。从二十世纪八十年代工会开展振兴中华职工读书活动，到九十年代开展职工自学成才活动，再到此前正在大力推广的职工书屋建设活动，甚至延伸开展的职工书法、绘画普及活动……

在提升职工素质的漫长道路上，每一段都留有自己若隐若现的足迹。

走进郑州火车站职工书屋大厅，里面各种书架摆放得整齐有序、错落有致。这个时间段正是车站职工换班时间，一张大大的阅览台边，已经坐着不少阅读者。管理员小牛在忙着给借书者登记。

我在一个角落里找个空座位坐下来，顺手拿起一本杂志翻阅。

今天是第 23 个世界读书日。几天前我就盘算着写点什么用以纪念，可思来想去却无从下笔，只好作罢。

刚才在安阳东高铁站候车室刷屏，偶然看到有同人转发的朋友圈里全国总工会发布消息，今天是全国职工书屋建设 10 周年纪念日，并公布了十年来职工书屋建设大事记。

大事记清清楚楚地记录着，职工书屋的发源地是河南省安阳市的内黄县总工会。

这条信息让我一下子兴奋起来，十年来牵肠挂肚的大事，不正是值得在这样的日子里来回忆与书写吗？而我竟在忙乱中一时没有记起。

坐在阅读桌前，翻开的那本杂志竟一页也没看进去，书屋建设的往事像电影画面一样一帧帧地出现在眼前。

那是 2006 年夏天的一个下午，我正在报社审稿，时任内黄县总工会主席邵敬春突然闯进我的办公室，一脸兴奋地对我说：“成了，中国工人出版社答应了，哈哈哈！”

邵大姐是个高声大嗓门的人，她那一嗓子，估计半个楼层都听见了。那个兴奋劲儿，像红薯地里刨出个金元宝。

她是全国总工会执行委员会委员，刚刚去北京出席了全国总工会执委会会议才回来。去北京前她专门来见过我，告诉我，她想在县里的企业和机关单位建立一批小型图书室，让职工有个学习的地方。她准备利用这次去北京开会的机会，找中国工人出版社的社长张帆商量商量，请中国工人出版社支援一批图书，问我有没有可能性。

邵主席是个“人精”，看着大大咧咧，其实心思很细。考虑问题总是有独到眼光，而且做事风风火火，热情极高。她想办成的事，再难的事也阻挡不了。

其实这事她已几次跟我说过，而且我还知道，她已经与张社长进行了多次电话沟通。她来找我并不是征求意见，而是我俩三观相近，是想让我为她的奇思妙想鼓劲加油而已。

我告诉她，一是全国总工会下达的为职工服务的标准要求很高，二是图书配备也需要专业、规范，只能去碰碰运气了。

谁知她在京三天，竟然把事办成了。她提出的在全县企事业单位办 30 家小型图书室的要求被照单全收。企事业单位出房子，中国工人出版社无偿配备图书，作为全国一个试点，先行试验。

看来天下的好运气，都是给有心人预备的。

后来得知，中国工人出版社为服务工会大局拓展文化事业动了很多脑筋，也想到与地方工会结合发展的思路，正巧与前来求援的邵主席不谋而合。

很多重要事件的发生都是这样，天时、地利、人和恰巧遇到一起，奇迹便发生了。事件成了重要事件，人物也成了重要人物。

经过半年紧锣密鼓的筹备运作，临近年底时，建在全县基层机关企事业单位的30家小型图书室正式落成。为了区别于县图书馆和个别企业图书室，让员工有种家庭的亲切感，邵敬春给这些图书室起名为“职工书屋”。

2006年底，时任全国总工会副主席黄彦蓉亲临内黄县为“职工书屋”揭牌。

我带人随队采访时，悄悄把邵敬春主席拉到一边问：“‘职工书屋’这名字不‘土’吧？”

她大大咧咧地说：“俺县里人都习惯把家里房子叫屋，土语，亲切，亲切。”

她哪里会想到，这随心所欲的一句“亲切”，竟叫响了全国，叫响了工会一个时代的品牌。

2007年6月初，内黄县又迎来一个丰收年。刚刚收割完毕的麦田还是黄黄的一片麦茬，铺天盖地的枣林正洋溢着枣花的青涩香气。

在全国总工会宣教部和河南省总工会多次考察汇报的基础上，时任全国总工会副主席乔传秀带领四位部门负责同志到内黄县就推进内黄职工书屋建设经验、全面部署全国职工书屋建设做决策前的深入考察。

那天，无论是主场的县工人俱乐部，还是各个企业、乡镇的职工书屋门前，都是彩旗飘扬，锣鼓阵阵，整个内黄县就像过年一样热闹。职工书屋的借书登记表和读书笔记任人翻看。领导们的笑声和夸奖声压过了欢快的锣鼓声，极大地鼓舞着内黄县的职工们。

2008 年初，全国总工会正式做出在全国开展职工书屋建设的决定。

那年五一前夕，第一批职工书屋配书到达各地，职工书屋建设遂在全国普遍推开。

趁着到中原油田职工书屋考察的机会，我晚上专门跑了二十多公里来到内黄县给邵敬春主席庆功。

我俩在街头一家小餐馆点了一份烧灌肠，我从兜里掏出半斤“红旗渠”，边喝边给邵敬春开玩笑说：“你可是把天上的星星摘下来一颗啊！”

邵大姐一改平时的大嗓门，平静地对我说：“其实我一直记着你说过的一句话，‘一个农民工，没文化、没技术，咱不帮他提升素质，不仅生产不出合格产品，最终也很难改变他自己的命运’，唉，这句话时时刺激着我。”

是啊，农民工的命运，一定程度上说，就是国家的命运。

五年之后，我带队到江苏太仓市交流职工书屋建设经验。

晚上用餐时，县总工会主席小声跟我诉说委屈：“其实凭太仓市工会的经费实力，十个内黄县也赶不上，况且我们职工书屋建设下手也不比内黄县晚，怎么让他们抓住先机了呢？”

这事，谁说得清呢。

河南是职工书屋的发起省份，推广职工书屋建设便成了工会的主要工作之一，更成了宣传教育部门的大事。

说来也巧，算我与书屋有缘，那年七月份，我同时兼任了河南省总工会宣教部部长一职。

调查研究、制定策略，一个地市一个地市地跑，一个企业一个企业地看，房间够不够标准、书架够不够规范、企业配书和资金达不达标、环境设计有什么特色……

选书必须符合职工的特点和喜好，图书要一本一本地确定。煤矿企业职工爱看什么、电力企业职工有什么偏好、大城市职工怎么提高读书品位、乡镇职工有什么不同需求……

当一包包图书运到企业，当一架架图书摆在书屋，当众多职工坐在书桌前读书时，我眼前一片春暖花开。职场上的烦恼、生活中的不快瞬间烟消云散。

中国人讲究与人为善，天下有什么事能比助人读书、劝人读书、供人读书的事更善呢？

十年，淬炼着一个人的心志境界；十年，也滋养着新一代员工的文化素养。

爱因斯坦曾说过：“人的差异在于业余时间。业余时间生产着人才，也生产着懒汉、酒鬼、牌迷、赌徒。由此不仅使工作业绩有别，也区分出高低优劣的人生境界。”

当一批批生产技术骨干、能工巧匠捷报频传的时候，当河南的经济发展、社会进步再攀高峰的时候，站在人群中鼓掌的自己，心里热乎乎的。

我想起普希金的一句名言：“人的影响短暂而微弱，书的影响则广泛而深远。”

这还不够吗？

正思考间，有三个身穿列车乘务员制服的年轻职工，拉着几个黑色拉杆行李箱走进职工书屋。行李箱上用白色印刷体写着“流动书箱”几个字。

那个拉箱子的男列车员对管理员小牛说：“牛姐，书箱放这儿了，一本不少。”另一位女职工说：“牛姐，我们想换的书目也放在箱子里了，明天出车的时候，我们来带走哦，谢谢。”

小牛过来接收拉杆箱时，抬头看见了我，轻声问候说：“袁哥好，你来了怎么也不说一声呢？”

我随口问道：“对于这些书箱，最近职工有什么反应吗？”小牛回答说：“跑车的职工可方便了，换班休息时睡不着，打开书箱挑本书看看，不少职工都习惯了。”

职工书屋发展到今天，不少企业工会组织根据各自的特点和职工需求，又有了新的改进和发展。像洛阳一些企业的“职工书角”、安阳许多学校教研室里的“职工书架”、濮阳商场的“职工书包”等，都是为方便职工读书进行的创造。

伸手就能拿到，翻开就能读到，给职工读书创造了太多的方便。世上有许多爱书如命的人，也有不少不爱读书的人。如何给爱读书的人提供更多方便，给不爱读书的人创造读书氛围，引导其逐渐养成读书习惯，这确实是需要动脑筋的事。

当然，现在还有网上阅读、电子书屋等，只是总觉得不如坐在窗前手捧一本书，沏上一杯茶更舒服。

车站广播里不时发布着火车进站、出站的消息，我心里的波浪也随着广播声不停地翻腾。

离开这个岗位了，还心心念念地挂牵着这些往事。无怪乎有朋友笑着逗我：“人家都在谋求更大的发展空间，你却还在这些具体事上自我陶醉。”

唉，这也许就是一个读书人的宿命吧。

生命由薄变厚，由厚变薄。如烟的岁月里，知书的人和书屋早已成为不离不弃的知己，默默静守着这份书香。

其他的，随缘吧。

（2018 年 4 月）

12

在枣花盛开的季节里

在枣花盛开的季节里，我来到了枣乡内黄县，来看看枣树开花的样子，也来看看邵敬春。

敬春大姐个头儿不高，一头浓密的短发，两只不大的眼睛闪着亮光，透出干练与执着。她虽已退休，却一如既往的精神抖擞，一如既往的风风火火，人还没到跟前，爽朗的笑声和洪亮、沙哑的嗓门就先传了过来："人家都去洛阳看牡丹，你们却来内黄看枣花，真是稀罕啊。欢迎欢迎！"

要说也是，专程跑几百里来看枣花？这事儿确实很少听说。

嘴上说是来看枣花，其实我们心里都有个小九九。全国职工书屋建设已经开展整整十年了，从北京、上海到乡村街道；从央企国企到乡企民企，职工书屋如雨后春笋般遍布神州大地，已经成为工会闪闪发光的重要品牌。在纪念职工书屋建设十周年的日子里，我们非常想知道，枣花盛开的内黄县，施了什么样的"魔法"，竟能神奇地孕育出这么一个金灿灿的品牌来。

在敬春大姐的陪同下，我们漫步在一望无际的枣林里。

内黄县有46万亩枣林，分布在17个乡镇。在枣花盛开的季节里，行走在内黄的土地上，空气中弥漫着醉人的枣花清香，还有那一望无际的金色麦浪。

看着画卷一般的麦田和碧绿的枣林，心情格外清爽，我想起清代诗人张祖继的《田家夏日》："雨觳风胎燕雀忙，隔溪村锁枣花香。田家此际尤辛苦，禾正开锄麦又黄。"

小满过后，枣花淡淡的清气便随着微风在内黄上空悠悠飘散着。一串串密密麻麻的米黄色枣花藏在碧绿的枣叶丛里，若不是忙忙碌碌的蜜蜂在繁花嫩叶间嗡嗡地飞来飞去，还真不容易发现枣花开放的景象，让人产生一种不可名状的感叹。这些枣花不娇不艳，花朵又特别小，一簇簇挂在枣叶缝隙间，单从赏花的角度的确没啥可看。试问资深赏花人，几人能说出枣花有几个花瓣？

蜜蜂才是最识相者。

我不露声色地问敬春大姐，当初怎么就一门心思搞起"职工书屋"建设了呢？

敬春大姐手扶着一棵枣树，习惯地甩了一下散乱在眼前的短发，说，那是2006年五一前夕，她被特邀参加省里的党代会，省委书记提出要努力提高职工素质的要求，她就记在了心里。回来后就绞尽脑汁地盘算着如何抓好落实。

提高素质就要读书。县里的图书馆图书不多且手续繁杂距离职工太远，很不方便一般职工特别是农民工阅读。怎么办？

她一趟趟地穿过枣树林，到各家企业和乡镇调研。

功夫不负有心人，当枣花布满枝头，蜜蜂围着枣林嗡嗡飞的时候，敬春大姐也已胸有成竹。

企业、机关清扫出两间闲置的屋子，摆上几书架的书，就放在职工身边。小巧、灵活，伸手即可拿到，翻开就能阅读，还有家的感觉。

她是个办事从来不拖泥带水的人，看得准，脑袋活泛，下手快，心胸足够大。

抓落实毫不放松，说干就干。她的计划，是要在内黄县建30个职工书屋，半年内完成。

屋子的事有谱了，上哪儿去搞那么多书送到这些书屋中，就成了摆在她面前最大的困难。毕竟，以一个县工会的财力与实力，不可能完全承担。

于是，她立即北上找中国工人出版社寻求支持。

当时的中国工人出版社正在进行围绕职工需求、探索出版业发展方向的研究，时任社长张帆也正有依靠各级工会引导职工读书的想法。两人一拍即合。

只是张社长觉得这事儿难度一定不小，一口气协调30个单位腾出空间建设书屋，怕邵敬春主席吃不消，于是建议她先建10家作为试点，看看效果再说。

“不，就30家。县里各单位的工作一定在半年内保质保量完成。我保证！”邵敬春斩钉截铁地说。

任何工作就怕盯住不放，就怕较上劲。

我在县里工作过，知道基层干部讲究“粗粗嘞，虎虎嘞，雾雾嘞”，才能与群众打成一片，文绉绉地说些官话没人理睬你。邵敬春在这方面游刃有余。

2006年11月3日，首批30家职工书屋在河南内黄县如期落成。

从酝酿到完成，正好半年时间。就像是枣树从开花到结果，再到晒成枣干、加工、装袋、运送到客户手里。

敬春大姐兴致勃勃地说着往事，我却看着她那虽已无处发挥却丝毫未曾减退的狂热的工作激情而心生刺痛。

邵敬春以风风火火的工作作风和狂热的工作激情名扬全国。虽然一口河南土话，甚至有时语无伦次，但每次在全国总工会执委会会议上的发言总能激起会场经久不息的热烈掌声。她那句“工会主席要有菩萨心、婆婆嘴、橡皮肚子飞毛腿”的名言至今仍让不少工会干部记忆犹新。

但如果说风靡全国的职工书屋起源于河南内黄县，主要发起人是邵敬春，百分之九十八的人不了解也不太相信。内黄县是河南一个偏远的农业县，邵敬春文化水平并不高，怎能有这么大的兴趣和能耐去干这么一件“文化含量十足”的事？我有时也不相信，直至现在。

看着枣树下站立着的仍然风风火火的邵主席，全国总工会领导来内黄考察职工书屋的一个小插曲又出现在眼前。

那是 2007 年 6 月初，正巧也是枣花盛开的季节，碧绿的枣树林里清香四溢，黄澄澄的麦田也散发着成熟的麦香。时任全国总工会副主席乔传秀专程到内黄考察职工书屋建设情况。

汽车行驶在枣树簇拥的林间大道上，成群的蜜蜂追着汽车飞来飞去。

满头大汗的邵敬春忙前忙后，为考察团到各企业、各乡镇参观职工书屋引路。司机问："邵主席，往哪儿走？"邵敬春不假思索地抬手指指前方回答："往前走，往前走！"

至今我都没好意思问，司机最后弄清路线了吗？中午用餐时偶尔听到此事，暗自乐了半天。十一年过去了，这个插曲竟然还没忘掉。

我们一行在后河乡一大片老枣树林前停了下来。听敬春大姐说，这些枣树大多数都有百年以上历史，约五百年历史的枣树也不在少数。这几年县里正在帮助农户搞老枣树嫁接，引进新品种。

看着老枣树那粗粗的黑褐色树干，满身的疙疙瘩瘩似乎都在诉说着经年的沧桑。

一阵微风吹过，细碎的枣花随风飘洒。我从头上、身上抓下一把落花在手里，仔细查看，欣喜地说："枣花虽小，竟有五个花瓣呢。"遂感慨万端。前一段因乡村老师梁俊和在"经典咏流传"舞台被重新唤醒了的小诗《苔》浮现在脑海："白日不到处，青春恰自来。苔花如米小，也学牡丹开。”我突然觉得枣花和苔花那么相似，都是那么小，那么不被人注意，却都默默开得如此灿烂。苔虽然卑微，但有着自己的花朵，只要坚韧与执着地努力着，就能焕发出生命的光彩。

枣花何尝不是如此呢？花朵那么小，小得使人不留心就难以察觉。但它一旦开放，便尽心竭力，引来蜜蜂无数。

两者也有不同之处，苔花得不到阳光照射，便自生自灭。而枣花虽小，却尽得阳光雨露的温暖滋润，凝聚天地精华，很快便“七月十五枣红圈儿，八月十五晒枣干儿”了。

不知怎的就联想到了邵敬春。

她不就是一朵普普通通的枣花吗？不娇不艳，不怨不怒，默默无闻地生长在碧绿的枣叶丛中，在阳光雨露的滋润下，奋力地开着自己的花，结着丰硕的果。

看着枣树下邵敬春大姐兴致勃勃的劲头儿和她那透着坚韧与执着的眼神，我似乎找到了此行的答案。

（2018 年 6 月）

18

袁师傅

工作几十年，从事过不少职业，也有过许多称谓。但我最有感觉的称谓还是有人叫我“袁师傅”。

那年我刚二十岁，下乡知青回城，被安排到郑州市一家化学试剂厂工作。这家厂子虽然不算大，但在试剂生产行业却是最具规模的一家。技术人员多，生产的试剂种类也多。各车间的设备维护、维修成了不可或缺的工作。我被安排在金工车间当了一名修理工。

金工车间虽然人不多，但车间空间很大，设备也很多。那时不像现在，需要的标准件到商店就能买到，好多东西都要自己加工。所以车、钳、刨、铣、电焊，除了翻砂，其他无一不全。地面墙角堆的都是各种钢管、电线、机器零件以及废铜烂铁等。

上班的第三天，我换上了头天下班时领到的工作服，穿上了翻毛劳保皮鞋。这种鞋一般要求电焊时穿，绝缘性能好，但我却等不及，发下来就穿了，再穿上配套的工作服才更有个工人的样子。

我早早来到厂里，想趁其他人没到岗时把卫生先打扫一下。刚进厂大门，就听到有人说话，“袁师傅早”，我也不知在叫谁，只管闷着头往里走。

“袁师傅早，叫你呢！”两个刚下夜班的女职工正在出厂门，对着我再次问好。这下我才知道是叫我。哦，想起来了，其中一个是昨天我和陈师傅去她们车间修理设备时见过的那个班组长。

天哪，叫我袁师傅，我是工人师傅了！

我只觉得脸火辣辣的，也不敢看人，我像工人师傅吗？我只管推着自行车往里走，边走边胡乱点头。心里那个美，连五脏六腑都舒展开来了。

工人师傅，在那个特殊的年代，是最尊贵的称谓。学校里的“工宣队”称师傅、市里“工代会”领导也称师傅，就连谁家里有一位穿劳动布衣服的人，身上再沾上点油渍，都被邻居高看一眼。工人阶级，那是领导阶级啊！

昨天领工作服时还听有人说起，郑州的几个纺织厂只要招收新工人，棉纺路上便都是穿着新工作服，戴上白围裙、白袖头照相的纺纱工人，一个个像结婚一样兴奋。

晚上回到家里说起有人叫我师傅这事，我爸也一改严肃沉稳的表情，亲自下厨炸了一盘花生米，还破例倒了两杯白酒，微笑着小声说："咱家的身份构成有变化了！"

是啊，我家祖祖辈辈是农民，即使是新中国成立前有些土地，也脱不开农民的成分。我爷爷年轻时有了点转机，师范毕业后在小学做教师，我爸也从事了一辈子教育工作。从农民变成了"臭老九"家庭，我们家多年承受着来自外界的歧视和内心的自卑。哪想到我这一辈儿当上了工人，工人！这不仅是职业的变化，更是社会地位的转变。

从那以后，我就喜欢上了"袁师傅"这个称谓，也喜欢上了工人这个职业。我决心用满身的汗水和刺鼻的机油味冲刷侵蚀在骨子里的农民气息，转变成为名副其实的工人阶级的一员。

"袁师傅，我们车间管道漏水""袁师傅，下水道不通了"，只要有人这样叫我，即使是该下班了，我也拿起工具就干活，乐此不疲。

起初我闻见机油味就想吐，什么也不会干，只是跟着师父跑，打个下手，提个工具包什么的。但由于心里憋着一股刮骨疗毒、自我改造的志气，所以学习很用心，干活儿也卖力。一些简单的修理技术很快就掌握了，机油味也不再感觉难闻。

时间长了才知道，修理工的诀窍也不神秘，只要不怕脏，肯出力，多少掌握一些基本技能，应付一些小事是没有问题的。

因此不管谁叫，不管下水管道有多脏、设备多油腻，我从不嫌弃。当两手污秽、一脸油泥地从管道夹缝里钻出来，听着一圈人赔着笑脸说："袁师傅辛苦了。"那种感觉，岂止"舒服"二字能表达完整的？

一天我下班出厂门的时候，一位女工的自行车出问题了，满脸愁容地喊住我说："袁师傅，帮我修修车好吗？"

可我哪会修车啊？

但人家都叫你师傅了，没有推辞的理由，只好装模作样地蹲下来摆弄。好在是链条被卡住了，抓住后轮使劲倒转一圈，"咔嚓"一声就恢复了，再把链条慢慢挂到齿轮上就修好了。那位女工兴奋地说："哎呀，你真神了，手到病除，谢谢袁师傅。"

这哪是神啊，这是碰巧了，我当时心里别提多紧张了。

后来类似的事情多了，我慢慢知道，其实像自行车、座钟一类的东西，结构并不复杂，稍微耐心观察一下原理，没有解决不了的问题。只是有些人先给自己定了性，以为自己肯定不会修，而有的人则是不愿下手罢了。

真正找着当师傅的感觉，还是在辅导学生学工劳动的时候。

这个工厂也是一所重点高中的实习工厂，每月基本都有不同班级的学生来学工劳动。在学生面前，自己必须装出一副老师傅的样子，教他们如何认识游标卡尺，如何在老虎钳上卡紧工件，把两手端平用锉刀锉工件。

工作倒不累，累的是一群学生不停地喊"袁师傅，工件卡不紧，掉下来了""袁师傅，这个工具被我弄坏了"，着实让人头大。

所幸的是，学生对我很尊重，特别是个别平时调皮捣蛋的男生，见了我这个比他们大不了几岁的师傅很老实。他们知道我是知青回城的工人，是经过蹉跎岁月磨炼的大哥后，更多了几分敬重。多年之后即使在大街上看见我，也老远就喊“袁师傅好”。

“袁师傅”的称谓听着很受用，让人充满力量。

但有时也会“乐极生乱”。一次我给两根钢管焊接，戴上绝缘手套，穿上劳保皮鞋，一只手拿防护镜，一只手拿焊枪。一阵阵银花四射之后，再看钢管表面，一道细细的水样波纹展现在面前，据说这是最好的效果。正在得意之际，远处一个声音喊道：“袁师傅，窨井冒水了。”我忙放下防护镜和手里的焊枪，准备先问问情况，谁知焊条碰撞了钢管，一道火花闪过，我的眼睛受伤了。

焊花刺伤眼睛，火辣辣的，疼痛难忍，睁不开眼睛，眼前黑乎乎的一片。几个工友忙跑过来把我扶到椅子上坐下，议论着送我去医院的事。疼一天半天我倒不怕，怕的是眼睛永远看不见，心里的恐惧陡然猛增。

氯化钠车间一位女工老师傅经验丰富：“先别往医院送，我听说有个秘方效果很好，可以试试，就是用新鲜乳汁滴进眼睛里，专治电焊刺伤。”

说来也巧，硫酸车间真有一位哺乳期的女工师傅，而且正在当班。闻讯赶来的那个女工在两位大姐的帮助下给我的眼睛进行治疗。事后那位女工师傅说："袁师傅是个好人，谁都会愿意帮他的。"

这件事对我启发很大。工友之间的感情是纯粹的，你乐于帮助别人，别人也会无私地帮助你。

对于一个期望用汗水、油污改变自己的年轻人来说，苦，就是快乐；累，就是享受。

为了更快地让自己像一个工人，平时挺爱干净的我，故意把自己弄得不修边幅，留着小胡子，有时学着师父叼根烟卷蹲在一堆钢管上抽。自己不是电工，也故意找来一条挂满工具的电工皮带束在腰间，在人前转悠。那种急于改变自己社会身份的心态，后来想想心里一阵酸楚。

"不是我不明白，是这世界变化太快。"

正当我被定为二级工，一个月拿36元工资，闻不到机油味就睡不着觉的时候，高考制度恢复了。

这事儿让我纠结了很长一段时间。

最终没能抗拒住根深蒂固的祖传观念，我穿着带有油污的工装，晚二十分钟走进了考场。

后来我走进了省直机关的办公大楼，坐在了宽大的办公桌前。但工厂生活的单纯和那一声“袁师傅”的称谓却与我藕断丝连，也有意无意地影响着我的许多抉择。

在我的职业生涯中，做过很多工作，大多都是短暂的，而只有在为工友服务的岗位上我做得最久、最有成效。有人说我错失了不少发展良机，我总是嘿嘿一笑。

人生的名利得失都是过眼云烟，能顺从内心的感觉，为工人兄弟做点有益的事情，才对得起那一声“袁师傅”。

（2018 年 5 月）

今天我值班

按照县委办公室排班，今天轮到我去县信访局挂牌值班，接待并听取来访者诉求。信访局门口挂有值班人的牌子，就像医院里专家坐诊时一样。

我知道这是县委的一个创新，让每一个领导同志都能深入信访一线，了解基层现状，听取群众诉求，最大限度地融洽干群关系，化解社会矛盾。这种送上门来的问题，比下去调研要实在多了。

虽然我县委副书记上任工作时间不长，但也曾亲眼看到群众上访事件，我办公室的门上，也还有被冲上楼来的几个上访群众抬脚踹门时留下的脚印。

我早早吃过饭，收拾好笔记本和钢笔，倒好一杯茶水。八点半就出现在办公大楼前，准备前往信访局。

信访局局长段玉钦款款向我走来。

段局长是一位五十来岁的女同志，秀外慧中，不温不火，办事有条不紊，像一个优秀的河段长，把一段经常泛滥的河堤治理得安全稳固，经常受到省、市的表彰。

段局长来到我面前说：“袁书记请留步，先回办公室等会儿，我去安排一下，一会儿来请你，好吗？”

我当然服从安排。

谁知等来等去，人来人往的，九点半了，也没见她的影子。我索性直接去信访接待室。

她正在接待室紧张地接待着来访人员，见我过来，忙起身相迎，把我拉到里屋说：“你怎么不等我去请你，就自己来了？快坐快坐。”

我说：“等不着你，我就直接来了，又不是找不着地方。”

她说：“你们当领导的那么忙，我怕影响你们的工作，更重要的是，信访的事太杂乱，吵吵闹闹的，多数案件很难解决。我想等到十一点，请你来这儿坐半个小时，你的值班任务就完成了，剩下的事我们来处理。”

啊？她真是煞费苦心了。

我突然有点不好意思，笑着说：“你是说我刚到县委工作，没经验是吧，没事，慢慢学，我不怕。”

“不是，不是的，每一位领导来值班都是这样安排的，你们事多，这里的事是一团乱麻，一时半会儿理不出头绪。领导只要来看看，就是对我们最大的支持。”

我恍然大悟，原来是这样。

我忙说："既然来了，咱去听听情况吧。"

外面很多人在排队，等着说情况，递材料。还真像她说的那样，屋子里吵吵闹闹，烟雾缭绕，一股股汗湿气扑面而来。

她在前面一面张罗着秩序，一面给人解释。我沉下心来，慢慢地听着上访者的诉说。

案件还真是复杂，每一个人都有着不同的故事，不同的表达方式，还有的哭着喊着，含糊地一遍遍绕来绕去地说着，半天也没听出个头绪。大多是宅基地纠纷、邻里矛盾、下岗分流补偿问题……

转眼快十二点了，上访人员也差不多分头叙说完毕，我对段局长说："下午我再来吧，看看还有没有上访的人。"

她擦擦额头上的汗水，郑重其事地说："下午基本没人来了，您也别跑了，我这里有一份重点材料想推荐给您看呢。"

我打开一看，是一份伤残复员军人的申诉材料，便说："好，我下午先看看再说。"

下午没出门，又推掉了晚上的一些应酬，我就在办公室边看边琢磨这份材料。

这是一个老上访户，几年来曾多次到县里上访，还几次去市里、省里上访，一度弄得县里很被动。但他的问题仍然是无法解决。

这个上访户是偏远乡镇的一个农民，六十五岁，鳏寡一人。抗美援朝时，他响应号召，参军入伍，随部队跨过鸭绿江，到朝鲜参战。在战斗中不幸负伤，被子弹打穿一只睾丸，复员回到家乡。国家按有关政策给予治疗和补偿。他当时作为一个青年农民也曾千恩万谢。同去的几个老乡有的就牺牲在鸭绿江对岸的战场，再也没能回来，他虽然受了伤，但得到了很好的治疗，得到了补偿，安安全全地回到家乡，相比较还是不错的。要说这事就过去了。

谁知后来的情况就不尽如人意了。

由于他的一只睾丸被子弹打穿，失去了生育能力，一辈子找不到对象。苦是苦了点儿，但日子也能过。后来年纪慢慢大了，想想无依无靠的老年生活，便滋生了上访的念头。五年了，上访次数不断增加。无论找到哪一级，信访人员都给予理解同情，但是国家已经按政策补偿过了，没有再重新处理的政策，只能安慰安慰，劝他回去。

这真是个简单又棘手的问题。

说简单是因为国家已经补偿过了。

说棘手是因为这是一个老兵，为国家做过贡献，因为残疾，一辈子报废了。老了无儿无女无依无靠，令人同情。管，没有政策；不管，也没人说错。

晚饭后，县委副书记刘凤民来到我的办公室闲聊，我眼前一下亮了起来。都说凤民在基层工作时间长、心眼好、办法多，请教请教他，或许能有办法。

凤民还真是一个优秀的干部。看了材料之后说："超哥，关于群众上访问题，我还真有几点思考。

“内乡县衙一节院子的门楣上有一副楹联写得好：‘天理，国法，人情’，这是古代官员处理群众问题时留下的智慧，我觉得至今仍有参考价值。”

风民由表入里地开始分析起来。“我认为，天理应该是第一位的，合乎正常人思维的共同认知，走遍天下都行得通；国法是第二，指政策法律，因为法律和政策是人制定的，不一定被所有人认知；人情是第三，即人情世故。无论处理任何问题，能把天理、国法、人情顺序摆放好，既能公平公正地处理，又能照顾好人情世故，才能使一个地方长治久安。”

他停顿一下，接着说：“既合乎天理，又符合政策法律的，再难也要想办法解决；合理不合情的。虽然情感上不一定想得通也得给他办，因为他有政策依据而你没有；合情不合理的，咱要想办法帮忙解决，就是说，它虽然没有政策依据，但符合人情世故，老百姓都认为该办的；既不合情又不合理的，坚决不办，胡搅蛮缠，无理取闹也不行。”

我已经明白了他的意思，说：“这个老人的情况属于合情不合理吧？”

“对，这个老人的情况我看了，他这个属于‘合情不合理’那一类。”风民斩钉截铁地说。

风民咳嗽了一下，清了清嗓门，站起来找着香烟点着了一根。这个从不抽烟的人抽起烟来了，有门儿。

“咱把人劳动局局长和民政局局长找来问问，看这样的事，他们那里有没有相近的政策。”我连说：“好，好，我打电话，明天上午咱俩给他们聊。”

第二天上午，刘书记早早来到我办公室，等着劳动局李局长和民政局汪局长来了后，我把那个老人情况说了一遍，并把材料递给他们看。

两人一脸痛苦地说：“这哪有什么办法呀！”

凤民又把老人昨天那套理论拿出来讲给他俩听。然后启发他们说：“你们看看有没有相关或相近政策可以变通使用？”

刘书记的理论好像起了作用，关键还是他们看到了领导的决心吧。李局长想了想说：“倒是有一条相近的政策，每月可以给他补贴 300 元生活费。”

凤民紧接着表态：“这就行，只要有就行！”

看李局长动了脑筋，汪局长也终于找出来一个相关政策。回答说：“专门的真没有，靠近的有一条，也可以每月补贴 300 元。”

我一阵激动，马上说：“齐了，再加上他原来的孤寡老人补助和土地收入，每月一千多元，完全可以了。”

当时的县领导每月还不到一千元呢。

其实，很多问题并不是不能解决，有很多政策也可以变通使用。但对于不愿费事的人，就成了问题。上一任解决不了，我这一任也不愿去费那事；还有的，起初并不是问题，推来推去，拖得久了，就成了乱麻一团，理不出个头绪。谁也不想去接手。

晚上，我找了一瓶少康老酒在机关小餐厅请凤民，说："老弟，你不仅帮助解决了一个上访户老大难问题，你也给我上了一课啊，谢谢你。"

凤民不好意思地说："你是省城下来的干部，见识比我多。其实，能不能解决问题主要还是看当领导的用不用心。"

"当领导的用不用心"这句话，让我一直记着，直到现在。

（2019年9月）

32

芒种时节

微信朋友圈满屏都在晒着滚滚麦浪，同时感慨着少年时代打麦场的辛苦与欢乐；打开窗户，仲夏的第一缕清风吹进来，带着楼下水果店门前摊位上麦黄杏的味道。

收获的喜悦弥漫在郑州的空气里，让人瞬间心醉。

一

突然意识到，今天不仅是周六，也是一年一度的芒种时节。

便顺手打开手机给王朝拨通电话："喂，朝儿，我想回县里看割麦，现在麦收进展如何？"

王朝是临颍县政府的司机师傅，我在县里工作时曾给我服务过。由于人热情随和，技术又过硬，我和很多人一样，有什么事总是先想到和他联系。

王朝在电话那头偷偷地笑着说："这都啥时候了？ 107 国道

以西的繁城、大郭、杜曲几个乡镇的麦前天都收完了，107 国道以东的三家店、王岗、瓦店、窝城几个乡镇估计最迟今天上午就可以收完。

“现在都用的是大型联合收割机，百十亩地，一会儿工夫麦粒就到了麻袋里，同时播种机把玉米种上，一遍成。

“你来玩欢迎，今年的麦收你是看不上了，要看就看满地的青苗了。”王朝有点得意地补充说。

“啊？”

现代化来了，芒种难道也只能在手机上刷屏了？

不会。

二

我 1995 年初到临颍县工作，在那里曾连续经历过三个芒种时节，对收麦的过程并不陌生。

那时割麦还是靠人工。手拿镰刀，弯下腰，一陇一陇地往前割。然后拉到场里摊开、晒干，再到碾场脱粒。

记得 6 月 1 日那天一大早，县里打来电话通知，上午九点整在县委大院门前集合，到台陈乡举行开镰仪式。

开镰仪式其实很简单，几个领导站在地头，都戴着刚发的崭新的草帽，脖子上搭一条白毛巾，手握一把新镰刀。

县电视台的记者肩扛摄像机站在前面。书记县长两人一对眼色，小声说“开始”，便弯下腰，左手揽一把麦子，右手的镰刀搭在麦秆根部，“嚓嚓”几下，一把麦子便倒地了。

我们也跟着弯下腰，一个姿势，“嚓嚓”，一把麦子倒地。

十分钟后收工，电视台立刻制作播出，全县麦收正式开镰。

印象中，那时临颍县好像只有南街村买了一台收割机。县里举行开镰仪式后，班长王宏斌总是一个健步跳上收割机，亲自驾驶，收割南街村的第一陇麦。

芒种时节，是农民一年中最辛苦的时候。县里一般不再安排其他工作，全力以赴抢收抢种。学生放麦假，机关事业单位也要求人员下到基层帮助收麦。农民一家老少不分昼夜地耗在大田里和打麦场上。

城里人行色匆匆的自行车上，大都带着“三件套”：一箱颍松牌方便面、一件南德牌啤酒、一篮子变蛋，急急忙忙往老家赶，回去帮助家人割麦种秋。

芒种，留给人的感觉是累、是欣喜，更是一年的收获和希望。哦，还有“布谷”的鸟叫声。

三

第二年芒种节那天，我正巧从漯河开完会往临颍县回的路上。

车过小商桥后就到了临颍县的皇帝庙乡，我曾分包过这里的烟叶种植工作，对这一带比较熟悉。车窗外麦浪滚滚，漫天飘着新麦的清香。地头上，有一家人正在吃饭。男人光着脊背，一件薄棉衣撂在旁边的麦茬上。一手抓四个“一风吹”方馍，一手拿着两头糖蒜，女人正抱起一只瓦罐往碗里倒着米汤一样的东西。

吃着饭，男人不时抬头羡慕地看着不远处。

顺着他的眼光望去，有两台收割机在“轰轰隆隆”忙着收割。几个农民手拿着麻袋，蹲在地头等，旁边是他们的手扶拖拉机。收割机收割完毕，来到地边停下，让户主把麻袋撑开口，金黄色的麦粒便“哗哗”地流了进来。再装到手扶拖拉机上，拉回家晾晒。

这一年，农机部门开始推广使用收割机，只是收割机数量太少，供不应求。个别有眼光的农户看准时机，凑钱买来收割机，为本村和邻村的农户服务。据说一个麦季下来也能挣两万多元。

那年还没有高速公路。107 国道纵穿临颍城区，连接着北京与广州。

县交警大队的干警正在国道城区段执勤，为过路的收割机手服务。有什么困难，有什么问题，随时解决。如果发现他们还没有预约好用户，便挽留他们为本县农户服务。

这一年，使用收割机收麦亩数将近一半。

四

第三年的麦收印象最深。

我记得那年小满刚过没多久，107 国道上一队队收割机便从北往南开去。湖北孝感、河南信阳一带麦子成熟得早，先收割它们那一带的麦子，再逐步往北走，走一路收一路。

农民已经尝到了使用收割机的甜头，还学会了提前电话预约收割机手，订立收割合同。农机部门不仅帮助农户联系收割机，还做好了送机油、柴油到地头的准备。

当年的麦收本应顺利进行，可天有不测风云。

5 月 30 日那天上午，晴朗的天空突然阴云密布，狂风暴雨呼啸而至。我的心像一只半干的苹果，皱巴巴的。

好在后半夜雨过天晴，星星也出来了。

经过一天多的晾晒，虽然 6 月 1 日照例举行了“开镰仪式”，但真正的麦收还是推后了几天。直到芒种前一天，麦田里才能进收割机。

芒种那天，太阳火辣辣的，中午时分温度少说也有 40 摄氏度。邻县一户人家，因焚烧秸秆而导致一块儿八亩地麦田几分钟化为灰烬。市里电话紧急通知，严防焚烧秸秆。我带一个小组分包杜曲镇，严防死守在田间地头，规劝农户不要在地头抽烟，更不能焚烧秸秆，谨防麦田失火。

中午时分，我们站在颍河边的大树下，一边用毛巾擦着大汗，一边环视着麦田周边，凡是有人活动的地方，便上前宣传不准带火种进麦田。

“嘎嘎嘎咕，快快种谷。”我抬头瞥了一眼树上的鸟，心里说，“看你们催的，这麦子还没收完，怎么种玉米？”

“嘎嘎嘎咕，你们辛苦，今天中午，蒜面浇醋。”

“嗯，算你懂事”，我心里想着，身上也莫名其妙凉爽了许多。

由于大部分是机器收割，加快了收割进程，本来要十多天才能场光地净，现在五六天就差不多了。

墒情正好，种上玉米后不几天，便满目青绿。

五

唉，这么多年过去了，一到芒种，还是会想起收麦的画面。

我在电话里对王朝说：“即使是看麦茬也要去。就是喜欢芒种时节那个气氛，就是想看你带着方便面、啤酒、变蛋‘三件套’，骑着自行车回老家的样子。”

有了收割机和互联网，芒种的主角不再是镰刀和打麦场。

时代变了，一切都变得简单而快捷。昨天还是一片金黄，转眼就是满眼新绿。但心里却时常空落落的，若有所失。是想着农民蹲在地头吃饭的场景，还是孩子们躺在打麦场上看星星的惬意，抑或是城里人自行车上带着“三件套”回家时的身影？有时能说清，有时又说不清。

有些事慢一点，也许更能体味出人间烟火的味道。很多“感觉”都藏在过程里。

人们之所以喜欢芒种，其实就是喜欢那种既收获现在，又播种未来的感觉。只享受不奋斗会觉得无聊；只顾今天，不想明天也很没劲。生活总有一份欢喜在此刻收获；人生，也总要有一点盼头，在这一刻种下。

（2020 年 6 月）

那些年，那些事，那幅浮雕

从郑州二七广场地铁站出来，顺着德化街、钱塘路往南走约 800 米，路西矗立着一座庄严肃穆的殿堂。正面墙壁上方，“二七纪念堂”五个大字闪着金光。正面下方是一幅大型铸铁浮雕。浮雕画面里，一群铁路工人高举着“劳工神圣”的大旗，神情凝重，目光刚毅，注视着眼前这个他们曾为之倾洒过热血的世界。

这里便是早年京汉铁路总工会成立时的旧址——普乐园，新中国成立后叫二七纪念堂。

一

这几天，新华社和一些报刊不断推出纪念二七工人运动的文章，我第一反应就是，一年一度的“二七”纪念日就要到了，便放下手头的事务，专程赶到二七纪念堂门前，神情庄重地站在小广场上，仰视着这座英雄的殿堂和那幅浮雕。

由于个人工作岗位变动和二七纪念堂管理权限的变更，我已经有很多年没有来过二七纪念堂了。看着这座既熟悉又陌生的场所，那些年那些事又浮现在眼前。

很多年以来，二七纪念堂归郑州市总工会管理。我在省总机关工作时，宣传“二七精神”，策划纪念活动，看望二七老人，慰问二七后代，自然都是我们分内的事。一年一次，从不间断。我弟弟小的时候就经常说：“二月七日前，是我哥最忙的时候。”

记的是在1992年下半年，郑州市总工会提出筹备二七大罢工70周年纪念活动方案，其中一项就是准备在二七纪念堂正面墙体上，创作一幅铸铁浮雕，形象地再现二七先烈们大无畏的革命精神。这一方案得到了河南省总工会和郑州铁路总工会的赞同。

郑州市总工会当然很重视，设计图纸一遍遍送到省总审阅、修改：浮雕多高、多宽，画面展现多少人物，这些人物原型都是谁、集中展现哪一个场景等。浮雕既要符合历史事实，又要有艺术性。我那时具体负责这件事情的上下衔接，也负责提出初步修改意见，一切进展得很顺利。

然而年底汇报筹备情况时，纪念堂的负责人低着头，愁眉苦脸地小声嘀咕：“为了赶工期，冒着严寒制作泥模，结果泥模冻裂，开化后部分泥模塌陷了……”

意外事故，这谁也没办法，只能延期重来。

有了那次的教训，郑州市文化馆雕塑专家更加谨慎小心。加之不再赶工期，模具和泥塑的制作稳扎稳打，干透了再进入下一个环节。经过一年多的努力和探索，终于完成了浮雕的制作。

浮雕分块儿浇铸成型后，组合悬挂，总重量约八吨。

省市总工会商定，于 1995 年二七纪念日前夕举办浮雕揭幕仪式。那天早上，我早早来到二七纪念堂，一样一样落实议程和会场布置，包括鞭炮燃放等环节，都一一落实到人。

那天的揭幕仪式进行得很顺利。与会各界领导对浮雕和浮雕展示的场景内容给予了高度评价。我们这些工作人员心里的一块石头终于落了地。

二

很多人说我对“二七精神”的传承倾注了深厚的情感，我当然不否认。这是中国共产党领导的第一次工人运动，也是第一次展示了中国工人阶级的强大力量。宣传“二七精神”，团结职工跟党走，是一件可遇不可求的荣耀。

其实，我能承接这份使命，很大程度上是机缘巧合。

1981 年，我奔着创办《河南工人》杂志的初衷，入职河南省总工会。年底的一天上午，工会通知我随一位工运史研究人员到河南宾馆采访一个人。来到宾馆一楼的一个房间里时，可把我吓了一跳。

这个人竟然是中共党史上大名鼎鼎的罗章龙。

罗章龙是湖南浏阳人，中国共产党早期领导人之一，和李大钊一起发起组织北京共产主义小组。曾先后组织领导了陇海铁路、长辛店铁路工人大罢工及京汉铁路工人总罢工，是中国共产党早期著名的工人运动领袖。

那时没有现在这么多烦琐的程序和规矩礼节，也没有警卫人员。我们三个人，就在他的房间里谈起来。

那是一个小个子老人，当时已有八十五岁高龄。他戴一副眼镜，手里拄着一根拐杖，用一口浓重的湖南口音，讲述着当年工人运动的事。具体的事我没顾上多记，老人的模样和他对工人运动的理论早已让我肃然起敬。

临结束时我却傻傻地低声问了一句："您家乡离毛主席的家乡远吗？"他爽朗地笑笑说："不远，近得很呢。"

从那之后，我对二七工人运动的发生、发展和历史作用渐渐有了兴趣。尤其是担任河南省总工会宣教部负责人后，参与组织、策划二七大罢工纪念活动的机会也渐渐多了起来。

帮助我更多了解二七大罢工史料的，是原郑州二七纪念堂的资深馆员刘玉华。

刘玉华是一位沉着稳重、温文尔雅的大姐，具体负责二七纪念堂的资料整理保存和实物管理工作。她踏实好学、认真负责，在她的努力下，二七史料存量异常丰厚。无论你问起哪个时期的哪件事，她不看书本，基本可以给你一个满意的解答，有理有据。

二七纪念堂那时不仅是二七工人运动的纪念场馆，也是“工人的学校和乐园”，具有工人文化宫的性质和作用。按职责划分，省总宣教部对它具有业务指导的职能。我经常陪同全国总工会或外省客人前去调研或参观，问起二七大罢工期间的具体细节，她竟然可以丝毫不差地讲个清楚。

从此之后，因为有什么疑问就请教她，我慢慢也成了半个专家。

三

那些年，二七老工人还有不少人健在。河南省总工会、郑州市总工会和郑州铁路总工会在慰问时有个大致分工。河南省总工会主要慰问二七大罢工著名人物的家人。

我印象最深的是每年都要到二七烈士司文德的后代家里慰问。司文德当年是郑州铁路工人领袖之一，为京汉铁路总工会的成立做出了重要贡献，1926 年被吴佩孚杀害于郑州长春桥处。中华人民共和国成立后，被追认为“二七烈士”。政府在长春桥旧址上修建二七纪念塔，陈列司文德等烈士的斗争事迹。

去慰问的次数多了，我和司文德烈士的孙子司斌克渐渐熟识起来。他是郑州铁路局郑州分局列车段的一名列检员，有时在去北京的列车上也能碰到他。

司斌克和我是同龄人，我也是工人出身，共同语言也就多了起来。他说他小的时候，奶奶经常讲起爷爷的事。那时他家住在火车站附近的工棚里，虽然条件不好，但是来往的人员却很多，不仅有很多工人代表，有时北京、武汉的一些工人运动领导人也经常来家里参加会议。奶奶就坐在门外纳鞋底望风。一有风吹草动，就立即告诉屋里的人疏散。

施洋大律师也常常坐火车来郑州。一下火车就直奔他的家里。奶奶说施洋大律师穿戴讲究，一条白色大围巾搭在胸前，手里总提着一只公文包，有时也在家里吃奶奶做的饭。

司斌克的描述，总让我联想起《红灯记》的一些场景，总想起他的爷爷和工友们大罢工时那气吞山河的豪言壮语："军阀手中铁，工人颈上血，头可断，肢可裂，工是不能复的！"

每想到此，我就热血沸腾。更加敬仰他的爷爷和二七先烈们勇于斗争的精神，那才是中国人的脊梁。

突然，旁边一个声音打断了我的思绪。

"这面墙上的浮雕，再现了当时京汉铁路总工会成立时的场景……"

转头看去，一个瘦高个儿姑娘操着标准的普通话，给两位干部模样的人动情地讲解着墙上的那幅浮雕。

一阵莫名酸楚无端生出。原来熟悉的人员大都退休或转岗了，二七纪念堂也归属了郑州市文物局。一种“儿童相见不相识，笑问客从何处来”的担心让我惴惴不安。

小姑娘似乎看出了我的心思，送走客人后快步走到我面前，礼貌地问我：“叔叔您好，我是这里的工作人员，有什么事需要我为您服务吗？”当得知我是纪念堂的老朋友，趁着二七纪念日，特地前来瞻仰这幅浮雕，重温“二七精神”时，小姑娘兴奋地说：“我正好可以请教您一些问题哦，请办公室坐。”

这下轮到我兴奋了，二七纪念堂有这样富有责任感、事业心的年轻人接班，传承“二七精神”后继有人啊！

（2021 年 2 月）

46

夏日纪事

俗话说："有钱难买五月旱，六月（农历）连阴吃饱饭。"

眼下应该是连日阴雨的季节，可这都月底了，连个毛毛雨也没见着，地皮都裂了缝。玉米、大豆等秋庄稼打着蔫，叶子绿中泛着黄色。

听说昨天县里的司机小杰因为在行车途中播放"天不下雨、天不刮风，天上有太阳……"的歌曲，被满头无名火的县长狠狠地骂了一顿："关了，关了！玉米都快焦地里了，还天不下雨，这不是添堵吗？"

司机小声嘟囔："你平时不是最爱听这首歌吗？"

早餐时，收音机里继续播放着平顶山、许昌、周口、漯河有重度干旱的消息，说干旱已对农业尤其是秋粮造成严重影响。

丰生收拾好餐具，坐在我对面说："袁书记，今天去皇帝庙乡还是大郭乡？"我一边从锅里捞出一块卤豆腐夹在馍里，一边回答说："去大郭乡吧，几天没去了，也不知他们的玉米地浇完了没有？”县委小食堂里，就这个卤豆腐块做得好，每天不吃一块好像少了什么。

丰生姓刘，时任县委常委、宣传部部长，长相酷似阎维文，可惜不会唱歌，不然可以以假乱真。此人性格温和，为人厚道，办事谨慎小心，从不越雷池一步。我是分管宣传工作的副书记，本身也有点文化爱好，办事讲究规矩。我俩性格相近、工作一体，总是形影不离。

按照县委统一部署，我俩已先后下乡督导抗旱工作有半个月时间了。这两天市里开会，心里却总是挂念着高温下龟裂的玉米地。

地里的玉米已有半人多高，有的已经结了穗，按时令正是快速生长期。但由于缺少雨水，不少都发黄了。

县城离大郭乡有二十多里路，快到地界时，大郭乡党委书记闫海岚早已在路边等候。一阵寒暄之后，海岚说：“上次你们走了之后，乡里下大力气抓好抗旱保秋工作，多数村里的玉米地都浇透了水，有些玉米已经反过劲来了，但还有不少没浇上。”

别看海岚白白净净，说话慢条斯理的，像一个知识分子，但干工作有板有眼，一丝不苟，力度很大，很受老百姓欢迎，说他是靠谱型干部。

车子停在前营村一块玉米地旁，一位村民正在地边察看自己的玉米长势。见我们过来，笑眯眯地对闫海岚说，“你是闫书记吧，幸亏前一段时间乡里催得紧，协调资金到位，我们村里的玉米大部分都浇上水了，不然今年的秋庄稼就完了。”

海岚用手拉拉汗湿的白衬衫，笑着说：“有事到乡里找我哈。”乍一看还是过去当老师时的和蔼模样。

浇上水的玉米还真的不一样，几天时间宽宽的新叶已长了两尺高。蹲在地里屏住呼吸仔细听，真能听见“磕巴磕巴”玉米秆抽节的声音。

前面就是胡桥村。胡桥村是“学南街、赶北徐”的先进村，前几天来时已去看过。我们索性把车远远地停在路边，几个人步行往张扬村的庄稼地里走。

空气像刚揭开锅盖的蒸笼一样，热气直扑人脸。厚厚的乌云翻滚着，气压极低，憋得人喘不过气来。天气预报说今天 37 摄氏度，这玉米地头咋说也得有 45 摄氏度。

我们走着看着，不时和一边浇地一边蹲在树下乘凉的村民聊几句，了解第一手资料。

不来不知道，村里还真有因抽水机器不够用而浇不上水的农户，甚至个别家庭情急之下使用起多年前浇地的老办法，在地头打个压水井，一家人轮换着压水浇地。

海岚一脸严肃，汗水顺着脑门往下流，衣领顷刻间也浸湿了。

刘部长手机响了，他接电话时，我下意识地摸摸自己口袋里的手机，坏了，手机不在兜里。

那时的手机是第二代吧，带翻盖的那一种。一天得充两块电池带在身上。掉哪儿去了呢？可能是刚才在前面那块大豆地里走过时我接了个电话，往口袋里装时滑掉了。

我们回到那块地里寻找，怎么也找不着。大豆棵已有膝盖深，棵距虽不密但也要弯下腰细细地查看。

还是丰生脑子活泛，他说：“不用弯腰找了，我打你手机，听见铃声不就找着了吗？”

真是好主意。

谁知蝈蝈的叫声比手机的铃声还大，那种老式手机的响声与蝈蝈的叫声也有几分相近。打了半天手机，也没有分清哪个声音是手机响，哪个声音是蝈蝈的叫声。天越热，蝈蝈叫声越大。我干脆蹲下来，贴近地面仔细听，除了一头大汗，一无所获。

正在无计可施的时候，我脚下踢着一个东西，低头一看，手机！那个兴奋，别提有多爽了。

天更加闷热，云也越来越低。

多数农民已回村，我们几个早已是通身汗水。海岚看看我满是汗水的脸说：“已经上午十一点了，咱也回去休息一会儿吧。”

哪知我们还没钻进汽车里，大雨就劈头盖脸地砸了下来，伴随着雷电的轰鸣声，大雨像打翻了的水缸，不分青红皂白地往下倒。除了“哗哗”的雨水，周边什么也看不清。

这天儿，预报有雨下不来，没有预报却突然下来了。

隔着水流模糊的车窗看外面，海岚扶着车门说啥也不往车里钻，直挺挺地仰头站着，任凭雨水顺头浇下。

我知道，他等雨等得太久了。

雨停下来时，我们已经回来了，天也明亮了起来。院里的积水已有脚脖深。

闫海岚突然孩子似的冲着天空大笑了一声：“哈哈，旱情解除了！”

是啊，两个月了，没日没夜地煎熬着。饭吃不下，觉睡不着，家也不能回，时刻盼着下雨的日子。今天终于下来了，一个小时旱情解除，能不激动吗？

回到宿舍，海岚换了一件大裤衩。我和刘部长也把湿透的上衣脱下晾起来。

兴奋中的海岚从床下纸箱里摸出一瓶简装二锅头，四处瞅瞅没发现任何喝酒的家伙，便走到门口，伸手拧下电灯拉线开关盒塑料盖，示意我俩一人掂一个马扎，来到院里一块水泥板旁。

海岚又从前排屋后菜地里摘了几根黄瓜递给我俩。他拿起一根黄瓜夹在胳肢窝里一捋说：“喝酒！”

一向文质彬彬的海岚哪有过这种豪情？

那种愉悦的心情、那个粗狂的举动、那种天然的享受，是可遇不可求的。突然觉得，人生真美好！

乡政府炊事员老李把三碗蒜面条端过来时，我们正好也把酒喝完了。

雨后的乡下依然闷热，热浪裹挟着雨水的湿气一阵阵冲过来，不用走动都汗流浃背。

海岚的激动还在延续着。他从宿舍翻出一块香皂和两条毛巾对我俩说：“走，下河洗澡。”

颍河从许昌经大郭乡，流往周口方向。大郭段河水约有五十米宽，两岸树木茂密，灌木丛生。

我们绕过河堤上的水闸，顺着河堤向北走了一千多米，在一处水域宽阔且隐蔽的地方停下来，看看四周无人，海岚决定在这里下河。

我没见过这场面。没有换衣服的地方也就罢了，连个内衣也不穿，这像什么话？丰生逗我说：“别扭捏了，下吧，没人看，这不是郑州游泳馆。”我回过头一遍遍安排岸上的司机说：“你俩别下水，在岸上紧盯着，紧盯着点！”

河水不太深，中间位置也到不了头顶。站在靠边一点的河床上，把肩膀露出来，是最合适、最常见的在河里洗澡的姿势。河水清澈柔和，几片水草漂在边沿，小鱼在腿周围游来游去，全然无视几个人的出现。我估计，这里肯定是人们经常洗澡的地方，小鱼熟悉了人体的温度，早习以为常了。

一个猛子扎下去，游 30 米再回到原地，露出头来，双手捋一下头上、脸上的河水，张开大嘴深呼一口气，那个感觉，别提多舒服了。

小鱼在腿边撞来撞去，痒痒的。

再看闫海岚，一会儿潜入水下，一会儿蹿出水面，欢快得像一条海豚。沉淀了两个月的压力一朝解除，汗水、泪水、辛劳、委屈，通通在河水里一冲而光，就像脱掉全身衣物的束缚一样。

这位平日里以沉着、稳重、文雅著称的乡党委书记，露出了真实性情。

穿上衣服准备离开时，久违的火烧云出现在西边天空，一会儿像狮子，一会儿像飞腾的巨龙，映得玉米叶、大豆叶子也泛出橙色。我们几个人的脸上红扑扑的，显得特别精神。

丰生望着火红的天空说，“火烧云一出现，还是热天哪！但……”

还没等丰生把话说完，海岚就兴奋地接过话茬：“刘部长说得对，火烧云的出现，说明天依旧会很热。但雨水也会很充沛，特别适合农作物的快速生长。这下好了，今年还是一个好年景啊。”

（2018 年 8 月）

邢庄书屋

看到“邢庄书屋”几个字时，我真的眼前一亮。

县城里的高楼大厦、宽广道路已经令我视觉疲劳。而一个住宅小区一侧的“邢庄书屋”四个大字让我精神为之一振。

我问司机王朝：“这是城关镇那个邢庄？”王朝回答：“就是那个邢庄。”

“停车。”我说。

车停在桥头，我径直往书屋走去。

临颍县两个老同事约我回县里聊天叙旧，专门派曾经给我服务过的司机王朝来接我。没想到，还没见到老同事，邢庄书屋首先吸引了我。

心中暗自感叹：临颍县真的变了，变得不认识了。农民也知道要靠读书来提升自己的素质了。

邢庄就是临颍县城关镇的邢庄村，典型的城市里的村庄。

二十五年前我在县里工作时，和这个村有所接触，与村支部书记邢俊生也不生疏。只是那时南街村已名满天下，北徐庄村、龙堂村还有胡桥村、新赵村等也全省知名，对邢庄村的关注还是相对少了些。

轻轻走进邢庄书屋大门，只见一排排大型书架从镂空的二楼直接贯通到一楼。四周环绕，高大通透，气势宏伟。这种建筑风格在遍布郑州街头的“郑品书舍”群里，也是见不到的。

一摞摞书籍静卧其上，太阳隔着落地飘窗的玻璃把柔和的春光洒进来，像舞台追灯一样照在书脊上，像是有意给读者介绍着一本本书。

我径直走到一楼借书管理处，问一个高个儿女管理员：“你们这里平时来看书的人多吗？”管理员回答说：“平时上班时来借书的人不太多，下班后或节假日很多。”

嗯，也符合实际情况。我参与全省职工书屋建设多年，这点常识还是有的。

顺着楼梯上到二楼，这里放着一些书桌，供阅读者读书用。可以看书、可以写作，也可以交流读书体会。窗外是一条河，河岸上杨柳依依，春意盎然。

“袁书记？”突然背后有人小声试着喊了一句。

我吃了一惊，回头看时，几个人正从一间管理人员办公室走出来，走在前面的人好面熟。握着手仔细辨认，“你是俊生？”“我是邢俊生，你怎么来了？欢迎欢迎！”

二十多年过去了，邢俊生变得更加老成持重，但两只眼睛仍然透着洞察世事的光。

“这间书屋建得真漂亮，你这村书记干得好啊！”我迫不及待地赞叹道。

“唉，我没有文化，不能让后代也没有文化吧？”俊生感慨地说。

“我们刚才正在研究给书屋增添图书的事，正好您回来了，来，快给我们指导指导。”俊生拉着我在一个书桌前坐下来。

王朝不知什么时候也上到了二楼，趁机插话说：“邢书记是省政府表彰的劳动模范呢。”

我凝视着邢俊生，好久没有移开视线。

一束春光隔着大型玻璃窗照进来，舞台追灯一样照在俊生脸上，他的脸闪着亮光。

邢庄书屋像一座岛，坐落在一条河上，给书屋增添了无限神韵。河畔“梦里水乡”几个字让人总会想起江南。

如果说邢庄书屋令我大吃一惊，面前这条河就让我颠覆认知了。

俊生告诉我，这条清澈见底的河，就是县城北部过去那条干涸已久的黄龙渠。

我张了张嘴，竟半天没有说出话来。

刚刚亲手筹建起来的环保局的工作。县里不断有人提交建议和提案，要求把黄龙渠变清。

县长满头大汗，不知怎么回答才好。憋了很长时间，最后无奈扔下一句令我至今难忘的话：“变清？我没那本事，我只能把它变干了。”

是啊，一条多年干涸的水渠，上游没有水源，工业污水倒是时常有一些，还不时散发着臭气。能治理住不让往渠里排污水，就是大成绩。变成清水河，那只能是梦。

看着眼前清清的河水缓缓从脚下流过，树荫倒映在水里，真有点做梦的感觉。

（2020 年 5 月）

又见颍松路

疫情阶段性缓解后的国庆期间，我陪北京客人到南街村参观。汽车行走在城区宽广整洁的街道上，我欣喜地浏览着临颍县城的巨大变化。

街边一个路牌上，“颍松路”三个字映入眼帘。

我忙招呼车子停下来，下车走到路边，抚摩着路牌四处张望，默默地辨认着方位。

一股暖流“呼”的一下涌上心头。这的确就是当年自己曾参与修建的那条颍松路。

一

那是 1995 年深秋。

县里一直想在城内的主干道——人民路南约 900 米处，再修一条与人民路平行的柏油路，东起南街村西头的 107 国道，西至南五里头村。由于资金有限，一直没有实施。

南街村致富不忘乡邻，出全资支持修路。

这给县里解决了一个大难题。

那时南街村“颍松”牌方便面销售很火，一度一“面”难求。为铭记南街人的贡献，县里决定把这条即将诞生的柏油路定名为颍松路。

工作任务确定之后，作为分管城市建设和城市管理的副县长，我心里一紧，就像一个即将进入面试程序的考生。

我是五一国际劳动节后才从省直机关下来的干部。四五个月时间，人还没认识多少，工作也只是知道个大概，要担起这么重个担子，真不是个轻巧事。

好在县委书记苏新华刚从县长岗位上转岗过来，工作轻车熟路。他安慰我说：“慢慢干吧，谁都有个学习的过程。有什么事解决不了的，你跟我说。”

其实我心里很明白，资金筹措、规划设计、拆迁赔偿等重大难题都已基本解决，自己只是赶上做点具体工作而已。

多年来，由于县域经济发展缓慢，城市发展资金捉襟见肘。从老城西关外的备战路口，到火车站广场约四公里路程，人民路承担着一座县城的交通与城市繁荣的重任。

提高城市品位谈何容易。

“陈六臣的钟，苏新华的灯，海殿公园没啥看，南街村里转一转。”

尽管县政府前几任领导也曾凭借眼光和智慧办了几件城市建设方面的具体事，让老百姓经久难忘，但由于城区规模的狭窄，经济发展仍然受到较大制约。

人民路就算是一条铺金的路，形不成纵横交错的规模，也很难带动城市经济的发展。

二

在那个资金匮乏、人们思想观念还相对落后的时期，很多具体事做起来也不容易。

原来的路基是城关镇岗石村一条村边小泥路，村东南路口，是一大片洼地。一遇雨天，水流成河，直接灌入大田，留下一片低洼的黄土冲刷痕迹。

南五里头村东北角，有一个自然形成的大坑，经过个人承包后，几经修建整理，现如今是一个颇具规模的大鱼塘。

路基低洼可以拉土垫高，占用村民宅基地和耕地都有相应补偿政策。虽然补偿能力有限，但由于村民看到了大路修好后的种种商机，也就答应了。

鱼塘成了最大难题。

一家人省吃俭用的好几年，东家借西家贷地投入大量资金。修鱼塘、买鱼苗、磨饲料，眼看今年春节就要出鱼了，这一修路，一切成为泡影。

县城建局和城关镇的领导理解他们的处境，也不忍心填平鱼塘，但全县建设和经济发展事关重大。经过多次艰难的协商后，鱼塘主人勉强答应做出牺牲。但要动手抽干水坑里的水，把大坑填平，还有不少具体工作要做。

三

两天后，等我从市里开会回来，再到工地，鱼塘已经基本填平。东头的路基也已基本清理出来，正在往路基上运石灰，运土。把土和石灰用铁筛子过滤后，掺和在一起。

站在黄土飞扬的施工现场，李局长一边对着工人喊着“轻点儿扬土”一边给我介绍说：“这叫‘三七土’，生石灰占三成，黄土占七成，混合均匀后，铺设30厘米，压路机压实，然后上面铺柏油。”

我站在忙碌的工地，任由飞扬的风沙扑面而来，落在身上头上，心里却异常兴奋。顺手抓起一把铁锨，参加到筛滤石灰、黄土的劳动中。

经过半个月的紧张施工，“三七土”路面基本做好，可以铺柏油了。

铺柏油那天，我早早就到了现场。施工人员把柏油用火烤化，将柏油和碎石子搅拌在一起，然后用沥青洒播机铺设路面。

速度的确很快，前后不过一个多月时间，一条宽阔、漂亮的柏油路铺好了。站在 107 国道向西看，整洁大气，黑油油的路面散发着柏油的清香，酷似郑州早年的建设路。

县委县政府不少领导晚饭后散步走到这里，都无比欣慰，说咱又给县里办了一件大事。

四

作为一个学习型干部，我很长时间没有找着当“官儿”的感觉。高杆灯下喝啤酒、鼓楼街边坐地摊儿、西关路口吃热豆腐。晚上出来散步，常和认识不认识的干部群众聚在一起聊天。

一天晚饭后，又坐在路边与人闲聊。说起那条新铺的颍松路，很多人赞扬县领导有气魄。

这时，一个公路段资深人士故作神秘地压低身段，瞅了瞅四周，小声对我说：“这路，撑不了仨月。”

我忙把他拉到一边问：“为啥？”他回答说：“过一辆运垃圾的卡车，掉下一块砖头，后面的车压上，就是一个坑，下雨时小坑里就会灌满雨水。雨水灌进路基必定泡松三七土，再过来一辆卡车一压，路面就坏了。

“特别是路两边没有铺设下水道，有水就很容易灌进路面。”

毕竟没有经验，我心里怦怦乱跳。第二天一早找到苏书记说：“下水道咱是不是忘挖了？”

苏书记苦笑着说：“怎么能是忘了呢？主要是资金有限。挖了下水道，没钱修路，修了路，就没钱挖下水道了。先用着吧，等有钱了再说。”

是啊，县财政当时的确很困难，县政府办公经费都凑不齐。我们几个副县长的出差费、汽车加油费已经一两个月没有报销，秘书和司机把工资都垫上了。

那时候的观念不像现在，贷款搞城市建设的事在内地县城还没有先例。即使是有个别乡镇在具体事上少量贷款，也是提心吊胆地睡不着觉，好像做了什么亏心事一样。

据说就修这一条路的胆略和气魄，当时也是其他县很少能做到的。它为该县后来的经济快速发展，奠定了多方面的基础。

调离临颍县之后，颍松路下水道的事还时常挂在心上，每每想起，总觉是一块儿心病。

突然看到眼前这条大气、规范的柏油路竟然真的是颍松路，的确让我大吃一惊。

坐上车子沿颍松路从西头走到东头，更让我惊喜异常。

颍松路已经从过去的107国道西段，往东穿过南街村，延长到了县城东郊，与环城路连为一体，形成了一个交通网络大循环。

路面宽广亮丽，行道树绿荫婆娑，路两边的道边石整齐划一，约50米一个窨井盖按顺序排开。

原来鱼塘的位置，已经是一个大十字交叉街口，四方高楼林立，商店门前熙熙攘攘，竟然成了繁华的商业区。

二十五年光阴转瞬即逝，唯有颍松路还忠实地记录着南街人的真诚和历届建设者奋斗的足迹。

（2020 年 9 月）

法桐树下的灯光

天阴，黑得也早。浓密的法桐树下，转眼便伸手不见五指。

好在书舍的灯很亮，透过落地玻璃窗，照着人们脚下的路。

我急急忙忙赶到这里时，书舍内长方形会议桌四周已坐满了人，就连旁边的木制台阶上也已人满为患。我猫着腰，胡乱在吧台边摸了一只木凳坐下，读书会便开始了。

主持人韩雅楠穿一件白色T恤，显得更加精干利落。她清了清嗓子，微笑着轻轻地说：

“从前，人们饮酒，往往在远方，或入愁肠，或寄相思。而今，我们饮酒，为生活中的欢笑与落寞，也为感受新的生活和体验。放慢脚步，桌上一杯美酒，手中一本书，在一个眼神、一低头、一举杯间，让一段情愫缓缓滋生。爱上葡萄酒，爱上读书，体会另一种生活。”

她的主持词像诗歌，声音似低唱。

雅楠略停顿了一下，突然放大了音量：“今天读书会的主题是‘我有酒，请带故事来——葡萄酒文化分享会’。请出主讲人，上海葡萄酒文化创意中心独立侍酒师——陈春茵。”

一位女士款款走来，站在投影屏的前面。鞠躬，坐下，打开电脑的 PPT 课件，开讲。

这是郑州市经六路省委社区书舍的一次读书会现场。

我印象中，这里的读书会有两个。一个是湛蓝书房读书会，另一个是钻石星空读书会。前者每周一期或两期活动，后者每周一期，下午或晚上交替进行。

组织者先在群里发预告，读什么书，谁来主持谁来主讲。有兴趣者，在群里以接龙的方式报名，缴纳一定的茶水费（有时是咖啡，有时是红茶），就算报名成功了。根据活动内容，一般设定 20 人或 26 人为满员，超员没位置。

这里的读书会之所以吸引人，原因当然有很多。比如，有一个温馨的环境、有一个或几个热心的组织者，经常邀请一些高品位的主讲者……而课程设置似乎最为重要。不仅读历史书、读文学名著，还通过读不同题材的专业书，谈论如何理财，如何做一个有品质的人，今天是交流葡萄酒文化。

每一个主题都经过精心设计，精心安排。紧紧围绕人们的心理需求和生活需要，商定一段时间内读同一本书，通过不同的人不同的视角，交流各自的读书体会。

正琢磨着，有工作人员轻轻走过来，在我面前放了一杯红酒。

原来是到了品酒的环节。

“葡萄酒历来是优雅和高贵的代名词，被誉为‘有生命的液体’，一杯葡萄酒入口，定能让人唇齿留香，心神摇曳。”

陈老师用了一个多小时时间，结合读书内容，采取图文并茂的方式让大家了解了葡萄酒的发展史、分类、醒酒器、常见的葡萄酒杯等知识，以及葡萄酒的识别、开瓶、喝酒的礼仪等。

我来这里参加读书活动不多，但关于读书会活动的安排，我一般都能从微信群里看到。有兴趣又有时间的情况下，我会赶来参加，有微友特意通知的活动，我也会参加。今天临时赶来参加活动，就是应雅楠在微信群里邀请，特意赶来的。

雅楠曾是书舍的管理者。我认识她纯属偶然。

那时这间书舍刚刚建成，我晚上散步路过这里。透过宽大的玻璃窗看到书舍内灯火通明，书架上满满的新书，很是诱人。便不由自主地走进来观看。

进门处是一个吧台，售卖各种咖啡、饮料。室内墙壁四周都是书架，木制阶梯上方也是书架，阶梯上细心摆放有五只暖暖的棉坐垫供读书人使用。书舍大厅左侧，有两间套房，里面摆放有长条桌、小圆桌，供人读书、写字、喝茶。墙壁上挂满了油画、版画等，桌面上摆放着陶瓷与鲜花。临街是明亮的落地窗，路人可以透过玻璃窗欣赏到书舍内的读书人或认真或悠闲的模样，那是画儿一样的风景。

正观察间，郑州电视台一队人马扛着各种设备进来，据说是来采访，也许是来拍广告片儿吧。

我正准备离开，被摄影师拦住说："能帮个忙吗，做个读书的群众？"

好吧，但凡有关读书的事，我一般不会拒绝。

一起做读书群众的，除了电视台女主持人，还拉来一个书舍的管理人员。这个人就是雅楠。

那次事后，我再去书舍，与雅楠便自然成了熟人。

据说雅楠原来是一个出版社的编辑，由于喜欢图书，便自愿来到这里做志愿者。

雅楠看似高雅冷艳，交流起来其实也平和热情。只是性格稳重安静，很少有家长里短的废话而已。

雅楠读书很多，知识也渊博，主持读书会时很受欢迎。枯燥的内容或话题经她的口一说出来，便变得有趣起来。很多人来参加读书会，听说都是奔着雅楠的主持来的。

我来参加这样的读书会不仅是被书房环境所吸引，暗中还有观察了解书房管理模式的目的。

我曾经多年从事职工书屋建设工作。经我的手直接或间接建立起来的职工书屋近万间。遍布全省各企事业单位机关学校。甚至高铁上、建筑工地上都有流动着的书箱或书角。然而不少地方读书的氛围却不尽如人意。甚至有个别乡镇和工地的书架上曾结有蜘蛛网，读书者寥寥无几。

每当看到这种情景，总不免心头一紧。

有人安慰我说："你们坐办公室的人，想让职工多读书的出发点是好的。但你们哪里知道一线工人的心思？一天下来，累个半死，哪有闲心读书？即使是城市里的闲人，如今还有多少人在读书？这是一个快节奏的时代，也是知识碎片化的时代。"

说得也许有些道理。

但人活着总是要有些质量的。生活质量高的人注定离不开读书，既为事业发展，也为快乐生活。

我们生活在同样的世界里，接触着相似的事务，但不同的是，读书人在感知生活的快乐时，能够拥有更多的层次，能体会到表象之下所蕴藏的深刻趣味。

把本应有趣的生活，过成了稀里糊涂地活着，不也是一种遗憾吗？

如何让更多的人捧起书来，是我一个时期以来的困惑。

经六路书舍的读书会，真的给了我不少启发。

尽管不同职业的人对读书的需求不尽相同，但在引导人们读书的方式方法上，却有许多相同之处。一个有温度、有情调的书屋，一群有活力、有共同语言的读书人，本身就像一股春风。春风吹过时，大地注定是一片新绿。一切的根源，都在于人。

酒杯在灯光的照射下闪着猩红色的光，一闪一闪，像我的思绪不停地晃动着。雅楠昨天在微信群里感慨地说，短短两年的时间，钻石星空读书会已举办了96期活动，自己也伴着书友们的尊重、希望、信任，在改变、在成长。

金牌主讲人郝老师，经常拎着行李箱匆匆走进书房；争争老师辞掉两个活动，从20公里以外的高校园区赶来；董老师自从走进书房，读书会一期没落；还有在校研究生耿同学……

所有这一切，都让人不忍心放下。

是啊，很多人也都有着和雅楠一样的感慨。

在附近居住的张先生说："每当看到法桐树下的灯光，总有一种亲近感，不由自主地便走了进来，翻几页书，心里才踏实。"

从东区赶来参加读书活动的恰恰老师说："参加读书会，有时是为了分享读书的体会，有时也是为了和雅楠几个书友面聊。几天不来书房，心里便没着没落的。"

其实，凡经常来书舍参加活动的，平时也都是阅读爱好者。即使这样，同样需要有一个读书环境和逐渐养成的过程。

也许是法桐树下的灯光吸引着路人，也许是高脚杯内的猩红色让人眼花缭乱，书舍门前和落地窗下，站了一排观看的人。

是羡慕还是意欲参与呢？不知道，或许都有吧。

（2019年10月）

梨花落时

情 结

每次去太原出差，心中最大的念想就是去大寨看看，爬爬虎头山。可每次都是因集体活动而未能成行。参加工作几十年，这快成我的心病了。

这次暗下决心，再多的理由，去爬虎头山也要排在第一位。幸好我的好朋友，陕西卫高潮先生与我志趣相投，一拍即合，会议一结束，两人便在我的故交、山西杨培忠总编的陪同下悄悄出发了。

三月的郑州已是桃花盛开，可三月的晋中山区却刚刚春意萌动。汽车窗外沟壑纵横，山间树林泛着淡青，料峭的春风吹拂着我的脸颊，感悟着春天神奇的力量。

去大寨看看的念想缘起于青少年时代。

二十世纪六十年代末，我随家长回老家当农民。当时农村“学大寨赶大寨”正掀起高潮，学生的课本里、电影开演前的纪录片上、广播喇叭里，还有街道两旁、房前屋后的墙壁上都是宣传口号和标语。“虎头山”“狼窝掌”“七沟八梁一面坡”等地名，深深地印在了我的记忆深处。

那一年，大年初一下地造“大寨田”成为风尚。我也有幸跟着生产队的社员体验了一次春节当天下地干活儿的滋味。北风卷着雪花在空中飞舞，田间地头的红旗猎猎作响，“学习大寨干大寨，大寨红花遍地开……”的歌声此起彼伏。

那感觉就好像现在的农民在大城市买了一套楼房一样欣喜，觉得自己跟上时代潮流了。

两年的农村生活，给我留下印象最深的，就是“农业学大寨”，当时就立下一个小目标，有机会一定要去那个神奇的小山村看看。

几十年过去了，随着时代的变迁，大寨的神秘色彩逐渐褪去，喧嚣多年的山村安静了下来。然而想去大寨看看的念头却依旧挂在心里。

我隐隐约约觉得，这一定是情结在作祟。

大寨是晋中市昔阳县的一个村，距离太原约 160 公里，距离昔阳县城五公里。汽车路过县城后不足十分钟，靠着山坡竖起的一面做前进状的超大型红旗雕塑远远地映入了眼帘，上写“农业学大寨”五个大字。提示游人，大寨到了。

汽车爬着大坡往山上走了一会儿，停在一个依山而建的大门前。下车后，需仰视才能看清大门全景，大门上头两个硕大的红字赫然入目："大寨"。

走进大门内，是一小块平地，最抢眼的便是那棵著名的大柳树，旁边的楼房门口，挂着大寨村委会的牌子。我知道，人们所熟知的大寨的许多重大活动，都发生在这棵大柳树下。

这里虽然没有了过往的喧嚣，但天南地北的拜访者仍是络绎不绝，像农村过年时到姥娘舅家串亲戚，既心怀敬仰又热闹喜庆。来来往往的人们有的圆着自己年轻时的梦，有的寻求着新奇，无意中又把这个偏僻的小山村与外面的世界紧紧地联系在了一起。

村子早已不是过去的模样，大寨核桃露厂、羊毛衫厂等企业显露出现代化气息，街道两旁一家紧挨一家的商店销售着本村本地的产品……

顺着大柳树下的柏油路往里走，是一排排以窑洞为主体的农家院落。院落的大门都开着，任游客随意出入。我们走进一家庭院，院中没人。我朝敞开着的正房走去。进门后，一位头发雪白、穿一件红色上衣的老奶奶正坐在炕上整理衣服。见我们进来便微笑着打招呼。谈话中我们才知道，她竟是大寨第一代劳动模范、大名鼎鼎的宋立英。

宋大娘说，她平时大都在太原女儿家生活，前天才回来。虽然八十七岁了可总也闲不住，还是回来干点儿活儿舒服。

宋大娘的几句话，把一个空中楼阁里的英雄人物拉回到人间，立刻让我们感受到了一个真实的大寨人。

在一家商店前，培忠兄顺手买了两瓶二两装“大寨”牌高粱酒硬塞在我的裤兜里说：“到山上喝两口，我在山下等你们。”

我当然理解，多次来此采访的杨总，已经没有上山的心情了。

宽阔的柏油路直通虎头山顶，山顶著名的人工湖湖水清澈见底，山坡上、山涧里的大寨林正泛着新绿，处处洋溢着旺盛的清新之气。

初登虎头山却有着似曾相识的感觉，山上的一草一木都显得格外亲切。

路边峭壁上两棵硕大的杏树正开着绚烂的花。在这个春意萌发的季节里，在满山浅褐色的树林里，这两树粉里透白的杏花，宛如报春的消息树，报着春天到来的消息。

站在杏树边往远处望去，昔阳县城若隐若现，山下，大寨村容整齐划一，企业厂房高高耸立，一个现代化新农村就在眼前。

同行的高潮兄突然问我：“你会唱大寨的歌吗？”

我正沉浸在一处处厚重的人文景观欣赏中。分辨着哪儿是改造后的“狼窝掌”，哪儿是过去的“七沟八梁一面坡”。

忽听卫先生发问，半天没有缓过劲儿来，遂忙不迭地回答："嗯，会……会两首呢。"

清清嗓子，我用沙哑的喉咙唱了起来。

"我站在虎头山上，迎着朝阳放声歌唱……"

再往下，词儿记不全了。

还有"学习大寨呀赶大寨，大寨红旗迎风摆……"

我念歌词儿一样的唱歌水平，更激发了高潮兄的情绪。

他说："我来。"

他一开口，我吃惊得差点儿坐地下。有板有眼，字正腔圆，情绪高昂，韵味十足。分明是歌唱家的水平啊！

"一道清河水，一座虎头山，

大寨那个就在那山下边。

七沟八梁一面坡，

层层梯田平展展。

牛羊胖乎乎，新房齐崭崭，

炕上花被窝，囤里粮冒尖，

银光满屋喜气多，社员梦里笑声甜……"

"一花引来万花开，全国农业学大寨……"

他竟然一连唱了好几首，还能把大部分歌词顺下来。我也不由自主地跟着唱起来。

卫先生是典型的中国文化人。高挑挺拔的个头，白皙的皮肤，穿一件月白色的衬衣，文质彬彬中透出轩昂的气质。我知道他除了致力于工运事业，还是陕西著名书法家、兼任中国职工书法家协会的副主席。特别是经文化部授权，在“章草”书法电子字库收集整理方面有着独特贡献。

几首歌唱下来，周身发热，面红耳赤。卫高潮显然有些激动，两眼闪烁着晶莹的光。

我和卫先生一样，歌声过后，竟热泪盈眶，空旷的内心一时没着没落的，四肢无力，软绵绵地躺在山坡上。口袋里的高粱酒还没派上用场，人便醉了。

这是情结松动后的短暂空虚，还是对青春已逝的感伤？

神奇的是，整个人好像大病初愈，顿觉浑身筋骨舒展，气血通畅。

漫漫人生路，转眼就成过往。刻在脸上的是皱纹，留在心里的叫情结。当岁月的河流急促而过，只有皱纹和情结还铭记着过去的故事。

有些往事之所以还时有出现，让你剪不断、理还乱，大多是情结这家伙在隐隐作祟。就像滚筒洗衣机里的衣服，死死地与岁月纠缠在一起，转得越快缠得越紧。把它放松下来甚至倒转，恢复初始，反而会纹理清晰，一切又回到正常轨道。

想起村上春树的一段话：

“不必太纠结于当下，

也不必太忧虑未来，

当你经历过一些事情的时候，

眼前的风景已经与从前不一样了。”

太阳不知什么时候从云层里露出脸来，灿烂的阳光照耀在虎头山上，一切顿觉明亮光鲜。杏树上粉红的花瓣越发晶莹剔透，给浓密的山林带来一抹闪亮的色彩。

（2017 年 5 月）

我在北海道的居酒屋等你

三月中旬，京都的早樱已是满树惊艳，而北海道仍是冰天雪地。

我站在小樽街边，想给运河尽头的雪山拍张照片，一脚跨出去，膝盖竟陷进了雪里。不禁感叹道，北海道的雪，才真的是雪。

想起了半月前益民电话里跟我说，他看天气预报了，北海道有暴雪，得带件厚棉袄去啊。三月八号早上临出发时他还问我带厚棉袄没。

真叫他说准了，这都十几天过去了，北海道的大雪依然像厚厚的棉被，稳稳地覆盖着大地和房屋。没风没雨，不急不躁，标准一幅幽静的雪乡大幅实景照。我们棉衣棉帽全副武装，的确很暖和，不知那个没有按时到达北海道的益民，你穿得暖和吗？

王益民两口子是我的老朋友，也是我们团队的成员，一起从郑州出发经由上海浦东国际机场飞来日本。因飞机在大阪关西国际机场降落时益民突发脑血管疾病，滞留大阪医治。团里的朋友说，日本医疗条件很先进，送医院又及时，康复了不误追团，我们在北海道等他。

益民想去日本看看是由来已久的心愿。无论是北海道的雪、京都的樱花，还是居酒屋的烧酒，抑或是日本国民的素质，都对他都有着强烈的吸引力。省会新闻界一帮朋友确定去日本采风时，正巧他找我讨论一篇文章，我把消息告知了他，他很兴奋，要求加入。

他为去日本做了很认真的攻略，包括网上预览风土人情、历史地理以及天气。上飞机前的那天晚上，还兴致勃勃地给我打电话说："我查了，飞机上每人可以带一瓶白酒。咱到北海道喝。"

据说他一个晚上都没怎么睡觉，早上五点就起床了，他开玩笑说："我们住在农村（其实是郑东新区的河南财经政法大学），离市区远，别迟到了。"

我们在北海道的首府札幌安顿下来的时候，天已渐渐黑了下来。路灯高高地挂在灯杆上，发出柔和的光，照亮着这座疑似城乡接合部的城市，也照亮了路旁厚厚的积雪。

我不想去吃晚餐也不想与人结伴，只想一个人在街上漫无目的地走。

或许是大雪的原因，又或许是人口稀少的原因，札幌的夜晚很安静。没有嘈杂的叫卖声，更没有轰轰隆隆的汽车声，正在营业的小饭馆、小商店里，暗淡而温暖的灯光下，可以看见主人在安静地忙碌着。偶尔有人走来，也是目不斜视匆匆走过。路旁有不少家庭轿车在一条条胡同里整齐地停放着，车顶落了厚厚一层雪。我的皮鞋踩在路边的积雪上，发出吱吱的寂寥响声。

说是漫无目的地走，其实是心情极其复杂，借着走路平复一下因压抑、揪心而即将炸裂的胸膛。以免稍不留神惊扰了他人。

团友们一路上不停地问："你的朋友怎么样了？"

特别是今天下午，有人还记着那句话："王老师什么时候能到北海道？"

我没有回答。

两天前，也就是三月十二日的下午一点半，团友们正在东京浅草寺游览，我依旧心神不宁地坐在偏僻处担忧着益民的病情。

带队的刘经理悄悄走到我身边，声音低沉地告诉我说："王老师刚刚不在了。"

我脑袋一蒙，张大着嘴却说不出一句话来，刚背过身，眼泪便唰地涌了出来。

好端端的一个人，说没就……真的没了吗？

强忍着阵阵心悸，我默默走到寺院大殿门前的请香处，请了一束香，再默默地走到香炉前点燃，并用双手捧在胸前，心里默默地念叨着："益民，兄弟给你送行了！可是你，你真的就……走了吗？”

同行的朋友们一直认为益民的病情问题不会太大。我也清楚地记得，那天晚上我和他夫人一起在他手术结束时曾当面听医生说，堵塞的血管疏通了。其间他夫人还几次回复微信安慰我说，一切正常。

怎么突然就……

事后才知道，益民的脑血管第二天凌晨就又有了新的梗塞。他善良的夫人为了不影响团队的行程和大家的心情，一直在隐瞒着实情，独自默默承担着天大的悲痛。益民终因脑干梗塞，且又连续出现不良状况，日本医院也回天乏术。

益民是个性情中人，睿智、豪爽、好交朋友。语言幽默诙谐，是写文章的高手，也是生活中出了名的段子手。特别是在工会理论研究方面，更是备受业内人称赞。虽然办理了退休手续，中国恒天重工总部仍经常安排他一些事情帮忙处理，年前还曾请他去南昌一家濒临倒闭的国企把脉问诊。

我和他认识 30 多年了。那时我们都年轻，他在郑纺机工会做文字工作，我在机关也是码字。下企业调研时，常在一起喝酒，打牌、写材料，一来二去有了共同语言。而真正的近距离交心还是 1997 年 12 月始，奉领导指示我带工作组在郑州市督导建家、建会、建制，把他抽调出来协助我。整整九个月，吃住行写稿在一起。他的稿子理性强、有条理，特别是对上级政策条款和基层实际吃得透；我的文章感性强，有内容、有情节、把握有度、不偏激。融合在一起就像模像样了，省领导给予高度评价。有人说我们是强强联手，有人说我们是珠联璧合，其实是志趣相投罢了。

自那之后，我们成为惺惺相惜的知心朋友。经常在街头巷尾的小馆子里喝酒划拳说段子，烟雾缭绕中发出会心而爽朗的笑声。

尤其是近一个时期以来，我俩联系更为紧密。一家财经杂志向我们约稿，要求讲述一些河南工业，尤其是郑州纺织工业过往的历史。

我俩都是要面子的人，生怕写得稍有疏漏影响一世英名。他的文章让我改，我的稿子让他修，一遍遍地不厌其烦。他说关于讲述郑州纺织工业的历史，已与两个纺织企业的文字高手商量好了，准备认真地下番功夫。我俩还计划着出一册读本，坚决不用官话、大话、套话、空话、假话、废话，实实在在捋一捋工会到底该如何为职工做点正经事。

这才刚刚把情绪调动起来，刚写了三四篇就……

工会研究在继续，世间再无王益民。

札幌街头几间酒馆出现在面前，一家直接挂着居酒屋的招牌，一家在门头上写着“若武者”几个大字，门口挂两个小型冬瓜似的暗红色灯笼，灯笼上写着“居酒屋”三个字。另一家屋檐下挂着一溜玻璃罩灯笼，上面写着日文，但橱窗里酒瓶子放了不少，一看便知是酒馆。

心里一直记挂着益民在北海道居酒屋喝酒的念想，我要帮他实现。

我推门走进一家开放式的居酒屋。

居酒屋的操作间由一道玻璃窗与客人隔开。在玻璃窗内侧置一烧烤架，两个小伙儿在忙碌；玻璃窗的外侧是一溜长条桌，桌上摆有各式酒品。客人可任意挑选。虽语言不通，但酒瓶上的文字还能认得不少，能理解大致意思。

我在桌前坐下，示意小伙儿点餐。小伙儿忙从操作间走出。我指着一瓶烧酒说就它，又点了烤鱼、烤生蚝等。其实我听说到日本喝清酒搭配吃寿司、刺身是一种时尚，多种有机酸中和异味物质，去腥清口。可我觉得清酒就像汽水，没一点酒的感觉，还是喝烧酒吃烧烤来得痛快，关键是益民来之前说要喝烧酒的。而且这里没啥客人，安静，便于与益民对饮。

酒菜上桌后，一阵心酸涌上心头……说好的一起来北海道看雪、居酒屋喝酒，他人却半道儿不知了去向，不免悲从中来。蓦然忆起西班牙著名诗人洛尔迦的一首诗：“我用呻吟之词歌唱他的淡雅，我记住橄榄树林里的一阵悲风。”

想一想，人生一世，真的是一阵风啊！

我用烫热的酒壶斟满两只酒杯，说：“益民，喝吧，北海道的烧酒。”

待我满脸通红面颊发热时，泪珠也随之悄然滚落下来。

益民在飞机上出现病症之前的一分钟，他从后排隔着人给我递过来一杯啤酒，情绪极好地说："来，喝酒。"我接过来，刚喝了一口就……

从此益民再没说过话。

朋友们都说益民爱喝酒、爱抽烟。特别是酒喝到微醺，手里的香烟化为烟雾缭绕在头顶，他微眯着精灵似的双眼，狡黠地笑着，再来几句让人忍俊不禁的俏皮话，一定是他最舒服之时。

但很少有人能触及他的心灵深处。

也许他试图用世俗痞气的外衣把高雅深沉的内心包裹起来，以对抗世事和命运的无奈；也许他是用这种麻醉自己的方式来释放积压在心灵深处的隐痛。

益民祖籍是湖北省大悟县王家冲，他家是当地的名门望族，爷爷在二十世纪四十年代曾任上海《新民晚报》总编辑，父母于新中国成立初期作为医学特殊人才被引进河南。

益民1955年出生于郑州，自幼聪慧好学，成绩出类拔萃。正欲考大学之际却被时代洪流裹挟着成为信阳光山下乡知青。繁忙的大田劳作阻挡不了他求知的强烈欲望，他曾跑遍光山县城和信阳的图书馆，如饥似渴地阅读了大量各类经典图书。特别是在信阳机械学校上学期间，更为他读书提供了条件。

技校毕业后辗转来到郑州纺织机械厂工作。这在当时的确是人人艳羡的黄金职业，一个出身于知识分子家庭的孩子，如今穿上一身劳动工作服，摇身一变成为工人阶级的一员，走在街上都两脚生风。

他不想考大学，不想离开工厂甚至不想脱下这身沾满机油的工作服。等到上大学成为时尚时，已错过了最好年龄，只好通过自学考试取得了本科及硕士学位。

世事难料。国企改革了，工人下岗了，这身工作服的神圣大打折扣。

但他毕竟是个人才，职务也逐步晋升到大企业党委委员、党群工作部部长、工会副主席。他的能力特别是为人在省内工会界，在恒天集团内也都有着良好的口碑。

但再大的企业也是基层。谁有需要都可以打个电话吩咐他写篇稿子；去市里开会、送文章，他见了门卫也报以笑容。尽管机关干部都知道他有水平，都尊重他，但骑着摩托车来来往往的他与坐在办公室改他材料的年轻编辑总归有着不一样的阅历和心境。

也许喝酒成全了他的侠义心肠，他的朋友遍天下；也许酒精如甘露，浇灌了他肆意开放的智慧之花，他总是妙语连珠，语惊四座，许多粉丝为之倾倒。

对酒当歌，人生几何？其实，一个有美酒、有朋友、有掌声的生活状态，未必不是快意人生！

来，益民，再喝一杯。

我发现日本的烧酒与家乡的酒有很大区别。咱家的酒特别烈，一杯下肚口腔和肠胃就火辣辣的，酒劲儿直冲脑门。而日本的烧酒喝两口下去，全身便暖暖的，但没酒劲儿。不过喝着喝着就晕了，有点温水煮青蛙的意味……

他不接我的话茬儿，我醉眼惺忪地转脸看他，只有一只酒杯孤零零地倒伏在桌上，人却没有了踪影。我急忙追到门外寻找，路灯下只有厚厚的积雪和路人经过时，脚下吱吱的响声。我端着酒杯，看着小冬瓜似的红灯笼上的“居酒屋”三个字发呆。

一阵冷风吹来，我打了个寒战。

想起李白独斟独酌的情景，想起了“举杯邀明月，对影成三人”的诗句。而在没有月亮的北海道，只有孤独的我和居酒屋门前的红灯笼相望着，还有益民渐行渐远的身影。

益民，我在北海道的居酒屋等你，你知道吗?

（2018 年 6 月）

城墙根

郑州金水路上新开张了一家茶餐厅，名曰“城墙根”。高大宽阔的门脸上装饰着一幅伟岸、逼真的古城墙画面，“城墙根”三个大字镶嵌其上。仰望之时，蓦然想起家乡的城墙。虽风雨沧桑，城墙不复存在，但城墙根的童年生活却时刻萦绕在心头。

我的家乡河南睢县是一座古城，北宋时曾设拱州，下辖五县护卫着汴京。乾隆年间重筑的城墙、城门楼历经百年仍气势恢宏，县志多有记载，小时候也常听老辈人说起。尤其是城墙西门，设有瓮城。从一道门到二道门中间是一个瓮圈，外面的那道门向南开，人称“扭头门”。抗日战争时期，天一黑城门便落锁，鸟也飞不进来。听说那时我爷爷在城外西北六里处的赵堂村做小学教员，有时回来晚了，只能翻城墙回家。

新中国成立后天下太平，城门也失去了原有功能，年久失修，逐渐败落。二十世纪六十年代我刚记事时，西城门只剩下一个厚实的土城门。但城门两边的城墙，基本还算完整。硕大的城砖丝丝紧扣、层层叠叠。不过许多城砖已被岁月侵蚀，斑驳残损，呈青黑色，城墙底部的城砖上长满了青苔。

县城地貌极像一个鸭蛋，椭圆形，东西长十里，南北宽六里。我家就居住在城内西门里，距城西门约一公里处。

那时，西门里住家户还不多，尤其是大队部以西的大街两边大多是空地或水坑。“大跃进”过后十年内，家家户户没有院墙、树木，也没有饲养猪、羊、鸡、鸭。南家后、北家后是大片的芦苇坑、沼泽地。站在我家房前屋后，可以一览无余地看清南城墙、北城墙。门前的西门里大街像一把弯弓，把大西门与城里十字街连接在一起，把农村与城市连接在一起。十岁那年，当我知道郑州、开封的汽车要想去商丘甚至上海，也要从我家门前经过时，还专门蹲在门前岗子上用疑惑的眼神看着熙熙攘攘的车流人流，暗自兴奋了好几天呢!

记忆深刻的是“自然灾害”那几年，我们家的房子被城外灌进来的大水泡塌，一家人移居到西城墙内的城墙根居住。这也正是我逐渐有了童年记忆的年代。

那时不知道什么是幼儿园，天天跟着几个同龄小伙伴沿着城墙爬上爬下。

城墙上的城砖码放比较规整，一层压一层，层层渐次往上收缩，风雨沧桑几百年，每层的砖缝都已开裂。手扒上面的砖缝，脚踩下面的砖缝，一会儿工夫就可以爬到城墙顶上。由于年代已久，很多地方墙土已裸露。为了方便，我们经常沿着裸露的土墙塌陷处往上爬，常被酸枣刺刮破手臂。

到了城墙上面，是高低不平、宽窄不一的黄土脊，边缘长满了刺槐树、酸枣树。站在城墙上往外侧下面看，是一条长长的护城河，我们当地称之为“海子”。海子约有五米宽，水面平静清澈，绿色的蒲草、散乱的芦苇长满两岸。海子与城墙之间有两三米的空地，荆棘丛生，杂草遍地，时而有野兔跳过，细微的响声也能使人惊出一身鸡皮疙瘩。使本来就人迹罕至的这块地段更加神秘莫测。

那时的我们常听大人讲述狐狸在这里出没的故事，半夜听见鸡没命地叫，就知道又有人家的鸡被狐狸偷走了。大人还说，小孩不听话，狐狸也抓小孩，吓得小孩立刻止住哭声，用被子蒙住头偷偷侧耳细听，一夜不敢入睡。

1961 年大食堂即将散伙的时候，一天傍晚我跟随姑姑提一只瓦罐去食堂吃饭。那时已不再强求围桌吃饭，我便端着瓦罐来到食堂外的空地里吃。晚饭是红萝卜稀饭，因汤稀红萝卜块少，我先把汤喝完，留着几块红萝卜准备慢慢细品。这时有人手指着北城墙根喊：“快看，有狐狸！”我慌忙站起来张望，看了半天也没看见狐狸的踪影。重新蹲下来吃饭时，才发现两只“扁嘴子”早把瓦罐里的红萝卜秃噜完了。我心疼地掉下了眼泪。

按照县里城市规划，西门里长约三华里的这条街叫建设街，1985 年我家翻建新房时，拆掉的旧木门门框上还钉着蓝底白字的门牌，上写“建设五街 10 号”的字样。街道、门牌对于农村户口的人没有实际意义，还是城关镇西门里大队、西门里村的称谓来得实在。

村里的土地都在西城外和北城外，下地干活都要翻城墙过。久而久之，除了走西门或翻西南城角，北城墙上也走出了一个“豁口”，我们叫它北豁口子。孩子们虽然不干农田的活，但割草、剜菜、拾柴火都不得不干。出城进城一天几趟，城墙成了我们不能远离的活动场所。

记得有一年夏天午饭后，我和一个小伙伴去北城外剜菜。北家后到处是水坑还有坟地，城墙根是长满蒲草的里海子（内护城河），城外是外海子和密不透风的高粱地。中午那会儿太阳火辣辣地照着，城墙内外连个人影也没有，宁静得让人发怵。北城外豆子地里蛐子的叫声格外刺耳，越发让人不安。过北豁口子去城外，要先上一个大土坡，刚走到北豁口坡上时，“噌”地从城墙背后蹿出来几个半大孩子，为首的一个光着膀子，挎一个拔草篮子，手拿一把镰刀大吼一声：“呔，我是一块儿云——蓝瑞，招家伙！”

后来我知道他们是头天晚上在打麦场的麦秸垛旁听马德成讲《五鼠闹东京》听入迷了。可当时真把我俩吓蒙了。慌乱之中定睛一看，原来是家住清真寺附近的几个孩子，平时并不交往，但他们调皮的名声却早有耳闻。为首的那个一看是我，不好意思地笑笑说：“哈哈，开路开路。”

《地道战》看多了，电影语言张口就来。

我平时很少回老家，小时候又长得白净乖巧，虽与家乡人没有过多交往，但很多人都知道我是商丘市回来的学生，总对我另眼相看。

后来在城墙根玩耍的小伙伴们都长大了，再回去时走在十字街以西的大街上，推车卖垛子羊肉的、打烧饼的甚至开羊汤馆的人中不少都认识我或者是他们的家人认识我。看到我回来一边叫着我的名字，一边把烧饼和切好的垛子羊肉塞到我的手里。有一次还有人把我拉到街头宣传栏下的背影处，手捧一个热羊头，打来两黑碗睢州粮液，蹲在地上喝起来。

这种乡愁，经常随着眼泪涌上心头。

1968 年，“破四旧”也蔚然成风。县城里不少文物古迹被一扫而空。

忽一日，不知谁家带的头，半夜三更到城墙上扒城砖往家拉。码院墙，垒羊圈，还有的直接用来盖房打地基。这当然都是有劳力、有推车的家庭才能做的。一块城砖约三十斤重，妇女小孩是搬不动的。即便是辛辛苦苦扒下来，想搬回家也是难事。

我叔叔当时虽年轻，却是个远近闻名的老实人，扒城砖的事连想都没想过。后几经家人撺掇，勉强搬回来十来块城砖，家里盖房时做了地基。

前后十来天工夫，本就“衣冠不整”的城墙露出了土黄色。

那时我刚随家人从商丘下放回老家，一家人循规蹈矩、小心翼翼地寻找着赖以栖息的安全地带。上城墙搬砖这种极具冒险精神的事，听听都觉得心惊肉跳。

其实，扒城墙的故事传说已久。新中国成立初期建成，目前作为文物保存的睢县高中工字教学楼，哪一块儿砖不是在老师指挥下，学生用肩膀从城墙上扛回来的呢？

鸟瞰睢县县城长十里，宽六里的椭圆形地貌，历史上都说像一只展翅欲飞的凤凰，而且是经过“凤凰三展翅”，才降落在现在这个富贵之地的。

如今这只凤凰，凤冠尽失，锦羽不再，它还能飞得起来吗？

站在我家房后，往西北方向望去，被扒掉城砖的北城墙像凤凰一只光秃秃的翅膀，无力地匍匐在那里。如果夜深人静时细听，准能听到凤凰的呻吟声。

二十世纪八十年代初，我大学毕业分配在省直机关工作，周末奉父母之命回乡修缮老屋。看到叔叔正在家后新修的柏油路上晾晒粮食，宽敞的路面，崭新的路基，城里城外尽收眼底。

我一惊一乍地感慨着，自己也说不清心里是什么滋味。

这是以推平土城墙并以城墙基底为路基修成的环城柏油路啊！

这座重建于清乾隆五十九年，竣工于嘉庆元年的古城墙，历经 200 年的风雨，终于完成了它的使命，彻底退出了历史舞台。

如今，随着新城区的开发和城乡一体化进程的快速推进，城里城外大道开阔，楼宇高耸，湖水荡漾，绿树成荫。

也许这就是凤凰涅槃吧。

现在的年轻人或许压根就没有城墙的概念，而对于我这个在城墙根长大的人，魂牵梦萦的却还是那斑驳的城墙和城墙根下的童年生活。

（2020 年 7 月）

独弦琴

晚上散步回来，客厅电视里正在直播第十五届青歌赛。夫人聚精会神地端坐在沙发上观看着。

我坐下来时，电视里正在进行歌手综合素质测试的“快问快答”环节。试题里出现一个乐器画面，我随口就来：“独弦琴！”歌手却怎么也答不出来。

徐沛东点评时说，这个乐器叫独弦琴，是广西京族的一个传统乐器，京族独弦琴艺术经国务院批准，已于 2011 年列入国家级非物资文化遗产名录。

夫人抬头不解地问：“你熟悉这种乐器？”我说：“我不仅熟悉，我还亲手制作过一架独弦琴呢。”

那年我刚上高中，“文化大革命”还没有结束。父亲单位来了一位北京叔叔，年龄四十来岁，高高的个子，黑亮的大背头，戴一副宽边黑框眼镜。后来果真听说他是国家民族乐团下来的，姓焦。

我虽然不知他有什么专项技能，但仅凭他是国家级大乐团来的就已让我仰视。

有一天，焦叔叔问我：“你喜欢什么乐器吗？”我低着头半天没说话。

叔叔看我腼腆，就说：“今天晚上我领你去拜个老师吧。”

突然有机会跟着名人学乐器，实在说不清是惊喜还是胆怯，或者压根儿就迷茫。但我也心有不解，你是专家，不亲自教我，还去哪儿拜老师呢？后来才知道，他可能学的是高端乐器，条件不具备时无法教人。

我们来到位于郑州市市民新街的河南省京剧团。找到一位阿姨，据说是京剧团的琵琶演奏员。焦叔叔对她说：“给你带来一位学生，你教他弹琵琶吧。”

那位阿姨很热情地答应了。问我过去弹过琵琶吗。我低头小声回答说：“没有。”她准备先教我指法，然后就把右手的拇指和食指、中指收拢起来，拉过上衣衣襟角，在衣角上来回拨拉，做弹奏状，并让我学着做几遍。

回到家里，按照老师的要求我的手指在衣襟角上不停地拨拉。两天后又去汇报了一次，老师说很好，要再巩固一下。这样我又拨拉了几天。

也许是老师看我没基础，也许碰巧老师那一段外出演出不在家，也许是焦叔叔因工作的事心神不宁，总之后来就没再去见过那位老师。

要说也不能怪老师，自己既没基础也没琴，老师总不能一开始就把自己演奏的琴给你胡乱拨拉吧。学琵琶的事就这样结束了。

看来焦叔叔真心想教我一点本事，就说：“我教你独弦琴吧，咱自己可以做。”

按照焦叔叔的要求，我领着他来到位于政二街的教育厅机关木工房，想找一根粗一点的竹筒，但没找到。只找到了一根五十厘米长、五厘米见方的木料。让木工师傅帮助刨平整，又找来一根细竹竿，劈开、刮净、磨平滑，一头削出一个尖，放到火上烤软再捏弯，一头固定在那根刨平的木条一头。又去乐器店买来一根马尾，固定在竹片上端捏弯处和木板另一头。形成一个直角三角形。

用了两天时间，一个独弦琴就完成了。

焦叔叔真是见多识广。他说：“这是广西一个少数民族的传统乐器，本来应该以大竹筒为琴体，咱就因地制宜、因陋就简吧，可能音色传导不太好，但只要用心学，一样能弹出好听的曲子。”

晚上，在焦叔叔宿舍里，经过几番认真调试，琴弦终于能弹出调调来了。

可焦叔叔仍然不好意思地说：“音质实在是不好，发音既不醇厚，音色也不清澈，无法与正规的独弦琴相提并论。但不管怎么说，总比没有乐器强。”

我点点头，想起用手指拨拉衣服角的事。

焦叔叔用左手轻抚着矗立的竹片，并根据音律需要微微晃动，右手指拨动着那根独弦……

琴声虽不够醇厚，音色却也绵软轻柔，委婉悠扬。

我听出来了，焦叔叔弹奏的是当时的著名歌曲《越南——中国》：“越南中国，山连山，江连江，我们的友谊像朝阳……共饮一江水，朝相见晚相望，胜利的路上红旗飘扬……我们高呼万岁，胡志明，毛泽东！”

我两眼放光，神情激动，这一块木头就能弹出曲子来？真神人哪！遂打心眼里对焦叔叔肃然起敬。

不知这首越南人谱写的曲子是专门为独弦琴谱的呢，还是焦叔叔弹得好呢？反正这首曲子让我陶醉了，那优美动听、荡气回肠的旋律时常萦绕在我的耳畔，伴我度过不少黯淡乏味的青春时光。

焦叔叔那句只要用心学，一样能弹出好听曲子的话也鼓舞着我，不怕困难，坚持住，不放弃。

焦叔叔说：“这首曲子非常适合学习独弦琴，你就多练练。独弦琴看起来结构不复杂，弹奏也简单，但真要弹好就不容易了。它需要乐理知识，需要对音质的感悟。手指弹奏的轻重、左右手的配合，都对音色起着至关重要的作用。你练习一段时间后，把弹奏独弦琴的基本要领掌握了，找着感觉了，咱再学新曲子。”

在焦叔叔的耐心指导下，我还真的有了不小的进步。甚至能独立弹奏《越南——中国》这首曲子啦。

大约一个月后，我正在准备练习新曲子的时候，焦叔叔不辞而别了。后来听说他没能留在教材编辑室，而被安排到基层更艰苦的地方去了。

一年后，我也上山下乡去了农村。几经搬家，那个独弦琴也不知了去向。

老师走了，琴也不知了去向，但我所学的曲子以及独弦琴的弹奏基本技巧却已熟记在心，至今也不曾忘记。包括独弦琴的制作过程，还有那不可多得的青少年时期的美好回忆。

尼采曾说：“当我想用一个词来表达音乐时，我想到了维也纳。”我却不然，我想到的是木工房里自己制作的独弦琴。

电视直播已经结束，我的讲述也使夫人几多感慨——如果人类没有了乐声，将会多么黯淡和枯燥……

其实人生也像学弹琴，无论基础怎样，环境如何，只要用心、坚持、不放弃，一样能有美好人生。

（2019 年 3 月）

捡起散落的青春碎片

一进入五月，我总会不由自主地一阵心悸。

直到有一棵毛白杨树和它那嫩绿透亮的树叶进入我的眼帘，心底的焦虑感才会慢慢得以平复。

我明白，这又是想起了我们青年农场饭堂前那一片高耸挺拔的白杨，想起了那些难忘的知青岁月……

今年五一假期刚过，我就急急微信联系翟繁华、王荷春、王升松、巴桂芝等几个同学说："五月十六号，是我们上山下乡45周年纪念日，咱回农场看看吧。"

这个日子当然谁也不会忘，大家早早就做好了随时出发的准备。

尽管郑州离我们青年农场仅约150公里路程，开车一大早出发，还是走了将近一个上午。

从尉氏县与扶沟县接壤的破旧老公路即将转向通往农场的土

路时，已经将近 12 点。我们索性把车停在路旁，下车虔诚徒步前行。

农场坐落在周口地区扶沟县一个偏僻的乡村附近。从周边往里看，一望无际的麦田中间，有一片高高的墨绿色的杨树林，酷似大海上一座小小绿岛，幽静而神秘。

一条乡间土路把外面的世界与绿岛连接起来，绿岛便瞬间有了生机。

时隔四十年，再次走在这条曾经步量过无数次的乡间土路上，格外亲切。看着路旁那陌生又熟悉的树木、庄稼，还有我们亲手挖掘现已干涸且杂草丛生的水渠，竟莫名其妙地想起了贺知章的著名短诗《回乡偶书》："少小离家老大回，乡音无改鬓毛衰，儿童相见不相识，笑问客从何处来。"

仰起曾经青春生涩的老脸望着天空那似曾相识的朵朵白云，四十五年前来农场第一天的情景泉眼一样咕嘟咕嘟从记忆深处涌上心头。

那是 1973 年 5 月 17 日，我们刚到青年场的第一个早上，叽叽喳喳的鸟叫声把我们从梦中吵醒。我和王荷春、王升松端着脸盆走到院里准备找水洗漱，饭堂前一片毛白杨树出现在眼前。这些杨树大都有足球般粗细，十来米高，叶子新绿中透着鹅黄，嫩嫩地闪着亮光，给人一种旺盛生命力的感觉，立刻让人神清气爽。

杨树林西边是小菜园，一架铸铁链条水车呼呼啦啦有节奏地往上抽着水，毛驴永远地朝着一个方向循环往复地努力旋转着，清凉的井水咕咕咚咚地顺着水槽流出来，浇灌着绿油油的菜地。

同学们手里端着脸盆肩上搭着毛巾，围在井周围一边洗漱一边哼着歌嬉笑着，一个同学背心上的“郑州 27 中”几个字分外醒目。

那个清晨里，杨树嫩绿的新叶、老式水车呼呼啦啦转动的响声，连同同学们欢快的嬉笑声，永远地刻在我的心头，有画面也有声音。顺境时想起来踌躇满志，逆境时想起泪流满面。

那是一个充满希望的初夏的早晨，那是一群青春四溢的年轻人满怀激情地迈出的人生第一步。像第一次飞出鸟巢的雏鹰，翅膀一展便鸣叫着直冲天空。

后来的日子里，我们和这片杨树便结下了不解之缘。在杨树下吃饭、在杨树下开会、在杨树下乘凉……

白杨树下就是我们的家。

曾经贫瘠的黄泛区沙土地经过几代农民和我们的辛勤劳作，现如今已是良田万顷。路边的大田里，麦子已出齐了麦穗，整齐又平坦，像一块巨大的地毯伸展开去。如果时光机把我们变回滑板少年——没准儿大家伙儿能一口气滑到县城。

顺着麦田地边，我们信步走到了清水河岸上。

这是一条顺着农场南边缘，自西向东流的小河，把整片平坦的土地划归两个公社管辖。河两岸不知更换几代的毛白杨树学着它祖先的模样，一如既往地挺直着腰杆，像忠实的卫兵日夜守卫着潺潺东去的河流。河边野草丛生，荆棘遍地，五孔砖桥早已破败不堪，桥侧面砖砌的护栏已经坍塌，边上竖有一块破旧的木牌标识，“危桥”二字隐约可见。可以看出，这里早已人迹罕至了。

我的心沉甸甸的。顾不上河边的污泥和杂草，径自走到水边，长时间地望着河床发呆。

那一年秋收过后，农场决定为清水河河床清淤。我们每四个人一组分段挖河泥。

挖河泥可不是一般的活儿，我们除了一把子蛮力什么也不会。农场请来的几位农民老师发挥了作用。我们分台阶往上运污泥，河床底部的泥往半腰运，半腰的泥再甩到岸上。

我赤脚站在河床底部，裤腿挽到膝盖以上，沾满淤泥的衬衣已分不出颜色。手握一把铁锨，挖一锨淤泥使劲往上甩。有的甩了上去，有的却一抬手就又撒在脚下。

半天过去，汗水和泥水混在了一起，整个人已分不清模样，像极了艺人“泥人张”的作品。

杨树上的大喇叭里正在播放常香玉的《花木兰》选段“刘大哥讲话理太偏，谁说女子享清闲”，字正腔圆，韵味十足。

同学石宝成的一句话让我记了几十年：“听听常香玉的戏，人家就该享福。咱啥也不会，只能挖河泥，累死也不亏。”

是啊，没有一技之长的青年，只能出苦力。这句话我记了一辈子，也鼓励了我一辈子。

中午吃饭时间到了，简单冲洗一下便来到毛白杨树下。

因为上河工，食堂一改过去的粗粮窝头，清一色的风吹大方馍，一个足有二两重。我一把抓了四个，端了一碗水煮白菜坐在树下吃起来。

十七八岁的年龄，挖了一上午河泥，二两的大方馍在当时的我眼里就像广州酒家的金银小馒头，恨不能一口就吞下去一个。

饭后翟繁华说："你今天吃了十个馒头啊。"

其实，我中间还趁着休息跑到南岸河堤上，吃了一块王升松在土坑里焖的烧红薯呢。

看着静静流淌的河水和岸边丛生的野草，心里说不出什么滋味。这一块块田地里、河两岸，哪一处没有我们的脚印，哪一棵树木庄稼没有浸染过我们的汗水？哪一块儿空气中没有存储着我们的欢乐与痛苦？

那田间地头鲜艳的野花，那阵雨过后挂在麦叶上闪烁的水珠，无一不是我们散落一地的青春碎片在闪着光。

生活总是多姿多彩，有耕种、有收获、有苦恼、有欢乐。知识青年版的农民毕竟还是农民。日出而作，日落而息，周而复始。

从河边顺着地界深沟往北走，绕到东北角。这一块麦地过去是苹果园吧？

1974年的冬天格外冷，北风呼啸着夹带着雪花扑面而来。农场决定改良农作物种植结构，在农场东北地块种植苹果树，建一个苹果园。

那时候，苹果好不好吃不太知道，因为没有几个人吃过苹果，但苹果树难栽我们是深有体会了。

寒冷的天气滴水成冰，地也冻成了硬块儿。要挖一个树坑得费很大的力气。往往一铁锨下去只能挖出一道白印。上工的时候，因为风大还有雪花，我还专门穿上从家带来的一件父亲的旧大衣，但不一会儿已满身是汗了。当时就暗自嘀咕，我一滴汗水掉地上摔了好几瓣，到摘苹果的时候，谁不让我吃，我跟谁急。

三年后苹果挂果的时候，我离开农场返城当了工人。再回来看同学时，也不曾遇到过苹果成熟的季节，至今也没吃过自己栽的苹果树结出的苹果。

据说几年后新领导又重新布局种植结构，把苹果树全部铲掉了。

四十年过去了，这一片挂满苹果的果园，总在我梦中出现，魂牵梦萦，挥之不去。

记得那年栽上苹果树时，已临近春节，雨雪还在继续。我和翟繁华几个人结伴回家过年。我们拦截了一辆拉货的卡车坐在上面。一路上风吹雪打，到郑州时头发硬邦邦的，结了厚厚一层冰，敲敲能听到“梆梆”的响声。

后来到省直机关工作，经常下基层调研。早年很多小汽车里暖风设备质量不太好，有的年轻人觉得冷。我却从来感觉不到，想想那时候头发上结的厚厚的冰，一切都觉得特舒服。

顺着当年苹果园的位置再往西走，我们基本已转了一圈。

这该是土窑的位置了吧。那时，这座早年废弃的土砖窑，曾是一些同学夏日夜晚乘凉的地方。夜深人静时，偶尔还会有个别胆大的同学小声唱几段《四季歌》。歌声从窑顶缓缓飘来，轻轻的、绵绵的……突然又觉歌声像洪水猛兽一样可怕，有犯罪一样的感觉。急忙脸红心跳地慌忙四处张望，看是否有人发现自己在听这首不合适的歌曲。

然而仲夏夜的微风穿透力特强，“夏季到来柳丝长，大姑娘漂泊到长江，江南江北风光好，怎及轻纱起高粱”，声音越小，听得越清，你说怪不?

我们几个人一直在围着农场外圈转，谁也不说往农场中心走的话，不说看看农场以前的样子和饭堂前那片魂牵梦萦的白杨树。其实大家早就默默地打量过了，知青住过的几排红砖大瓦的简易平房没了，饭堂没了，那片杨树林和小菜园没了，那座曾飘来《四季歌》的土砖窑也没了……

但就是没人愿意首先提起，生怕因自己的提及扫了大家的兴。

最终我们还是无法绕过这道坎儿，心照不宣地走向中心位置。

这里已经成为一座公墓，路边一座简陋的牌坊式样的水泥建筑上写得清清楚楚。后来听说是前几年周口大兴平坟之风时的产物。

我们站在那里，沉默了许久，没人说话。

这样的结局是不是天意？没人说得清楚，也不想知道得太清楚。

我们努力地向周边望去，回忆着、分辨着，哪儿是原来的男生宿舍、哪儿是女生宿舍、哪儿是饭堂和仓库、哪儿是打麦场、哪儿是小菜园……

一向幽默风趣的翟繁华也没了往日的风采，自言自语地喃喃着：“没了，一切都过去了。”

是啊，青年没了，青年农场也没了，只有那条淤泥沉积的清水河还铭记着我们青春的痕迹。

巴桂芝眼圈发红，眼泪在眼眶里打转。这位上学时我们的女班长想起了什么呢？是雨天抢收庄稼时的狼狈，还是星夜往大田送粪时的辛劳，抑或是对芳华易逝的感慨？

刚才还晴朗的天空，这时淅淅沥沥下起了小雨。这是知识青年的心雨，还是上苍的眼泪呢？

我们心里清楚，四十五年了，一切都过去了，一切也都该过去了。一代人的青春，一代人的梦想，连同那挺拔的白杨树，那青春四溢的花样年华，还有那水井周围的欢声笑语，都在这座公墓里埋葬了。

以后还会有人想起青年农场吗？我想会的。

我还会想起饭堂前那一片白杨树的，想起土砖窑里传来的低柔的歌声，还有那散落一地的青春记忆。

再见了，渐行渐远的知青岁月！

（2018 年 5 月）

看　戏

上午在河边栽树时，无意中听两个同学小声嘀咕，说今天晚上大李庄公社贺家村请了县剧团唱戏，因为路太远，不打算去。

我和“老美”、王荷春不动声色地相互交换了一下眼神儿：“他们不去看戏，咱去。”

一

下午早早收工后，我们分头到食堂拿了个高粱面窝头，就悄悄经过场南五孔小桥，向着东南方向的贺家村出发了。

从郑州来周口地区扶沟县白潭公社青年场当知青也快两年了，除了去白潭公社看过两场电影，基本没有什么娱乐活动。这次的戏绝不能错过。

听说农场离贺家村有十五里路，的确是不近。但想去看戏就不能怕远，权当撒撒欢儿，反正比在农场闷着强。

河堤南岸上大片桃树正开着鲜艳的花，与晚霞一起映红半边天。麦苗已有脚脖深浅，乡村小路边两排高耸挺立的毛白杨也长出了嫩芽。

一边兴致勃勃地往前奔，一边左顾右盼着辨别方向。好在“老美”见多识广，给大家鼓劲儿说：“没事，只要大方向正确，路有点偏差问题不大。”

“老美”大名翟繁华，瘦高个、高鼻梁、皮肤特白，酷似美国人，同学们遂送绰号“老美”。老美不仅知识面宽，什么事也总爱较个真，逗个乐，所以很受大家欢迎。

愉悦的心情带动着年轻人欢快的脚步，一会儿就走出了十来里路。

春天照例天黑得早，没等找到地方就看不清路了，大家便沿着一条新挖的干渠摸黑往南走。

二

幸亏贺家村的戏台搭在村边打麦场上，明晃晃的灯火和鼎沸的人声引领着我们的脚步。

戏已开演，锣鼓声已远远地从树上的喇叭里传了出来，“叮咣叮咣”地响着，舞台周围黑压压的全是人。

待我们走近人群时，一股股暖暖的热气扑面而来，孩子的哭喊声和大人的叫骂声连成一片。

走到一棵树下，我看准一根粗一点儿的树杈，身子一跃双手抓着树枝，胳膊一拉，一个引体向上便把自己提了起来。

往戏台上看时，只见几个穿黄衣服的人丢盔卸甲地抱头鼠窜，几个穿灰色衣服的人和农民追在后面喊打。

老美着急地在树下喊："啥戏，啥戏？"我回答："看不清，估计是《沙家浜》吧。"

当时就那几出戏，不是《沙家浜》就是《红灯记》，猜也能猜个八九不离十，我想。

出来看戏纯粹就是寻开心，演什么戏的确对我们没有任何吸引力。八个样板戏我们哪个人都能背出每一段儿戏文来。

在后面看不见戏台，也挤不到里面去，我们便围着水泄不通的人墙转大圈。

一个老汉左臂挎着一个用柳条编制的篮子，右手提着一只防风的破旧马车灯，在人墙后面转悠着，不时地叫喊着："花生，焦花生。"

奇怪，到处都在割"资本主义"尾巴，这老汉竟然还敢做小买卖？旁边一位大哥小声告诉我们说，这老头已被"市管会"抓去几次了，因他家太穷，抓一次他拼一次命，后来也就没人认真管他了。荷春拦下他，买了8毛钱的焦花生，每人往口袋里抓了一把，边吃边转，好不自在。

转到了后台，看有台阶可上，仨人便分别跳上台去，瞬间站在了舞台边上的幕布前。再看台下，便有了居高临下的优越感。台下更显人山人海，哄哄乱乱。

到跟前才明白，今晚的戏不是《沙家浜》，可能是县剧团自己编排的一部什么抗日剧吧，管他啥戏呢，热闹就行。

正乐悠悠地看戏，老美突然迈着八字方步走到舞台中间，帮一个伪军整理一下端着的枪说："你端枪的姿势不对，应该这样……"老美给他做了一个示范动作。

那个演员愣了，一脸疑惑。

我心里暗暗发笑："都说老美这家伙什么都懂，还真是啊。"

台下的观众并不知道怎么回事，依然伸长着脖子，聚精会神地看戏。

三

戏演得很热闹，台下的观众也慢慢安静下来。

我们站在舞台边上的幕布旁，离乐队特别近，"叮咣叮咣"的锣鼓声震得人耳朵疼。

这个位置虽然吵得厉害，但却能看到许多稀罕。摇头晃脑的板胡演奏者，眯着眼睛使劲挥动着木槌的敲锣人……特别是演员的一举一动都逃不过我们的眼睛。上场下场，进进出出的，平时哪能看到这些？

我发现这些演员真是有功夫。没上场时松松垮垮，吊儿郎当，一上场便衣帽整齐，精神抖擞，像模像样的。在下面正有说有笑，跑台上说哭就哭，一把鼻涕一把泪的。

多年后我经常出席一些会议或活动，看到个别饱受群众诟病的人在台上高谈阔论时，总会想起那次看戏时的演员，不免替他脸热心跳。人家演员是职业，靠这吃饭。你呢？

有人说“人生如戏，全靠演技”，我却不敢苟同。如果人的一生时时处处都拿着捏着，戴着面具生活，没有丁点儿真诚，活着不累吗？即使有个一官半职又能怎样？在群众眼里不一定比那个靠卖焦花生生活的人活得光彩。

特别是那些卸了戏装，走下舞台，还时不时地走着戏步、说着戏词儿的人，真的让人感觉悲哀。

我正观察着演员的举动，突然场外有人高喊：“有人偷鸡，快回家看看吧！”“看着像知青，快，快回家看看吧！”

这一喊非同小可，而且越喊越邪乎。全场立刻炸了锅。

我心中打了个激灵，真有这事儿？没见我们农场来人哪，肯定是造谣。

我瞬间冷静下来，一定要维护知青声誉。

我稳步走到舞台中央，拍拍正在挥着战刀指挥战斗的一个日军小头目，示意他先停一下。然后走到戏台前沿，对着一个立式话筒“呼呼”地吹了两下，大声说：“乡亲们，我们就是知青，知青是不会偷鸡的，请乡亲们不要听信谣言，继续看戏。”

哪有人听你废话，台下的观众一窝蜂地往自己家跑。一时间，小孩哭、大人叫，打麦场上乱作一团。

戏是看不成了，局面也已失控。

正不知所措时，现实剧情急转直下。

好像有人回家后发现院门开着或者看见一个黑影一闪，竟喊了一些人举着锄头棍棒打着手电筒追了出来。

因为戏台搭在村边上，我们无法弄清村里究竟发生了什么。是我们听错了还是真的有人偷东西？抑或是什么事也没发生，只是一种猜疑？更不知道他们有无确定目标，准备往哪个方向追。但社员们愤怒的情绪已足以让我们胆战心惊。如果发现我们不是他们村里的人，那不就……

好汉不吃眼前亏。无论什么情况，这里已不是久留之地，必须赶快离开。

我们朝着西北方向，在广袤的豫东麦田里撒丫子就跑，就像刚刚戏台上被八路军和农民追赶的日寇一样，狼狈极了。

直到蹚过冰冷的清水河，才一屁股坐在河滩里，松了一口大气。我擦擦头上的汗水，心里仍然惊魂未定。老美也失去了往日的斯文，脱掉皮鞋往外倒水。荷春倒是还镇定自若，看着我俩诡笑。

事情虽已过去多年，我却始终忘不了那场戏，更忘不了那些演员。它像一面镜子，帮我辨认着人生的路，时刻提醒我做一个真诚的人。

（2017 年 5 月）

今晚住在沙家浜

沙家浜的夜慢慢安静了下来，微风从阳澄湖上轻轻拂过，带着芦苇的阵阵清香，只有春来茶馆的灯还闪着光，照亮着人们脚下的路。

十一月初的一个下午，我们一行 36 人从江苏太仓返回苏州，路上听大巴司机无意中说沙家浜离这里才 20 多公里。一车人立刻激动起来，今晚住在沙家浜分分钟成为大家的共同心愿。

大凡二十世纪七十年代以前出生的人，对样板戏《沙家浜》都有着深刻的印象。它不仅给我们的青少年时期带来过些许精神上的欢乐，更多的是记述着人们对年少的眷恋和对那个特殊年代的记忆。至于有没有这么个地方，小时候还真没有在意过。突然间来到了这神秘之地，惊喜之情可想而知。

深秋的江南，大地一片金黄。稻田如画家笔下的画卷，一幅幅地展开着，令人目不暇接。落日的余晖也散发着金黄色的光，与稻田浑然一体。

看着车窗外满眼的丰收景象，李云飞首先按捺不住内心的激动，一改平日不善言谈的性格，在车厢里轻声唱起豫剧《沙家浜》选段："朝霞映在，阳澄湖上，芦花放稻谷香，岸柳成行，全凭着劳动人民一双手，画出了锦绣江南鱼米乡。"唱腔有板有眼，韵味十足，一听就是训练有素。只是嗓音沙哑，高音发不出来，影响了整体效果。但就这一沙哑唱段，瞬间唤起同龄人的高涨情绪和对剧情的回忆，或者说撩拨开了大家年轻的心扉，车厢里立刻活跃起来。有唱的，有背台词的……

我隐隐感到，今天晚上没准儿是个不眠之夜。

正说笑间，坐在副驾驶位上的一位同事突然手指着左前方高声喊道："快看！快看！"大家抬头顺着他的手指指的方向看去，路边一块大型广告牌出现在眼前，上面一位新四军军官的肖像英俊潇洒，一只手叉腰，一只手指着前方，手臂上戴着红袖章，下面一行大字赫然入目："同志们，前面就是沙家浜，继续前进！"我们的眼睛闪烁着亮光，那是戏里的他和郭建光的经典台词。

沙家浜是典型的江南水乡，粉墙黛瓦，整洁秀丽。一面临着大路，一面紧靠着阳澄湖，被万亩芦苇荡围在中央。沙家浜是当地历史名镇，更是红色教育基地和旅游胜地，一辆辆大巴车带来了四面八方的游客。正是"秋风紧，蟹黄肥"的季节，芦苇荡周边一排排店铺，专门销售阳澄湖大闸蟹，此时景区的路灯已渐渐亮了起来，我们选了一家湖边的宾馆安顿下来，便鱼贯走进春来茶馆旁边的一家小餐馆，打算就餐后夜游沙家浜老街。

晚餐并不复杂，准备吃点东西就走。当服务员倒水时，许新雅撇着京腔热情招呼大家说：“诸位请喝茶。”李云飞看来一直沉浸在故事情节之中没有出来，遂也撇起京腔京调：“这个女人哪，不寻常！”王志明点着一支烟随即接上，“这小刁，一点面子也不讲”，许新雅激情突发，把餐桌上的餐巾拿起来围在腰间，站起来唱道：“垒起七星灶，铜壶煮三江，摆开八仙桌，招待十六方……”环视四周，同事们大部分都已被眼前的情景剧所吸引，找着机会就接上一句，全然不顾吃饭的事。就连部分“70后”“80后”也被感染，笑得前仰后合。我暗暗笑想，今晚的戏这就开始了？

看着同事们既放松又无比欢快的场面，我不由得感慨万端。是啊，二十世纪五六十年代出生的人，谁不是看着《沙家浜》等仅有的几个样板戏长大的呢？谁没有一串儿小时候关于看戏的故事呢？很多人能背下样板戏大段唱腔和经典台词，尽管当时并不太理解戏的背景和内容，很大程度上属于看热闹。记得那一年我正在上小学，随着家长回到了豫东睢县农村老家，白天去地里割草拾粪，晚上就经常跟着几个小伙伴去城里看戏。不是翻墙头就是早早躲在戏院椅子下面等开演。目不转睛从头看到尾，从不放过任何细节，回家的路上还互相对台词。但时间一长就有点厌倦了，说：“睢县的戏，不用去，不是《沙家浜》，就是《红灯记》。远了听不着，近了奶腥气。”这里面包含两层意思，一是剧目太少，翻来覆去就那几出，都会背了，没意思；二是都是青少年演员，声音奶声奶气，没真功夫。当时老演员下放到工厂农村接受再教育，临时招聘一些青少年演员，不少家长为解决孩子的商品粮待遇，挤破头似的送孩子进剧团学戏，在那个生活困难时期，谁能早早地有一个“饭碗儿”，一定会招来众多人的羡慕忌妒恨。生活造就了历史和记忆，生活也塑造了人生及价值观。

虽然天天是《沙家浜》《红灯记》，但在那个封闭的年代，这其实已成了我们了解外界的一个重要渠道。我们由此知道农村人不都是天天红薯汤，红薯馍，还有“锦绣江南鱼米乡”，使小小年纪的我对“鱼米乡”产生无限憧憬。恰巧邻居家一位叔叔从江南当兵复员归来，提出在盐碱地里试种水稻，生产队便给他两亩试验田。由于土地贫瘠，水源不足，水稻长得稀稀拉拉（后来再也没种过）。收割时我也跑去看热闹。大人们把水稻收走后，我在田头和路边拾了一大把散落的稻穗，兴致勃勃地跑回了家。妈妈用石臼把稻壳脱掉，盛到一只小碗里，加水放柴锅里蒸。半碗米饭蒸熟了，雪白雪白的，香气扑鼻，这是我第一次亲眼见到大米饭，这个场景永远刻在我的骨子里。参加工作后我走南闯北吃过数不清的品牌大米，至今还没有一种大米的味道能赶上那半碗米饭的味道。

旁边的李全林推推我说：“别光发愣，你也唱一段呗。”我说：“我唱不了，你唱呗。”李全林准备出个题难为一下他们：“别光唱名段，谁能唱一下郭建光派侦察员上岸执行任务那一段？唱不出罚酒一杯，唱出来我喝一杯。”好一会儿没人接话，有的只会唱一两句。“罚酒罚酒，我兴奋了。”李云飞四面看看，又站起来了唱道：“你二人改装划船到对岸，镇西树下把船拴，买来草药医病患，弄清敌情就回还……”这个家伙，真是记性好。后来他告诉我，那时他在宣传队拉大提琴，天天就排练《沙家浜》《红灯记》，能记不住吗？

从小餐馆出来的时候，不经意间看到平时半斤不醉的王志明走路不稳，沉默不语，李云飞竟两眼挂着泪花。年轻人都说他们可能太激动了，没事儿。

夜已深沉，晚秋时节的上弦月清瘦地挂在天空。阳澄湖边的路灯倒是知趣，明晃晃地照耀着辽阔而深邃的芦苇荡。不远处街中心的古戏台上一天三次上演的《沙家浜》已接近尾声，春来茶馆老板娘依旧热情地招徕着夜游的客人。

我和李云飞一起坐在春来茶馆的茶桌前，各点了一杯茶慢慢品着。看着低头不语的李云飞，我的思绪却如阳澄湖的水面闪着粼粼波光。

也许我们这些二十世纪五六十年代出生的人猛然来到这个剧情发生地真的是有些激动，但我也知道，这不仅是激动，更多的是勾起了对早已失去的青葱岁月的回忆。今晚痛快淋漓地倾情宣泄，是对那个幼稚、纯洁的梦幻中的少年说声再见。

来江苏参加交流活动前一周，老家来人看望我的老父老母，带来了一袋红薯叶，说城里人注重养生爱吃野菜粗粮。阿姨蒸好红薯叶端上桌，一家人都说好吃。老母亲叹了一声气说：“吃起红薯叶就会想起过去那段艰难的时光。现在吃说是养生，过去吃是为了保命啊。”

同样的事物，不同年龄段、不同经历的人，就会有全然不同的感慨和体会。

学唱样板戏何尝不是这样呢？年轻人唱《智斗》，就如同唱《看月亮爬上来》一样，就图个快乐、放松心情，而我们学唱样板戏，一不小心就唱出了过往的琐事、岁月的沉浮、人生的艰辛……

沙家浜的夜慢慢安静了下来。微风从阳澄湖上轻轻拂过，带着芦苇的阵阵清香，只有春来茶馆的灯还闪着光，照亮着人们脚下的路。

（2017 年 11 月）

梨花落时

急匆匆驱车赶回家乡所在的县城，过西关大桥，走孟庄家后，离城三里地的董园村即刻出现在眼前。

我忐忑不安地从汽车里走下来，站在村头的大梨树下，两眼不由自主地望向姑姑家的胡同口。想象着平日里姑姑进进出出的身影和说笑声……

凄厉的唢呐声从胡同口传出来，村民们进进出出脚步紊乱。我心头一震，两眼发热，泪水“唰”的一下奔涌而出。

七十六岁的姑姑真的离去了。在这个温馨的小村庄里，再也听不到她的笑声……

一阵微风吹过，梨树上洁白的梨花像雪片一样飘下来，落到人的身上、头上……

我是扯着姑姑的衣襟度过童年时期的。无论她是去赶集还是下地干活，我都像一条小尾巴，一边跟在她后面跑，一边喊着“姑，姑，姑……”寸步不离。我们家的邻居多是回民，回民称“姑姑”叫“嬷嬷”。很多回民姑娘是姑姑的玩伴儿，听我在后面不停地喊“姑、姑”，觉得好玩，便逗我说：“鼓，鼓，敲烂用布补！”看着我一脸懵懂的样子，她们笑弯了腰。

姑姑年轻时长得很好看，高个子，白皮肤，一头乌发编成两个粗粗的短辫绾在脑后，两只眼睛格外有神，直到晚年都散发着明亮而温和的光，给人带来岁月静好的感觉。因为姑姑皮肤白皙，这给本来就好看的她平添了更多姿色。年长的人叫她“白妮儿”，年少的喊她“白姐”。

她就像一枝雨后的梨花，靓丽得让人心疼。

“文化大革命”第二年的农历腊月二十二，姑姑要结婚了。正上小学三年级的我从商丘急急忙忙赶回老家时，姑姑正在里屋打扮。一个陌生青年男人穿着一身藏青色中山装，满脸木讷地端坐在隔壁同宗同族的爷爷家堂屋里（我家房子太小），两手扶着膝盖一动不动。有人告诉我这就是新女婿。我细细打量他，典型的豫东农民形象。个头不高，皮肤黝黑，瘦瘦的，一双惊恐的眼睛透出忠厚与实在。

介绍人曾不厌其烦地做我奶奶的思想工作：“这个年轻人出身好，种庄稼是一把好手，人也特别老实，闺女不会受气。他家就在城墙外的董园村，进城看您方便。”

姑姑眼泪汪汪地跟着新女婿出城去了，我的心紧巴巴地缩成一团。

从此时开始，姑姑和她在的村庄便成了我的牵挂。

好在后来的实践证明了介绍人的话，我姑姑一辈子真的没受气，夫妻二人恩恩爱爱一直受到全村人的羡慕。直到姑姑去世的前一天晚上，姑父仍一如既往地给姑姑端水洗脚，然后双双躺在床上看电视。但他们结婚后的头十年，其实也包括后来许多年，我姑从不让我姑父同她一起走亲戚，更不愿同他一起进城，无论姑父如何殷勤地围在身边等候着被布置任务。

姑姑是个有大智慧的女人，她无论和谁组成家庭，都一样会过得很好。生活五味杂陈，人生聚散纷纭，一颗优等的心，必然能将各种况味妥帖安放，尽力把生活过成自己喜欢的模样。

姑姑总是鸡叫就起床，早早做好饭菜端到公婆面前，再去喂猪喂鸡，为老人浆洗缝补衣裳。闲暇时打扫院落，在院里合适的地方种上花草或果树。春天来到时，一个整洁利落，充满生机活力的农家小院里便吸引众多邻居成为常客。

奶奶知道我牵挂姑姑心切。每逢过年，就会找来一个柳条编的长篮子，里面装上八个蒸馍，六个包子，再放上两盒覆盖着红纸商标的点心盒子，用一条毛巾盖上，让我背着去姑姑家走亲戚。

俗话说，“娘家侄儿，出气的人儿”。每当看见我，姑姑总是笑眯眯的，脸上立刻放出光来。

姑姑把我带来的蒸馍、包子用干净的笼布包上，一个一个分别送给公婆、近邻以及五保户老人。那个年月，能吃上白面馒头也只有过年那几天了。

一个内心自带光源的人，随处播种着善良，散发着光芒。

姑姑善良的心性和端正的品德征服了全村人，孝敬公婆、操持家务，亲戚邻居都称赞，一家人把她当成宝。尤其是她的四个子女相继来到世上，给全家人和这个农家小院带来了更多的欢声笑语。

也许是上天有意考验姑姑的坚强。

她的大女儿十岁时，因先天性心脏病夭折了。尽管这事全家人早有思想准备，但真的到来时，打击仍然是沉重的。姑姑表面并不落泪，人却越发面黄肌瘦，很多天只闷头干活，不与人说话。

日子过得真快，几十年也就一转眼的工夫。

姑姑慢慢做了婆婆，当了奶奶，当了姥姥，家里大小事都由她做主了，但我对她的牵挂仍然一丝没有减弱。

我在省直机关工作，出差机会多，只要有点可能，总想着回去看看她，这成了我多年的习惯。钻进她家厨屋灶火，抓一把柴火塞进锅底，隔着淡淡的炊烟和满屋飘散的柴灰，看着姑姑给我下面条的样子，心里别提有多舒心了。那一刻，工作中的不快，生活上的烦恼立刻消融。

临走时，姑姑亲自跑到自己地里，掰一篮嫩玉米，摘几个老南瓜，再把院里晒着的花生装满一袋，都给我塞到汽车后备厢里。

姑家的两个孙子转眼都到了成家的年龄，姑姑的心里既高兴又沉重，农村没有房子娶不了媳妇。姑姑溺爱孙子也是出了名的，宁愿亏自己也不会亏孩子。全家人省吃俭用，盖房成为一个时期最大的目标。为此姑姑、姑父没少作难。

那年我趁出差回去看她，院门紧闭。在菜地里浇水的姑父闻讯回来说："你姑天没亮就去赶集卖黄瓜了。"

等到下午回来时，姑姑早已疲惫不堪，拉着架子车步履蹒跚地回到家。人还没站稳，便急忙掏出手绢包让我看，说："今年黄瓜不值钱，一天才卖了五十多块。"

为了能多存几块钱，姑姑一上午没舍得买口水喝，更别说吃饭了。

我瞬间一阵心酸。想起上次来看她，正巧碰到姑父从外面回来，把两毛钱交到姑姑手里。我不解地望着姑姑。姑姑笑着说："你姑父去理发了，两块钱没用完。"我一把将花白头发的姑姑揽在怀里，半天说不出话来。姑姑，你就是这样生活的吗？你怎么还能笑得出来呢？

面对姑姑的辛劳，我又能说点什么呢。出门看看全村的人，哪个不是一滴汗水掉地上摔八瓣，起早贪黑在干呢?

想起毕淑敏说的:“优等的心，不必华丽，但必须坚固。”

我蓦然明白，那是姑姑经过了世风尘雨的洗礼后，一种遗世脱俗的平静心态啊。

新房终于盖起来了，尽管房内空空荡荡，只是堆放着一些杂物，但两层小楼，煞是壮观。而长年累月的辛劳，姑姑的腰却越来越弯了。

姑姑心胸大，从来不把生活的艰难挂在脸上。尤其是二层小楼盖好之后，姑姑乐呵呵的嘴就没有合上过。重新把小院整理一新，还种上了一棵李子树。

果实成熟季节，那棵李子树密密麻麻结满了果实，把树干都压弯了，特别像辛勤劳作的姑姑。

而累弯腰的姑姑越发让我牵挂。

去年秋天我回来，她正弯着腰坐在院里搓着玉米。我说:“姑，村西头地里的一间小草棚是谁家的，看果园也没见果树啊。”姑姑使劲直起腰说:“现在农村与过去不一样了。儿住瓦房孙儿住楼，老头老婆住地头。”她还说:“儿烧煤，孙儿烧气儿，老头老婆柴火棍儿。”尽管这些不一定是她编的，但一个老年人能记得住，说得出，就说明她的思想是活跃的。说完哈哈一笑，生活的苦闷顿时烟消云散。

姑姑笑得很甜，很像年轻时看到我从商丘放寒假回来时的样子。

内心自在，是一个人最美的模样。

哀婉的唢呐声在豫东这个小村庄上空回旋着。

梨花随着阵阵微风在空中飞舞又落下，路上瞬间白花花一片。

我眼前又出现了早年的一幕：一个小男孩儿拉着一个年轻姑娘的衣襟，不停地喊着姑，姑，姑……

（2020 年 5 月）

想起前度刘郎

“前度刘郎”既是唐朝诗人刘禹锡蔑视权贵的自称，也是一句成语，泛指去了又来的人。无论是想起刘禹锡这个人或者是用到“前度刘郎”这个成语，都会给人一种精神上的鼓舞和力量。

一

刘禹锡二十一岁进士及第，可谓年少得志。正在大展宏图之时，因受“永贞革新”事件牵连被贬谪。十年后才被召回长安。

回京后他并没有学会察言观色，谨言慎行，依然我行我素。春游时诗兴大发，作《元和十年自朗州至京戏赠看花诸君子》诗一首：

“紫陌红尘拂面来，

无人不道看花回。

玄都观里桃千树，
尽是刘郎去后栽。”

这首写桃花的诗，因涉嫌以桃花隐喻奸佞小人而遭到权贵忌恨，诗人刘禹锡又一次被贬。

十二年后他被召回京，又去游玩玄都观，作《再游玄都观》诗一首：

“百亩庭中半是苔，
桃花净尽菜花开。
种桃道士归何处，
前度刘郎今又来。”

依然如故，不改初衷，痛快淋漓地抒发了自己不畏权势、坚持斗争的倔强意志。

尽管他为此付出了沉重代价，几十年生活在一次次被贬的路上，但他有悲而不衰，有怨而无悔，不沉沦，不颓废。他乐观豁达，充满斗志，始终对自己信心满满。

每每想起这些，刘禹锡做人正直、洒脱，豪放，不懈斗争的精神以及乐观、豁达的人生态度，都让人肃然起敬。有人说，刘禹锡吃亏就吃在性格倔强上，太直。低个头，服个软不就过去了？

也许这正是刘禹锡的可贵、可敬之处。

二

人生是一场修行，谁都会遇到不顺心的人或事。面对困难与挫折，是一蹶不振，还是积极应对，反映了一个人的人生态度，也决定了一个人的生活品质。

刘禹锡第一次被贬时三十七岁，正是人生的巅峰时期。在偏远的湖南朗州（常德），一待就是十年。精神的压抑，生活的艰辛可想而知。这在一般人是受不了的，人生有几个十年？可他与别人不同，很少郁郁寡欢，更没有埋怨颓废，而是积极融入新的生活中去。既排解了心头的不快，又写出了大量留存千古的诗文。

他的作品具有一种独特的视觉，传达出一股昂扬向上的力量：

“自古逢秋悲寂寥，
我言秋日胜春朝。
晴空一鹤排云上，
便引诗情到碧霄。”

刘禹锡用这首《秋词》告诉世人，自己虽然仕途不得意，但并不消沉，也没有悲伤。而是积极面对人生的不如意，在不如意中寻找人生的快乐。当官并不是唯一出路，只要进取心在，照样能体现人生价值。

自古以来，文人骚客大都悲叹秋天的萧条、凄凉。他却认为，悲秋的实质是志士失志，对现实失望，对前途悲观。逆境并不可怕，可怕的是自暴自弃，是失去奋斗的信心和勇气。

秋高气爽的天空，一只白鹤排云而上，矫健凌厉。这只鹤是孤单的，但也是独特的。它拼出自己的力量，冲破秋天的肃杀氛围，青云直上。这是志士的化身，是勇者的象征。人只要有志气、有勇气，在什么境遇下都不会落寞。

人生总是起起落落，谁也无法避免跌入谷底。痛苦和沮丧只会让人越陷越深。最好的心态是，挺起胸来，不认输、不绝望、不气馁，用宽广的胸怀去创造新的生活。

其实人生就应该是这个样子，没有谁愿意一直忧郁地生活着。没有生气和活力，会辜负了自己的生命。

三

刘禹锡一生屡遭贬谪，受尽磨难。但他却能在艰苦的生活里，透出人性的光辉，从挫败中找到自身的闪光之处与存在意义，始终自带一缕阳光。

据说刘禹锡曾被贬到安徽和县，和县在唐代称和州。按照规定，他应该住在城内的衙门里，住三间三厢的房子，但虎落平阳被犬欺。相传当地的县令姓策，是个势利小人，见刘禹锡是被上面贬下来的，就故意刁难他。先给他在城南安排了三间很破的房子，面江而居，想出门很困难。刘禹锡毫无怨言，他让策县令领教了一个大唐高级知识分子的斗争艺术。他写了一副对联贴在门上：

面对大江观白帆，
身在和州思争辩。

居大江之畔，看过尽千帆，写得很美。策县令感觉自己一拳打在石头上，人家很舒服，难堪的却是自己。便吩咐衙役把刘禹锡的住处从县城南门外迁到县城北门外一条河边，住房面积由原来的三间改成两间。刘禹锡仍不计较，触景生情，又在门上写了一副对联：

杨柳青青江水平，
人在历阳心在京。

那个知县就更生气了。这分明是不把我和州（历阳）放在眼里嘛。我给你三间房你没意见，给你两间房你还挺高兴，干脆我只给你一间破房，看你怎么办。于是他就又把刘禹锡的住所安排在城东门外一间破房子里。

房子越来越小，越来越简陋，时年五十二岁的刘禹锡这次没有再写对联，他索性写了一篇短文，请人刻在石头上，立在门前。这就是那篇脍炙人口的《陋室铭》。

“山不在高，有仙则名。水不在深，有龙则灵。斯是陋室，惟吾德馨。苔痕上阶绿，草色入帘青。谈笑有鸿儒，往来无白丁。可以弹素琴，阅金经……”

策县令用自己的无知，成就了这篇旷世之作。

没有这篇文章，我们很难了解什么叫作独立人格、淡泊宁静；什么叫自信、清高，不与世俗同流合污。文章在结尾处以孔夫子的“圣人之口”，点明其陋室不陋。如此高明的自我调节之法，无处不见他的乐观豁达。

文豪往往是通过作品让人感受到他的气节与品质。窥见其品行与修养。

刘禹锡对生活有热情，有激情，骨子里有一种别人不可比拟的傲气与倔强。这源于他既触摸过星空又站立于大地的自信。他活得通透、爽朗、自在，活出了自我。宁愿不要那顶乌纱帽，也不卑躬屈膝，不做精致的利己主义者。

（2021 年 10 月）

兄弟家的玉米地

今年暑期，我陪年迈的父母回豫东家乡小住。

一天晚饭后，堂弟袁坤对我说："哥，天气预报说明天下午有雨，我准备一早去给玉米地撒化肥。"

我一时兴起说："哥跟你一起去。"

打小跟随家长离开家乡，几十年除了上学就是在机关坐办公室。虽然也曾多次回乡探亲，但是亲自到自家田间打理庄稼还未曾有过。那种农作物特有的清新气息和头戴草帽在田间劳动的场景让我倍感亲切。

第二天天刚蒙蒙亮，袁坤驾驶一辆电动三轮车，装上两袋化肥，我们一起下地了。

老家虽住在县城，却是农村户口。人在城墙里面住，地在城墙外种。现在虽然没有城墙了，但在当地人的感觉中，城里城外还是界限分明。

袁坤全家共有五亩地，北城外有两亩，西关外有三亩。

北城外的两亩地因距北湖景区较近，周边土地大多已被城市建设开发，他的两亩地也随时有被征用的可能，所以无心耕作。顺便种了一些杨树、桃树，既省去许多繁杂的田间管理，到时候又能增加一些补偿费。可去年一场大雨全淹死了，至今荒芜。

另外三亩地在西门外河边。每年一季小麦、一季玉米，该种时就种，该收时就收。他平时在县里一个单位打工，很少在庄稼管理上下功夫。所以收多收少全靠天气。为这事家里人没少数落他，他只是低头不语。

过西关大桥左拐走通惠渠河堤，来到玉米地头。玉米长得真不好，有的比人还高，有的还没有腰深，很多玉米叶子枯黄枯黄的，这不仅是没肥，听说从来没有浇过水。

过去听人说，“种地不上粪，等于瞎胡混”“庄稼一枝花，全靠粪当家”。不上肥，再不浇水，标准的“望天收”。

在学校当老师的堂妹袁琳两口子早已赶到地头等着。看到玉米长成这样，也憋着一口气，她面带愠色地看看坤，又给我递一个眼色，那意思是说，干完活儿后再给坤上课。

我们全副武装，或戴上草帽或毛巾包头，长袖衬衣，长裤一应俱全。否则，玉米叶子能把你的皮肤划出血来，至少让你的皮肤瘙痒三天。打开化肥袋子，把化肥倒进几个塑料盆里端着走进玉米地，一人包四行，边撒边往前走。

蓝天白云，绿叶丛中，头戴草帽，脖子里搭一条白毛巾。左手端着塑料盆，右手抓一把化肥，顺着垄沟边走边撒。如果正好走在长势不好的那片玉米地里，用相机照一张相，的确像一幅“人勤地不懒”风光图。

长势好的玉米根系很发达，上下两圈或三圈的根又粗又密，像钢锥一样扎进土里。人走过之时，玉米叶子哗哗作响，很像是一阵阵欢乐的笑声。人有兴致，满地的玉米好像也活跃起来。那一棵棵发达的玉米根须，就像一群争着吃食的老母鸡的脚趾飞扑而来，感觉好极了。

多年不干农活，谁知还这么享受。

约 150 米长的玉米地撒到头，脸上渐渐渗出汗水，从玉米丛中走回来，身上已汗津津的了。

经常说“劳动最光荣，劳动最美丽”，其实，劳动也很舒服。尤其是和自己的家人在自家田地里耕作，更增添了一种亲情的甜美。流淌着一身汗水，冲刷着积压在皮肤深层的尘垢，思想也会得到净化。地头的小风一吹，格外凉爽。

想起小时候听老家邻居聊天，“什么地方凉快？高粱地头最凉快，厨房门口最凉快”，方才体会到，哪有什么绝对的享福与受罪？舒服与否都是相比较而言的。

再次装满一盆化肥进入玉米地时，感觉就不一样了。尤其是第三次端着盆进入玉米地时，如果有人看见，一定是一副痛苦的样子。

闷热的玉米地里让人喘不过气来，玉米叶子的叶尖像针尖一样刺疼着面颊，叶面儿如砂纸一样粗糙，蹭破了手背，痒痒的。

四周望望，除了玉米叶子还是玉米叶子，整个人就像被围在一个密不透风的水桶里。他们几个都各自按照分工范围和自己的工作速度行进着，即使相隔五六米远，也听不见对方走动的声音。

一种莫名的寂静突然降临。那种静，让人产生一种孤独无助的感觉。平时不易听到的蛐子叫声这时也突然传了过来，“吱吱”的声音穿过密不透风的玉米地直刺我的耳膜。

身上的汗水早就湿透了衣服，一弯腰，汗水直接啪啪地掉落在干涸的土地里。尽管多年来不止一次地体会过“汗滴禾下土”的滋味，也知道“汗珠子掉地上摔八瓣”那种劳动的艰辛，但真正到了汗流如雨、疲惫不堪的极致状态，头脑里竟是一片空白。那时的“诗和远方”就是“赶快到地头，让我透透气儿”。

掂着空盆好不容易钻出玉米地，就像大夏天走出了闷热的澡堂子。一屁股坐在地上，地下立刻湿了一片。几个弟弟妹妹看着我这个样子，又心疼又感叹：“哥，多年不干农活，累坏了吧？”

说实话，真是累，但心里仍然觉得很舒坦。这种舒坦，既有亲近自然的新鲜感，更有对家乡、家人情怀的释放。我不好意思地笑笑说，还是平时锻炼少啊。

其实我心里很明白，这种体验式的劳动，就像春天去徽南旅游：在无垠的田野里，细雨蒙蒙，一个老农头戴斗笠，身披蓑衣，赶着一头耕牛吃力地犁着水田。你会立刻拍下一张照片，感慨万端地说，多美啊，真像一幅水墨画。

但是换作你是那个老农，一年四季在田里耕作，你还会矫情地说真美吗？

站位不同，感觉就千差万别。

满头大汗的袁坤从车上抱下来一个大西瓜，用上衣襟擦了一下然后切开，递给我一块儿说：“大哥，像这种劳动强度，每天给你开 100 元工资不多吧？”我不知就里便开口应道：“当然不多。”坤接着说：“每人 100 元，四个人就是 400 元，对吧？”大家都看着坤，不知他葫芦里卖的什么药。

看来袁坤已做过功课。他不紧不慢地往下说着。

按正常年景，玉米每亩产量平均 900 斤，按市价每斤 0.9 元计算，一亩玉米一季可收入 810 元。而这本来就不多的收成，成本基本占去一半。我们睁大眼睛看着坤。那表情是说：瞎说吧。

坤说，购买种子 50 元、播种 35 元、收割玉米 80 元，如果要求脱粒再加 20 元，每亩仅买化肥一次就要 80 元，把玉米秆打碎入田还得 50 元，还有除草剂、治虫剂、浇水等，合计投入成本将近 400 元。

看我们都接不上话茬，坤笑了笑说：“辛劳一季，每亩玉米收入 400 元。如果这次给你们几个发个劳务费，我不就等于白忙了吗？这还没算平时的劳动力成本呢。”

他的一番话，把我们几个都说傻了。仔细想想，还真是这个理儿。

站起身来，看看周边的庄稼，虽然也有长得好的，但很多也是长相一般，还有不少土地裸露着，长期无人管理的样子。

坤说，很多人都在街上做生意，开羊汤馆的、卖服装的、开饭店的、开超市的……很少有时间顾及地里的活儿。

当然这里是城乡接合部，有一定的特殊性，但纵观大量农民工的外出，农田的疏于管理已不属于个例。

看着袁坤无奈的表情，我似乎明白了什么。

任何劳动的付出，都是要有回报的。一种付出与回报不成比例的劳动，终究会把人的毅力拖垮。农民热爱土地是千年的情怀，但无论怎样高尚的情怀，也禁不住生活的拷问。

尽管近年来国家在农村农民问题上不断有新的政策和投入，但如何尽快打通进村入户“最后一公里”极为紧迫。

我拖着沉重的脚步走上河堤，向远处望去，东一块玉米，西一块空地的……想起互联网上最近热搜的中美贸易战和粮食安全问题，不禁陷入沉思。

如果大家都不认真对待这有限的土地，我们今后吃什么呢？

（2018 年 8 月）

站在宋襄公陵前

也许，人类世界就是这样，无论有多少失望和痛苦，总有一些人在坚守着那方净土。

做梦也没想到，宋襄公的陵墓——襄陵，竟然就在距我家老宅不足一公里的北湖中心岛上。

睢县北湖，有着近 5000 亩水面。四周绿柳成荫，汉白玉栏杆发着亮光。若遇阴雨天气，湖面上烟雨笼罩，神秘莫测。湖上漂浮着一个岛屿，岛上亭台楼阁，树荫覆盖。一座长长的五孔桥把小岛与陆地连接起来。

走过五孔桥来到岛上，迎面是一个小广场，广场正前方是一个高台，上写“望母台”，是当年宋襄公思念母亲时，用来瞭望母亲所在方向的高台。

刻有“仁德垂范”的石牌坊后面，是一座高大的圆形陵墓，旁边一通石碑上刻着“襄陵”二字。这就是“春秋五霸”之一宋襄公的陵墓。

襄陵是根据历史记载，近些年才在原址上修复起来的省级文物保护单位。夏至那天回乡探亲，游览北湖来到岛上，无意中看到襄陵，直把我惊得瞠目结舌，原来名垂千古的宋襄公竟然是睢县人的先祖。

一

宋襄公之所以被世人皆知，缘于著名的“泓水之战”和他仁慈的作战思想。

公元前 638 年 10 月，宋国国君宋襄公率兵与楚军战于睢县与柘城边界的泓水。楚军过河时，混乱不堪，大臣建议打，宋襄公说不可；等楚军过河上了岸，军容不整，丢盔卸甲，大臣又建议打，宋襄公说，不可；待楚军整理好队列，两军交战时，宋军被打得溃不成军，宋襄公也受了重伤。次年因伤重死于睢，嘱咐葬于望母台附近。

宋襄公虽然失败了，但他始终高举仁义大旗，坚持“君子不重伤，不禽二毛。寡人虽亡国之余，不鼓不成列”的作战思想。就是说，战场上不许再次伤害受过伤的人，不能抓年龄大的人做俘虏，我虽然有可能再次失败，也决不进攻没有整理好队列的军队。

我是在读大学时知道宋襄公的。那时老师专门抽出一些历史名篇解读，其中就有《左传》中宋襄公的故事。受一些名人观点影响，不少同学把“宋襄之仁”作为一个历史笑料谈论，还把一位三十多岁有几根白头发的同学戏称为“二毛”，由此记忆更为深刻。只不过年轻时读书不求甚解，不知古襄邑就是自己的老家睢县，宋襄公正是自己的同乡。

当时我就心存疑虑。宋襄公谨守传统作战规矩，宁愿国破身亡也不乘人之危，这怎么能是“愚”呢？

春秋后期虽然“礼崩乐坏”，但人们思想上依然向往春秋早期那种公平、公正、公开的交战方式。先下战书约定时间地点，然后等双方军队列阵完毕，再堂堂正正对决，有点类似“决斗”。对不顾及仁义道德的“诡诈奇谋”嗤之以鼻，认为那是小人所为。楚国因为不守信义，被诸国不齿。也为后来的城濮之战中楚国战败埋下了伏笔。

襄公之后再无义战。为了取胜不设底线、不择手段、投机取巧的坏毛病，战国以后大行其道。

宋襄公去世后，周天子赐予他“仁德垂范”的盛誉，孟子根据当时诸国的意愿，把宋襄公敬列为“春秋五霸”之一，司马迁将其载入《史记》。

关系最好的同学了解我的心思，开我玩笑说：“你咋与他一样，这么死脑筋？当时诸侯各国很多都不守约定了，他还坚持，不输才怪。”

是啊，面对急功近利的人心，不思变通、固守规则的老实人只能是输的下场。

二

站在宋襄公陵前，我灵光一闪，突发奇想。外地人总说睢县人艮、耿直、憨厚，难道历史上流传的“宋国遗风”都随着襄公遗骨集中沉淀在这块土地上了吗？

这个“艮”，应该是贬义词，近乎于傻。是过于认真，遇事不知转弯，一根筋；“耿直”是过分诚实正直，别人不敢说的话他说，别人不敢做的事他做，很少考虑福祸得失；认死理，不看任何人脸色，甚至面对邪恶势力也不退缩。这种性格也叫“执拗”，当地人发音“执逆”。

这种人是诚实正直的好人，可以做朋友，可以以事相托。他不会算计你，更不会出卖你。但在巧言令色、迎逢拍马盛行，“见人只说三分话，留下七分让人猜”，普遍追求“世事洞明，人情练达”的特定环境中，就显得格外愚笨，也最容易吃亏，尤其是古往今来在外做官的睢县人。

印象最深的是北宋状元张去华。初授秘书郎，因年满未升迁，心中不满。于是越级上书，指名道姓批评几个才疏学浅却比自己升迁快的人，要求与之比试文笔。

太祖主持这场比试，最后张去华获胜。太祖赐他袭衣银带鞍马，拜右补阙。

张去华如愿以偿地阻止了一场用人不公事件，但群臣对他却议论纷纷：“薄其噪进”“喜激昂，急进取”。结果他在新位置上十六年不得升迁。

忠诚、优秀的干部得不到任用，劣币驱逐良币，虽然是恶吏暗中使坏的结果，而由此造成的用人不公，影响的却是朝廷的信誉和社稷江山。

睢县袁氏先祖、明朝时官拜兵部尚书、太子少保的袁公可立为山西道监察御史时，巡视北京西城。当时有皇帝弄臣杀人，有司不敢过问，袁可立不畏权贵，判定杀人者抵罪。有人送上重金请求宽恕。袁可立勃然大怒：“杀人者死，朝廷法也，即弄臣顾不可脱乎？吾知有三尺，不知弄臣。”遂将弄臣正法于市，万民高呼“袁青天”。但由此却遭权贵忌恨，不久便被贬为平民，沉冤达二十六年之久。

冤否？太冤，但复出后锐气仍不减当年。不让我当官无话可说，让我当官，就要秉公执法，刚正不阿。这是睢县人的秉性，硬气！

我家老宅东隔壁不远处是汤家祠堂，这是康熙年间先为礼部尚书后转工部尚书的汤斌为他母亲修的贤良祠。汤斌在任江宁巡抚时，明珠曾向其索贿，汤斌不给，明珠怀恨在心。后汤斌入京任礼部尚书，明珠暗中多次编造谎话向康熙进谗言，说汤斌埋怨康熙“爱民有心，救民无术”“朝无善政，多有失德”。康熙当面向汤斌落实，汤斌一点也不为自己辩白，却说自己生性愚钝，过错很多，请予严加处分。康熙虽未给他处分，但一直对他心存芥蒂，直到汤斌死后，康熙还向几位大臣发泄心中不满：“朕待汤斌不薄，而他却诽谤不停。”

被诬陷而不辩白，以致使人误解，这是一种最大的“愚”吧。

其实，谁是什么人品领导和群众心里都清楚。如果你连这一点都弄不明白，我有给你解释的必要吗？随便你。

睢县人就有这骨气！

三

站在宋襄公陵前，我感慨万端。一方水土养一方人，宋襄公的“傻”，不仅影响着那个时代，也影响着世世代代的家乡人。

两千多年过去了，睢县人憨厚、实诚、靠谱的品行有增无减。然而遇事爱讲规矩、好较真、不知变通和固执的个性却没有随着社会的发展而变化，仍然是撞破南墙也不改初衷。

所以尽管睢县读书人多，有才干的人多，但能成为高官巨贾者却凤毛麟角。即便侥幸上位，有时也会遭人陷害而丢官。袁可立刚任兵部尚书不久，便因得罪大宦官魏忠贤而被强令致仕。

老话说，江山易改，本性难移，这是宿命。

也许，人类世界就是这样，无论有多少失望和痛苦，总有一些人在坚守着那方净土。

（2019 年 8 月）

坐在汤家祠堂门前

手机“嘀”的一声响，有微信来。我忙打开浏览，是一个朋友转来的帖子。

这则帖子的题目是《皮影观廉 2 三汤道台——汤斌》。说的是清朝名臣汤斌，一生清正廉洁，很受百姓拥戴。他在地方任道台期间，老百姓赞誉他“为政像豆腐汤一样清，生活像黄连汤一样苦，为民像人参汤一样补”。

朋友知道汤斌是我们家乡历史上的名人，专门发给我看看，让我也有点家乡荣誉感。

世上的事有时真的很诡异。

朋友不会想到，在收看他这则帖子的时候，我正坐在汤斌的贤良祠（当地俗称汤家祠堂）对面路边上伤感。

我是在新冠肺炎疫情阶段性解除后，陪年迈的父母回乡小住的。刚才去菜市场买菜，路过汤家祠堂门口时，停住了脚步。双目注视着破败简陋的门楣和门前无序堆放的杂物，一阵无名酸楚瞬间涌上心头。

我家老宅在城内西大街上，离东邻的汤家祠堂约五百米。二十世纪六十年代初，我曾在县直一完小上一年级，每天都要从汤家祠堂门前路过几次。

那时的汤家祠堂是县城标志性建筑之一。祠堂的大门和院内的殿堂雕梁画栋，斗拱飞檐，气势非凡。

大门外面一座青石牌坊更加惹人注目。

这座牌坊不仅设计独特，做工也极其讲究。材料是清一色的上等大青石，质地细腻，色泽油滑光亮。特别是小孩们经常在上面嬉戏的青石板和石墩子，被摩擦得发着亮光。就像一块上等玉石，把玩越久越能透出高贵品质。

牌坊上每块儿石头都经过精雕细刻，人物、鸟兽栩栩如生。尤其是牌坊顶部的镂空浮雕，有点像巴黎凯旋门上的浮雕，也应属于高浮雕作品。修建牌坊的匠人把圆雕与浮雕的处理手法相结合，充分表现出相互叠错的复杂层次关系，给人以强烈的视觉冲击。

精美的镂空浮雕后来被成群的麻雀发现，便做了鸟窝，这恐怕是当初匠人们不曾想到的。麻雀飞进飞出时，总有羽毛飘落在孩子们头上。

牌坊纵向建在祠堂门前的路边上，四根青石立柱承担起雕刻精细的石条。牌坊底部铺设有青石板台阶，但不走行人。人们进出祠堂，需走牌坊两侧。

牌坊西侧有一对木制旗杆高耸入云，旗杆顶端各有一只旗杆斗子，是花喜鹊理想的巢穴。乡下百姓进城赶集，未进城门先看见旗杆上的“鸟巢”。

汤家牌坊是西大街孩子们理想的玩耍之地。

上学去早了或放学回来时，几个同学就围着牌坊捉迷藏，在青石板上“打洋牌”或骑在石墩子上做作业。有时顺着石柱爬上爬下，看谁爬得高，下得快。

牌坊中间的两根承重石柱是由两根方形石柱并在一起的。

并在一起的两根石柱之间扣得非常严谨，但小伙伴们仍然发现两根柱子之间的石缝里有个小石人。我爬上去，按着他们的指点，把脸贴在石柱壁上，眼睛往石缝之间看，却什么也没看到，为此我遗憾了很多年。

据说我爷爷、我爸爸小的时候也曾和他们的小伙伴儿们在牌坊青石板上玩耍。一块块磨得闪着亮光的青石板，记录着西大街几代人美好的少年时光。

光阴似箭，日月如梭。

在牌坊的青石板上玩耍的孩子，一代代长大，又一代代老去，青石板却越发润滑光亮。

大概是1967年的秋天吧，我随父母回了老家。

有一天我和小伙伴儿上街看贴大字报，路过汤家祠堂时，看到一群中学生围在牌坊周围。学生们胳膊上都戴着红袖章，一个个英姿勃发，气宇轩昂。

后来我暗自琢磨那时的心情，好像山村里的小孩儿对哥哥姐姐天不怕地不怕的热情既感到害怕又肃然起敬。

祠堂大院东墙外是一块儿很深很宽大的洼地，每遇街道上有雨水，都会通过这块儿洼地流向祠堂后面的大苇坑里。

几个学生拉来一台自制的“卷扬机”一类的东西，支在洼地中间。又来一拨人搬着梯子来到牌坊下，把一捆钢丝绳套到牌坊的最高处。学生们撤离现场后，示意“卷扬机”开始。十来个人像推磨一样把钢丝绳往一个滚筒上卷。一点点、一点点地拉紧、拉紧……“咔嚓”一声，一根青石柱轰然倒下。接着套上另一根石柱，再一点点拉紧……

半个上午，一座“四旧”牌坊被拉倒了。

随着牌坊的轰然倒塌，我心中突然“咯噔”一下，莫名其妙地一阵酸楚。

人慢慢散去后，我木讷地走到倒塌的青石堆旁，抚摩着断裂的青石柱，若有所失。

无意中，在倒塌的一根青石柱子侧面，我看到了嵌在青石柱内侧，平时想看却一直看不到的“小石人儿”。那是一尊精致的小型人物雕像，笑容和蔼，眼睛却闪着犀利的光。

当时我心里一阵紧张，传说牌坊上住着神灵，难道……

我家门口的一些叔叔伯伯，找来几辆架子车，把大块的青石板拉回生产队的油坊，压在碾子下，碾起棉籽更牢稳，小的拉回家垒房基了。

从那以后，空荡荡的祠堂门前，再无孩子们玩耍的身影。

上大学以后，我慢慢懂得了不少道理，也学会了思考问题。再回老家，路过汤家祠堂门前时，总是愧疚地低头匆匆走过。生怕门前的神灵认出那个曾经只会看热闹的小孩儿。

那时我已经知道，汤斌是中国历史上一位了不起的人物。曾任清朝礼部尚书、工部尚书、清朝理学名臣，为国家做过大贡献。与曾国藩、刘罗锅的父亲刘统勋等被朝廷追谥文正。路过此地，文官要下轿，武官要下马。

这是河南的骄傲，更是家乡的骄傲。

我也知道，牌坊后面的祠堂，最早是为汤斌母亲赵氏建的。李自成攻陷睢州城，赵氏大骂李自成“奸臣逆子”被杀害。后人为赵氏建“汤恭人旌烈祠”。汤斌去世后，汤氏后人奉汤斌神位供于旌烈祠之后。

在汤斌去世 49 年后的 1737 年，乾隆帝追谥汤斌文正，并奉旨于旌烈祠之左建汤文正贤良祠。

汤恭人旌烈祠与汤文正贤良祠二祠合一，通称贤良祠，当地俗称“汤家祠堂”。

为彰显朝廷圣明，官府出资拟在祠堂前建一座大型跨街牌坊。可是路南的居民坚决不同意把牌坊跨在他们家的宅基地上，给再多的赔偿也不行。

官府只好重新设计牌坊图纸，在路北汤家自己的宅基地上量身定做，建了一座顺街牌坊。因宅基面积所限，牌坊宽度比跨街牌坊窄了许多，规模也小了不少。

遵照朝廷意图，重点在建筑用材和精心制作上下功夫。采用国内上等青石板材，每块石材都经过精雕细刻。

汤家牌坊出于特殊原因而形成的独特样式和上乘质量，在国内至今也是独一无二的。

这座牌坊同时彰显了官不欺民，民不畏官，大户不欺小户的良好社会风尚。

思绪翻转，眼光落在光秃秃的、如平常居民院落的祠堂大门上。若不是门上“贤良祠”三个大字，谁能知道这里以前曾记录着睢县人的荣耀呢?

再次翻看朋友的视频，眼眶竟然潮湿起来。

是“三汤道台”的清廉感动了我?还是因珍贵文物被毁而遗憾?抑或是想起了自己一去不复返的少年时代?

也许都是，也许都不是。

（2019 年 8 月）

卡夫卡的小屋

冰激凌的记忆

我从来不吃冰激凌，认为那是女人和小孩儿吃的东西。不料偶尔吃了一次，却吃出了惊喜，也让我记住了一座城市。

这座城市就是斯洛文尼亚的首都——卢布尔雅那。

斯洛文尼亚是一个袖珍小国家，全国面积才两万平方公里，人口 205 万，却是一个富裕的国家，居民生活悠闲自得。国家虽小，却处处藏着惊喜。让人印象深刻的就是味道极佳的冰激凌和那个如诗如画的布莱德湖。

那天我们到达卢布尔雅那时，已是中午。因为团队有一个人的护照在奥地利的哈尔施塔特小镇遗失，只能把她留在卢布尔雅那寻求大使馆的帮助，弄得大家一路沉闷。好在斯洛文尼亚是申根国家，从奥地利可以直接进入，不然麻烦就更大了。

趁大伙在三重桥附近短暂休整时，我借机走到约 30 米远的一个街边散心。眼睛瞄着团队的动静，以便随时返回。

一家小商店门前，人们排队等着买东西。在这座欧洲小城里似乎不多见。我好奇地走到近处观看。原来是一家冷饮店，正在卖着冰激凌。两个金发碧眼的小姑娘笑盈盈地与每一个顾客搭着话。

柜台里冰激凌花样繁多，不同的口味都有明显标注。虽然看不懂文字，但看图说话也能猜个大概。也是凑个热闹，我排队点了两个颜色不同、口味各异的球状冰激凌，用一只华夫卷筒装着。

站在路边吃了几口，立刻产生了好感。香草味的甜得纯粹，味道独特。刚一入口，一股香草气息瞬间弥漫在空气中，像置身于一片花海之中。再尝尝那只巧克力味的，却又甜得厚重，沉淀着浓浓的异国情调。这东西，想不到还真好吃呢。

看着不远处那座粉红色的报喜教堂，一种美妙的感觉从心中升起。

地接导游跑过来喊我，惊讶地说："你怎么知道这家店的冰激凌好吃？这是一家名店耶。"

"你看，这是 VIGO 店，它是卢布尔雅那味道最好的冰激凌店呢。"导游激动地说。

导游边走边告诉我："世界上最好吃的冰激凌，就在斯洛文尼亚。这是有关组织多年采取全球投票的方法投出来的，可不是我瞎编的哦。"看我笑着不说话，他又补充说，"卢布尔雅那被游客称为'世界冰激凌之都'呢。特别是你来的这家店，已经连续获得四届冰激凌卓越奖了。除了味道特别好，这里的位置也不错，环境优美，闹中取静。在当地人气排名第一。”

他的一番话让我大吃一惊，偶尔吃个冰激凌，还能吃出惊喜，吃出文化来了，这让我怎么消受得了？

后来我发现，斯洛文尼亚到处都是卖冰激凌的小店，而且都做得很好吃。

那天我们去布莱德湖游览，城堡不远处就有一家冰激凌店。

有了第一次吃冰激凌的好感，看到有卖冰激凌的店，便主动邀请两个团友一起过来品尝。

这家店虽小，但冰激凌却造型优美，一点也不敷衍了事。与其他地方一样，都是手工制作。操作员认真细致地制作着，售货员一脸的笑容，像是她欠了你人情似的。让你心里瞬间便舒服了许多。

我给两位团友每人买了两个球状冰激凌，三人趴在古老的城堡垛墙上，一边吃一边看着景色。遥望着对面的阿尔卑斯山和湖中的小岛，还有湖面上一只游动的小船。那种惬意，无以言表。

在湖边吃冰激凌的感觉真的不错，让人极富想象力。口中的甜与心中的惬意碰撞，产生的无限美好，足以融化整个世界。

这恐怕是品味斯洛文尼亚冰激凌的最佳方式了。

回来很久了，总也忘不了吃冰激凌的感觉。一想起冰激凌，就想起了斯洛文尼亚，想起制作冰激凌的师傅一脸的严肃和售货员温情脉脉的笑容。

看来，无论是国家、城市或个人，总要给人留点念想，总要有一些东西让人留恋。不然，在这个物欲横流的世界里，谁能记住你的模样呢？

（2019年10月）

管道工古米尔

群里不少去过欧洲的朋友经常聊到旅游中的一些见闻，吐槽最多的就是看了不少景点，拍了不少照片，回到家里整理时才发现，一堆照片基本上是一盆糨糊。既弄不清景点叫什么名字，也不知在哪儿拍的。因为欧洲最引人注目的景点就是城堡、教堂和雕像。

一天，我在群里发了一张欧洲某国雕像照片问群友，这幅照片谁有印象？群里很多人立刻回复：管道工古米尔。好像是斯洛伐克街边的那个小雕像，对，就是。

你说神不神，那么多著名教堂、城堡、雕塑记不住，一个街头不起眼的小型雕像却让人记忆深刻。这也许就是斯洛伐克人的高明之处吧。

踏上斯洛伐克首都老城区街道时，我还迷迷糊糊的。这刚离开维也纳才不过半个小时，又到哪儿了？

导游笑话我说："你在车上一直闭目养神，没注意介绍，这就是斯洛伐克的首都布拉迪斯拉法。

她一连说了两遍，我也没记住这个城市的名字。

其实，时至今日我仍然没记住。以前没听说过，又拗口，还找不着记忆特点。

老城区窄窄的街道上，楼房不高，建筑大都是古典主义风格，质朴又温馨。这些看起来简简单单的住宅和商铺，却给人一种似曾相识的亲近感。这让我的心情很快舒畅起来，人也精神了许多。

正东张西望间，街边路牌下，一家商店门前，一个翻开的窨井盖子引起了众多路人的注目。

这个下水道管井的盖子是铜质的，一个身着工作服的下水道管井维修工，刚从下水道管井里钻出来，半趴在地面上休息。

走近才看清，这是一尊约30厘米高的铜质雕像。维修工头上的安全帽和身上的工作服已被不计其数的参观者摸得闪着亮光。

像这样的雕像如果在东方城市，早就以影响交通为由被清除掉了。在这里却成了宝贝。

人们耐心地排着队，等候着与这尊雕像合影留念。后来才知道，这一尊雕像，就是著名的《管道工古米尔》，也有人叫它《守望者——工作中的男人》。

我一下来了精神。

出发来东欧的前一天，在郑州师范学院旅游系当教授的好朋友曹奇刚为我饯行时专门说，到斯洛伐克首都时，一定要去看看《管道工古米尔》和其他一些雕像，这是它与欧洲其他国家不一样的地方。

头脑激灵了一下，心想差点错过了重点。

看年纪，古米尔有五十多岁。也许是工作间隙想休息片刻，也许是在下水道里憋闷得太久，爬出来透透气。他趴在地面上，看着来来往往穿着华丽的行人，面带憨厚的微笑，享受着地面新鲜的空气。那神态，充满着职业的自豪感。

据介绍，这尊雕像是斯洛伐克著名艺术家维克托·胡里克于1997年创作完成的青铜雕像。这尊雕像和我们以往看到的高大挺拔的人物雕塑完全不一样，主人公趴在行人脚下，不注意就很难看到他。据说这是根据真实的人和事塑造的。看后让人暖心又踏实。当地人都满怀敬重地称这个工作中的男人，是这座城市最受欢迎的人。

这不能不是一大奇观。

转悠到老城广场中央，又一尊雕像进入视野。一个士兵模样的人，身穿军大衣，头戴标准的拿破仑钢盔，弯腰伏在一张长椅靠背上。他是得意还是落魄？半边脸被帽檐遮住，看不太清他的表情。导游介绍说，这尊雕像叫《掉队的士兵》。传说这是当年拿破仑军队的一个士兵，由于掉队，他永远留在了斯洛伐克。

广场拐角处有一位手持礼帽，身穿礼服的老人。他终日慈眉善目，彬彬有礼，并立志要将快乐带给世界上的每一个人。据说这也是真人真事，为了留住老人这副温暖感人的表情和形象，艺术家便塑造了雕像《好客的礼帽先生》……

一尊尊雕像都栩栩如生，极富创意。斯洛伐克人以自己独特的幽默方式，恰到好处地呈现出这座城市的温馨活泼，充满情趣的一面。

无论是立于街头或是藏在巷尾，每一尊雕像都有着自己的故事。就像布拉迪斯拉法这座城市，处处平淡无奇却又耐人寻味。

这很快让我们对这座城市产生了好感。

事有凑巧，曹奇刚的微信传过来了："到斯洛伐克了吗？到了给我说一声。"我回复说："刚看过古米尔，正在广场中央看《罗兰》喷泉雕像呢。"

曹奇刚是个热心的人，学识渊博又扎实，尤其是对欧洲各国的主要景点和背景资料了如指掌，深受学生拥戴。

怕我错过这次东欧旅游的好机会，他干脆打来了国际长途进行现场指导："哦，看到《罗兰》了？你可以看看那个手持剑盾的人，他是查理大帝宫廷骑士罗兰，要是在别的国家，一定高大威猛。但在这个城市的雕像表现手法上，他一点威严也没有，很像一个草根平民是吧？"

"嗯，还真是。"

奇刚话锋一转，突出主题："城市雕像是一座城市的灵魂，体现着这座城市的风格和价值观。”

天空突然下起了小雨，我赶忙打开随身携带的雨伞，对着手机说：“明白了，这就是它们的雕塑特色，对吧？”

奇刚接着说：“这些平民雕像看起来很随意，其实它深刻地表述了这个国家的人文情怀和道德水准。一定程度上它比哥本哈根的《小美人鱼》、布鲁塞尔的《撒尿的于连》、新加坡的《鱼尾狮》这些城市雕塑典范含义还深刻。”

我算服气了，没想到一座普普通通的雕像，还有这么多讲究。

回到大巴车上，那些小型雕像仍然不停地在我眼前浮现。

一个普通的管道修理工，为什么会被当地人尊称为最受欢迎的男人呢？他收入肯定不高，工作又累又脏的，一天到晚钻在下水道里闻着臭气。也许这还是1993年斯洛伐克人独立前的价值观在起着作用。

其实无论什么社会形态，劳动都是不可或缺的生存状态。越是文明程度高的国家，越是注重人人平等，倡导劳动创造幸福生活。

突然想起北京淘粪工时传祥、开封市南关环卫队，还有我郑州的朋友白凤翔……

白凤翔原来是郑州德化街澡堂的修脚师，技术过硬，服务质量更是标杆，很多年以前被评为全国劳模。人人都敬佩他，有脚病的人也离不开他，曾一度成为郑州市的名人。

每一个人都是劳动者，只有岗位分工不同，没有高低贵贱之分，古米尔也和每一位劳动者一样，热爱着自己的工作。他甚至觉得，这座城市的光鲜亮丽有着自己的一份功劳，如果刚才不把管道疏通，臭水冒出来流在路面上，再鲜亮的鞋子和衣服也会臭气熏天。他觉得路过的人们都在用赞赏的眼光看着自己，宁愿一人脏，换来万人洁。再苦再累心里舒服。

我们能记住他，那是雕塑家的功劳，更是对一座城市价值取向的认同，尊重劳动、人人平等是世界通用的语言。

（2019 年 11 月）

河内行随感

每次提及去河内旅行，总有一些感触如鲠在喉。

那是 2002 年夏秋之交，报社在南宁召开发行会，会后组织去河内旅游。

我们乘火车从南宁出发，在凭祥站下火车，经由友谊关出境。

一

友谊关过去叫“镇南关”，几百年来都是中越往来的重要关隘。二十世纪六十年代中期至七十年代中期，我国援助越南人民抵抗外来侵略的物资就是从这里源源不断运往河内的。这些物资中还包括我们自己也吃不上的大米、猪肉等。

患难见真情，1965 年中越双方商定，此关更名为友谊关。

走在神秘的关隘下，不由自主地屏住呼吸，左顾右盼，好像仍能从宁静的楼洞里听见军车经过时的轰隆声。

进入越南境内，公路蜿蜒崎岖。

从友谊关至河内约 160 公里。坐在大巴上往两边望去，是绵延起伏的大山，偶尔会有一些村庄出现在路边。

一首著名歌曲浮现在我的脑海里：

“越南中国，山连山，江连江，

共临东海，我们友谊像朝阳！

共饮一江水，朝相见，晚相望，

清晨共听雄鸡高唱。

啊，共理想，心相连，

革命路上红旗飘扬，

啊，

我们高呼万岁

胡志明、毛泽东！”

中、越两国有着“同志加兄弟”的情谊，这首中越友谊的经典歌曲，一直在两国民间传唱。

路过村庄多了，我无意间发现了一个现象。

每座村庄的边缘，大都有一片墓地。墓穴基本都是水泥封顶，墓地中央位置都有一座纪念碑。给人的印象是，墓地规划有序，每座墓穴都干净整洁，显然是有专人管理。

我私下问及导游，导游说，这些大都是在那场战争中死亡的越南人。导游说得云淡风轻，我心头却猛地一紧。中越关系刚缓和不久，关于那场战争的一些人和事还犹在耳旁。来越南旅游，我知道这是一个绕不开的话题，可没想到会出现得这么直接。

路两侧的山头上树木茂密，也许每一处都曾有过故事发生。

对挑衅者当然要给予惩罚，但我们很多年轻战士的生命也永远定格在这里。想到此，心中便隐隐作痛。

和平与发展，才是中、越两国人民永恒的主题。

二

河内经济虽然落后，但毕竟是越南的首都，有高楼也有宽广的马路。

马路上行驶的小轿车虽不多，但都精致漂亮。就连大卡车也清一色的是进口汽车，车身大多明光闪亮。也许是新车居多，也许是湿润的气候使然。

河内街头的“铁骑大军”浩浩荡荡，第一眼看到时一定会让你心惊肉跳。喧嚣嘈杂的摩托车飞驰而过，静静流淌的还剑湖和西湖温馨柔和；一边是中国韵味的文庙，一边是充满法国风情的圣约瑟大教堂。还有座两层全木制的高脚屋，那是胡志明故居。

这是一座让你颇费思量的城市。

骑摩托车的人如潮水般涌来涌去，头上戴着的绿头盔或竹编斗笠却死死地系牢在头顶。导游说，这是越南一道独特的风景。其实类似的风景还有不少，比如当地少年为游客擦鞋。

走累了，坐在湖边休息，热情的河内少年赶忙过来，用生疏的汉语问候："你好，一元。"然后为你擦拭鞋上的灰尘。这让我和许多同伴为之暖心。感慨少年的善良和热情，还有低廉的消费。

许多人坐下来休息，都想擦擦鞋。一是为了干净，二是近距离接触一下河内市民。

街边擦鞋的大多都是中国游客。一个游客擦完鞋拿出一元钱递给为他擦鞋的小孩儿，小孩儿说："我说的是擦一次两元。"游客说："你明明说的是一元嘛，你为何又变卦了？"

是语言交流不畅，还是小孩子就是想蒙一下这些"有钱"的外国人？那个小孩见要不到钱，拿起一只鞋撒腿就跑，而且是围着湖边跑，一边跑一边"叽里咕噜"着，不知说些什么。那游客穿着一只鞋，"咯噔"着追了几步，无奈地停下来叹息。

另一个与之同行的游客赶快喊叫那个小孩："别跑，给你两元。"那个小孩儿根本不理，甩开膀子把一只鞋扔到了宽阔的湖水里。

一圈人眼巴巴地望着跑远的小孩儿发愣。

不知为何，我想起了小学三年级时一件事。

那时，美国正在进行"越战"，也是中越关系最好的阶段。《儿童时代》杂志经常刊登亚非拉儿童反对美国霸权主义，期望世界和平的文章和图片以及漫画等。学校里紧跟形势引导学生学习这方面的时事知识。在老师的辅导下，我写了一篇作文，题目是《给越南小朋友的一封信》，内容大概是我们都是社会主义国家的儿童，有着共同的理想，我们要和全世界的儿童团结起来，反对美帝国主义侵略者，建设一个和平的世界。

文章在班里诵读，在学校诵读，最后被收集到商丘市编写的一本书里。从那时起，我对越南小朋友的感情无形中升温。心想总有一天我会真的到越南去，与越南的小朋友当面交谈，共叙友谊。

没想到，竟然是这样见面。满满的兴致瞬间全无。

三

人民币兑换越南盾真是一件让人舒心的事。

一元人民币当时大概可以兑换3500元越南盾吧。每个同伴大都换上三十元或五十元人民币的越南盾，揣在口袋里，那是有钱人的感觉。

越南街头的水果非常多，像蜜释迦、番石榴、红心火龙果、地雷果、波罗蜜、榴莲等。走在街上，有果农挑着担子叫卖的，有商家开着水果店卖的，有用自行车驮着卖的，形式多样，很是诱人。

大家每到一个地方，都爱出来买水果吃。特别是掏出钱来就是几万，那滋味别提有多爽了。即使是缺斤短两，也没人在乎，有钱就是任性！

口袋里装着大把的钞票，在街头随意地买水果，恐怕是河内之行最舒服的感觉。

派头还没显摆够，烦心的事就又找上门来了。

在国宾馆吃过晚饭，我们一屋四人商量着到宾馆门外走走，观赏一下河内的夜景。

走出宾馆大门约二十米远近，被几辆三轮车挡住了去路。这些三轮车并不像北京什刹海那种带篷的客座三轮，而是那种拉货的简易三轮儿，车上横一块木板当座位。

三轮车夫用生硬的汉语热情拉客："来来，三轮车，带你们去好玩的地方，坐三轮车吧，价钱便宜。"

我们只是到门外随便走走，哪能跟他们乱跑？一个同伴解释说："谢谢，我们不出去。"几个三轮车夫却仍然继续纠缠。另一个同事笑着走到一辆三轮车前，一只手扶着三轮车，一只手轻轻抚着这个车夫的胳膊，就像在家和朋友聊家常一样，客气地说："谢谢了，我们真不去，你们忙去吧。"

眼看着赚不到我们的钱，车夫早已心生愤恨，见有人摸他三轮车，便借此发泄出来："一帮中国穷人，要打架是吧？来呀！"说着便大喊起来："大家快来呀！"

随着喊声，五六位三轮车夫围拢过来，还有人继续喊着远处的同行。

眼看事情闹得越来越大，我迅速招呼大家立即撤回宾馆大门之内。秀才遇到兵，有理说不清。更何况还是在国外呢。

一夜我都无法入睡。越南优美的自然风光是旅游经济的最大资源。创造优美环境，发展旅游事业，才能吸引更多游客。可是……

真正的贫穷归根结底还是思想观念上的贫穷，我想。

临回国时，听导游说，越南也准备改革开放了，突然心里一阵惊喜。下次再来时，相信河内会有一个新面貌。

（2017 年 6 月）

卡夫卡的小屋

卡夫卡的这间红瓦蓝墙的小屋，我会深深地记在心里。不仅因为它是著名作家的旧居，也因为这种纪念方式和管理模式让人敬佩有加。

卡夫卡是捷克著名作家。我对他的了解并不多，只是读过他的《变形记》等少量作品。后来还是在村上春树的《海边的卡夫卡》影响下，才对其有了深一些的了解。不经意间来到他曾经写作的小屋，实在让我大吃一惊，不得不佩服布拉格政府的精明，让我有了一个意外的收获。

一

那是初夏的一个中午，阳光暖暖地照在人们身上。伏尔塔瓦河上吹来一阵凉爽的风，带着舒缓的钢琴声和岸边洋槐花的芳香。

我们从布拉格城堡出来，直接拐弯走进一条窄窄的、游人拥挤的小巷里。小巷的房屋色彩斑斓，房低门小，酷似童话世界。尤其是低低的房顶和烟囱，让人看了心情舒畅，刚刚参观城堡时的压抑心情一下子轻松起来。

听说这是布拉格最诗情画意的街道。

这是一条不足 200 米的小巷，有大小十几座房屋。据说这些不规则的低矮住房，最早建于十五世纪，是城堡守卫和侍从居住的场所，因地方小住人多，所以房屋大都低矮简陋，高个子必须弯下腰才能走进屋内。有点像故宫墙外的南长街、南池子，是为宫廷服务的下人居住的地方。后来聚集不少为国王炼金的术士和打造黄金饰品的工匠，所以也称黄金小巷。十九世纪后，这里逐渐变为贫民窟。

二十世纪后期随着旅游业的兴起，政府对小巷重新规划。不仅没有扒掉重建，或腾出这寸土寸金的地皮搞开发，反而将破旧的房舍原样精心修整，改为小商店租赁给商户经营。例如 16 号的木制玩具、20 号的锡制布拉格小士兵、21 号的手绘衣服等，立刻受到游客欢迎。

目前这里的房子多半是纪念品商店、书店、咖啡厅等。

这条中世纪风格的小巷之所以声名大噪，主要是卡夫卡曾在此居住的缘故。

1916 年，还是奥匈帝国统治时期。卡夫卡当时只是一个保险公司小职员，他因为喜欢这里幽静的环境，以每月 20 克朗租了这里门牌 22 号的房子作为写作工作室。并在此默默完成了当时不为人知的作品《乡村医生》和《致科学院的报告》。

二

我在人头攒动的小巷来回踱着步，感受着卡夫卡深夜下班回来，独自一人走在这条小巷里的气息，还有 22 号房门旁边，那扇低矮的窗户里透出的微弱的灯光。

我年轻时之所以阅读卡夫卡作品较少，主要是感觉他的作品曲折晦涩，情节支离破碎，思路不连贯，跳跃性较大，而且爱用象征性语言表达。不静下心来慢慢细品，往往理解不透它深层次的含义，往往读着读着就没兴趣了。

卡夫卡作品里描写的多是生活在社会底层的小人物，他们在这充满矛盾、扭曲变形的世界里惶恐不安、孤独迷茫，遭受压迫而无力反抗，向往明天又看不到希望。

他与生意兴隆的父亲志趣不相投，又不想妥协。便脱离优越的家庭生活，长期与社会底层的平民百姓生活在一起，看到了许多常人看不到的社会的另一面，从而成就了他钟爱的写作志向。

卡夫卡的写作手法和表现形式，被后世认为是现代派文学鼻祖，是表现主义文学先驱。仔细琢磨，他的作品的确隐喻深刻。

他描述的一幅幅情景让人震惊和恐惧。好像是想用作品，为人类的明天敲起急促的警钟。

他在为人类的未来担忧。

卡夫卡住过的门牌22号小屋，是一间蓝墙红瓦的小房子。门口熙熙攘攘的尽是游人。好不容易挤进屋内，才发现原来这是一家书店。面积约有20平方米的房间内，贴墙部位都是书架，摆满了各种图书，其中有不少关于卡夫卡的书和纪念品。

屋内不容久停，后浪推着前浪往前涌，我不由自主地就被挤了出来。

门外照样人山人海，很多人在小屋门口照相留念。我很受刺激，心想这都是卡夫卡的粉丝吗？我一个资深文学爱好者还对他了解甚少，这些人怎么就对他那么熟悉呢？

我拦住一个留影者问：“在这照什么呢？”回答说：“我也不知道，看他们照，我们也照。”哦，明白了，都在糊里糊涂地随大流。人云亦云，人摄亦摄。

三

不可忽视的是，许多人来时并不知道卡夫卡，浏览之后，对卡夫卡便有了初步的了解，说不定回家找本《城堡》看看也未可知。这就是潜移默化的影响作用，也是设计者的匠心所在。

想到此我不禁心头一震。

把一条过去人们避之不及的狭小晦气的陋巷，打造成人人心向往之的经典景点，这可不是一般人能想出来的。既盘活了城堡经济，又增加了捷克名人效应，一举多得。

我站在小巷出口处，回头望着窄窄的巷子和一间间色彩斑斓的小房子，不由得五味杂陈。国内像这样顶级的著名作家多了去了。旧居、老宅，比比皆是。

譬如鲁迅先生，老家绍兴有故居，北京有故居，上海有故居……这些故居都是在城市的繁华地带，寸土寸金。国家拨款，有专门的管理部门和管理人员负责养护，供人们参观浏览。但房产闲置，管理费用昂贵，有的很难纳入旅游线路，不专门前往很难看到。

还有许多伟人、名人、大咖的故居、旧居。有的拆迁重建，有的重新圈地规划，清走百年老户，独留名人一家。绿树成荫，环境优美，高档装修，图谋打造名胜景区。

相比布拉格的做法，我们还真需要动点脑筋。

卡夫卡的这间红瓦蓝墙的小屋，我会深深地记在心里。不仅因为它是著名作家的旧居，也因为这种纪念方式和管理模式让人敬佩有加。

（2019 年 9 月）

凯恩斯捉蟹

提及凯恩斯捉蟹，我的心便会兴奋不已，就像读到了一本好书，总有一种想与朋友“奇文共欣赏”的冲动。

2002 年 12 月下旬，国内正是天寒地冻，滴水成冰的季节，而凯恩斯却是盛夏酷暑，骄阳似火。我们到达凯恩斯的那一天，当地气温竟高达 38 摄氏度。

凯恩斯是澳大利亚东北部的一座沿海城市，花草树木繁茂，人口居住很分散，显得特别安逸闲适。导游说：“明天是周末，其他事情无法安排，决定带大家去海上捉蟹钓鲨鱼，请各位准备一下。”

第二天一大早，导游把我们带到一个码头。码头上船只不多，大都是一些游船。我们登上了一艘蓝白相间的中型游船，船上竖着几根白色的桅杆，有几根绳子斜拉着，就像电影上看到的那种。我们 10 个人坐上非常宽松舒适。

船上所有工作都由一个人来做，既是驾驶员也是工作人员。

他是一位三十多岁，名叫乔森的凯恩斯当地人。乔森踏实肯干，不善言辞，不管你问什么，他都是一边回答一边埋头干着手里的活儿。

船起航了。海水开始时有些泛黄，一会儿便湛蓝湛蓝的了。游船没有直接往深海去，而是越过一个海湾，驶向了不远处的海岸。约 20 海里后，我们的游船到达了一片红树林。我曾在文学作品中对红树林有些浅显的了解。那是一种生长在热带的海水与河水交汇处，以红树植物为主体的常绿乔木，是陆地向海洋过渡的特殊生态系统。

靠近红树林时，游船减速慢慢驶进一条海上林荫小道，就像芦苇荡中的一条水路，不同之处是，在红树林中行船，上面的树冠遮天蔽日，两旁的树干和树杈触手可及。树干上因久经水浸留下的斑驳绿苔，记忆着潮涨潮落的高度。船在红树林中行驶约千米，便在密林深处缓慢地停了下来。乔森从船舱里拿出一个铁丝编织的笼子，直径约有 60 厘米、高约 10 厘米，笼子侧面有一个长方形开口，如一本 32 开本书大小，装有一个铁丝活动门。乔森打开小门往笼子里放了小鱼和碎肉一类的东西做诱饵，关上活动门，便把铁丝笼子放到了水里。此处海水约有一米多深，笼子上拴有一条绳子，绳子一端系着漂浮物在水面，便于寻找。如此办法，乔森一连放下去 8 只笼子在水里。完成之后，船便加足马力，驶出了红树林，向深海前进。导游说，笼子已下好，我们先去海上钓会儿鲨鱼吧。

海水开始时还算平静，越往里走，波浪越大，一波未平一波又起。船上开始有几个人不舒服起来。海水蓝得有些发青，船体像一张铁犁，犁开青蓝色的海水，溅起两道白色的浪花。向后看去，陆地早已不见踪影，偶尔见一艘渔船在远处漂荡。大海此时显得那么辽阔，浩瀚无边。

船不知什么时候已经减速，感觉犹如在大海上散步。乔森拿出几根钓鱼竿分发给大家，他自己也拉开一根给大家做示范。这种鱼竿基本像我们在家乡鱼塘里使用的海竿，竿短线长。我们照着乔森的样子把一条小鱼挂在鱼钩上，用力甩出去。

我的竿首先有感觉。我猛地往上一提，沉甸甸的。“有鱼！”我大声喊着。乔森放下自己手里的工作走过来，帮我把鱼拉出水面。还真是一条鲨鱼，不过小了点，也就两斤多吧，不像我们事先想象的那样，是一条几十斤的大鲨鱼。所以，尽管惊喜，但不惊奇。乔森帮我把鱼摘下来，随手摸出一把尺子一类的工具，量了量鲨鱼的长度，便抬手把鱼扔回了海里。我们很纳闷儿，问为什么要扔掉？乔森说，这条鱼不够长度，必须放回海里让它继续生长，这是政府的规定。有人问他，这里只有你一个人，哪有人监督你呀？他说，按政府规定做事，不用别人监督。他一边回答，一边重新挂上鱼饵，把鱼钩甩到海里。

我们彼此望望，内心震撼不已。

约有两个小时，我们大家多数都体验了一把海上钓鲨鱼的滋味，且已有两个晕船者早就伏在座位上闭着眼睛显出痛苦状，导游与乔森交流了一下，决定返航捉蟹。

我们又兴奋了起来，刚才下的笼子怎么样了？

回到红树林，乔森捞起一个浮漂，用力往上拉绳子。铁笼子渐渐浮出水面。等笼子一出水面，哇，可不得了，我们发现 4 只非常大的螃蟹趴在里面，每只至少有 3 斤以上。等笼子放到甲板上时，原来静静趴在笼子里的螃蟹似乎明白了怎么回事，便在笼子里慌乱急促地活动起来，寻找着出路。乔森打开铁丝笼子的小门，伸手抓出一只螃蟹，看了看，用一个类似弯弓一样的工具，在螃蟹身上量了量，放在了一旁。又抓起了另一只，看了一眼便扔到了海里。再拿起一只，看了看，拿出工具量了一下，也毫不犹豫地扔进了水里。

我们吃惊了。鲨鱼小，让它再长长我们理解，那么大的螃蟹，我们见都没见过，哪一只都有三四斤呢。好不容易捞上来的，怎么能说扔就扔了呢？

见我们大家发愣，乔森解释说，螃蟹捞上来首先要看公母，只要是母蟹，不管大小，一律放回水里，让它继续生长繁殖。若是公蟹，再量体长，够捕捞尺寸的留下，不够尺寸的，也要把它放回水里，让它继续生长。看着他那一丝不苟的工作态度，我们众人无不对他肃然起敬。

待乔森捞起第五只笼子时，我提出要求：下面的，让我来捞。我左手抓紧船上的栏杆，向船外探出半个身子伸出右手，捞起一个浮漂，然后站直，双手交替抓住绳子左一把右一把，蟹笼被我拉了上来，里面竟然有三只大螃蟹。我顾不上湿透了的裤腿和鞋袜，急忙拉掉挂钩，打开笼子，伸手去抓里面的螃蟹，险些被夹住手指。我用抓大闸蟹的方法，捏着蟹的大壳，终于把它弄了出来。

经过一阵折腾，八只蟹笼全部捞了上来。乔森经过一一检查，有十一只螃蟹符合捕食标准。这十一只螃蟹个个都有四斤左右，两只蟹钳粗壮有力。它们不可一世地横行着，以显示自己的力量，并寻找着突围的路径。

乔森把这些大螃蟹一个一个地抓到游船特制的灶台上，找出一块砧板，把每只螃蟹一切四块，然后丢进旁边已烧开的铝锅里蒸。大约八分钟时间，螃蟹出锅了。

我们眼睁睁地看着几个盛满了蟹肉的大盘子，谁也没有动手。

这是怎样的美味，暂且不说，但就这个外观便与我们见过的螃蟹大不相同。我们常见的大闸蟹或海蟹下锅前都是青绿色或黄绿色，在锅里一蒸，就变成了红红的颜色了。而眼前这种蟹却不同，放进锅里之前，是青壳白底，出锅之后还是青壳白底。因为全是公蟹，没有蟹黄，蟹肉雪白雪白的，还没有吃到嘴里，那股清香宜人的特有味道就已沁人心脾了。

这种蟹叫青泥蟹，只产于南太平洋地区海河交界处的红树林里。个大肉实，鲜美无比，不用任何调料，即可感到各种调料齐全，味道恰到好处。

游船已慢慢驶出红树林，在大海上随意地漂着，任凭海风迎面吹来。我们都拿着一块蟹肉在手里，细细品尝着它的滋味，享受着海域的辽阔和海风的清凉。

（2017 年 9 月）

猫山王的味道

跨过新柔海峡，大巴车刚一进入马来西亚地界，关于马来国的美食就成了团友们议论的热点。“肉骨茶”“脆皮烧包”“印度奶茶”等名吃，尤其是特产“猫山王”，顷刻让团友们兴致大增。导游老魏绘声绘色的话语风格，给大家带来阵阵欢笑。

老魏是一位五十来岁的中年男人，浓眉大眼，五官端正，普通话水平较高。他自称祖籍是福建莆田人，爷爷辈儿“丢猪仔”来到吉隆坡淘金，至今已经第四代。

也许是血浓于水，立刻让身处异国他乡的我们对老魏产生了亲切感。

大巴车风挡玻璃的上方挂电视机的位置挂了一幅马来西亚地图，从形状到颜色极像一只烤熟了的红薯。“红薯”上方与泰国接壤，最下方那个小小的红薯头儿，就是我们刚刚路过的新加坡。

大巴在无边无际的棕榈林中穿行，由南向北，直奔位于“红薯”的中间位置首都吉隆坡。

车窗两边是一望无际的棕榈树。没有村庄、没有农田、没有行人，甚至也很少有过往的汽车。老魏得意扬扬地介绍着马来国棕榈油的用途和可观的出口量。

看着满眼绿色的棕榈树林，我心里却惦记着猫山王，暗自庆幸，终于有机会品尝猫山王的味道了。

老魏突然提高音量说：“刚才前排有人悄悄问我，什么是猫山王。各位贵宾，有人知道吗？”

那神态、那声调，那个嘚瑟劲儿，立刻让车上的很多团友瞪大了双眼。

看看没人搭话，我轻轻地随口答道：“是榴莲，是马来西亚特有的一种极品榴莲。”说完我转头看了一眼微笑着点头的夫人。

老魏伸出大拇指说：“OK，答对了，您见多识广。”

老魏接着嘚瑟，猫山王既不是猫，也不是山大王，它与泰国出产的“金枕”一样，是榴莲的一个品种。不过这种榴莲可不像金枕，随处可以吃到。猫山王是榴莲中的贵族，是马来西亚国宝级水果。

老魏说，猫山王讲究“瓜熟蒂落”，自己从树上掉下来，不能人工强摘。而且掉下来一两天就会自动开裂，不及时吃掉或进一步加工，很快就会被细菌腐蚀。加之这种榴莲产量很小，在本国也是属于超珍贵的品种，限制出口。因此在其他地方是吃不到的。

至于说味道嘛，嘿嘿……老魏手舞足蹈地描述，让一车人垂涎欲滴。

老魏的鼓励让我羞涩起来，我哪里是什么见多识广，只是知道点儿皮毛而已。

早些时候我曾对榴莲非常反感：摸着扎手，吃着臭口，核很大，肉没几口，价格还出奇地贵。只是夫人喜欢这一口儿，每每买回家来，我都立刻打开窗户透气或劝她把榴莲放到阳台上去。次数多了，耐“臭”功能似乎也增强了不少。有时甚至也会被逼无奈地捏着鼻子品尝一口。

不尝不知道，一尝忘不掉。那种糯糯的感觉、深沉的腻甜，尤其是后味略有的一点苦，极像喝咖啡的初感，回味无穷。有时兴趣来了，我也会买一个回来，大家一起共享。久而久之，我对榴莲也逐渐有了好感。

记得夫人那次成功劝说之后，还曾接着耐心地科普：“咱吃这种榴莲的品种叫‘金枕’，是泰国生产的，一般大城市都可以买到。但有一种名品榴莲，叫‘猫山王’，听说只有到马来西亚才能吃到。”她说她的，我也不在意。心想，一个破榴莲，还神秘上了。

谁知来到马来西亚才知道，这种榴莲还真的很神秘，不禁让我好奇心大增。

大巴上夫人小声跟我说，其实早些年猫山王并没有多少人知道。还是澳门赌王何鸿燊心血来潮，专程派私人飞机前往马来西亚买了 100 个猫山王运回香港，请李嘉诚等几个大亨品尝，被香港、澳门、新加坡、马来西亚一带媒体大肆报道，猫山王这才一夜成名。

品尝猫山王的味道，成了不少人，特别是我，此次马来西亚之行的主要目标。

我们到吉隆坡那天，天气格外晴朗，双峰塔直插天际，白云挂在塔的半腰，像是有意给双峰塔的雄伟提供参照标示。

晚饭后返回宾馆的途中，我忍不住问老魏："魏导，哪儿有猫山王啊，都转了一下午了，也没看到猫山王的影子。"

老魏乐呵呵地说："别急，别急，明天我一定带大家去吃。"

说不急，老魏真没急。一连两天，他按照行程安排，带我们看英雄纪念碑、粉红色水上清真寺，看国家皇宫、独立广场，看……就是看不到猫山王。晚饭时，有团友又问老魏："没见猫山王啊？"

老魏面带焦虑之色说："你以为是海南的椰子啊，到处都有卖的？不过原来这个餐馆附近有一家店铺有的，怎么就没了呢？要不咱还是到马六甲市再吃吧，马六甲市的猫山王口味最纯正。"老魏的口才真是一级棒。

是啊，也不能埋怨老魏，他够尽心了。除了带我们参观美景，还有意尽量让我们品尝美食。尽管“肉骨茶”基本等同于骨头汤，“印度奶茶”甜得让人发腻，但“脆皮烧包”却让团友们大饱口福。昨天下午五点，我们正在参观，一辆白色的小轿车停在了大巴车旁边，大家正在纳闷儿，一大提热气腾腾又香味扑鼻的食物放在了大巴车第一排。有人大声读出一摞一摞黄色小包装盒上的红字：“金马首创，脆皮烧包。”全车立即沸腾起来。原来，为了能让团友们不去集体排队，又能吃上名吃，老魏提前安排他的夫人早早地去著名的“华师傅”烧包店排队，并保持电话联系，约定地点，一旦烧包到手，五分钟内争取让大家吃到嘴里。

当一只只刚出锅的、焦黄酥脆的脆皮烧包吃到每一个团友的嘴里时，那种温馨与甜美，只能用乡情诠释。

但无论脆皮烧包如何甜美，终究替代不了猫山王的诱惑。

到达马六甲市之前，老魏先带我们到马六甲海峡游泳，尽管下车之时仍没有见到猫山王的影子，但马六甲海峡的威名却足以比肩猫山王。

有着百年历史的马六甲海峡航标灯醒目地矗立在岸边一座高高的山头上，就像郑州黄河岸边邙山头上的“大禹治水”雕像，记录着这里的厚重历史和位置的险要。对面的苏门答腊灰蒙蒙一片，只有那座小小的海盗岛在海水中漂浮着，若隐若现。

游艇在距离海盗岛不远处停下来，海水湛蓝湛蓝的，有一艘轮船从远处的公海路过。老魏让大家穿上救生衣，从悬梯下到海里，感受一下海水的深邃与宁静。

我们来到马六甲市区时，正是中午时分。马六甲河穿城而过，河两岸绿树成荫，茶馆商铺沿河一字排开，颇有江南水乡的味道。

这时不知谁大喊一声：“猫山王！”

大家顺着喊者手指的方向望去，拱形桥头一个小型水果市场出现在眼前。每一个摊位前，都用大大的汉字写着“猫山王”几个大字。

我们一行快步上前，立刻分散在小市场中，欣赏、挑选起来。

这个水果市场以猫山王为主，波罗蜜、红毛丹、山竹、莲雾等热带水果应有尽有。夫人本来就是吃榴莲的行家，估计事先又做足了功课，她一边挑选一边给我说着：“正宗猫山王个头儿小，成熟后果皮绿色偏黄，果实底部有一个明显的‘五角星’标记，肉多核小，挑选时注意。”

老板帮我们把选中的一个猫山王打开，一股熟悉的“臭”味扑鼻而来，蜡黄色的果肉果真干爽饱满。

我们坐在马六甲河岸边，尽享着猫山王的滋味。

我用勺子把一小块儿肉挖出来放到嘴里，立刻有一股酒精的发酵味和着腻腻的甜味直冲鼻腔，并迅速在嘴里扩散。我轻轻嚼，慢慢品，一点淡淡的苦味，还夹杂着一丝不易察觉的麻。这种感觉随着唾液稀释，慢慢地转化成甘甜、浓香。吞咽下去之后，那一丝苦味又返回口腔，与浓浓的甜香胶着在一起。

猫山王的味道，不只在品，更在回味。

吃正宗的猫山王尽管不易，但只要不辞万里跋涉，亲自来到产地就能实现。不像有些东西，即使你权倾朝野，家财万贯也不一定能买到，比如快乐，比如幸福。这两样东西千百年来都是人们穷极一生而不得的追求。冷静下来想想其实很简单，只要知足就能实现。就看你以什么样的态度对待人生。

品味猫山王其实很像品味人生，同样的生活，有人觉着美满，有人感觉厌倦。初始有一丝苦味，反复咀嚼又觉香甜。香甜太浓时，又会念起那丝丝苦味，享受起由苦涩逆转过来的甘甜。

经历不同，追求不同，体会也不同。生活本身就是五味杂陈，少了哪一样都不够丰满。苦中能品味到甜的滋味，甜中也夹杂着一丝淡淡的苦涩，苦与甜的胶着与融合才能构成丰富的人生。

与猫山王一样，人生的滋味，不只在品，更在回味。

（2019 年 10 月）

欧阳寺

车出郑州市区往南，多是丘陵地带。行至四十多公里，进入新郑市辛店镇政府所在地。沿一条乡间小路往北走一公里，天空突然暗了下来。冬日的旷野薄雾朦胧，树木被雾气笼罩，一条宽阔的沟壑隐约可见。沟壑之上，一个粉墙黛瓦、错落有致的小村庄在雾中若隐若现。村头电线杆上有一块蓝底白字指示牌，上写：欧阳寺村。

这便是欧阳修墓所在地。

一

欧阳修于1072年辞世，1075年赐葬于此。他的妻子、儿孙也相继葬到这里。因欧阳修墓前建有敕建寺院，当地俗称这座墓园为“欧坟寺”，也称“欧阳寺”。原来的小村刘庄，随之改为“欧阳寺村”。

欧阳寺村北依岗阜，丘陵起伏；南临沟壑，溪流淙淙；陵园肃穆，树木葱茏。据说每逢雨后初晴，阳光普照，雾气升腾，如烟似雨。当地称此景为“欧寺烟雨”。

今天是大雪节气，天阴沉沉的。似有下雪的征兆，最终却无一片雪花落下。暮霭弥漫在空中，时而有几丝细雨飘来。游人只能看到墓园的轮廓，看不清园内的景色。蒙蒙雾气给整个墓园，也给这座小村庄，平添了几分神秘色彩。

心中窃喜。虽是临时动议午后出发，这天色，还真有点“欧寺烟雨”的感觉呢。

天气虽朦胧，一代文宗的崇高形象仍清晰地浮现在脑海里。

欧阳修二十三岁进士及第。1045 年任知制诰时，因支持范仲淹的“庆历新政”而先后被贬滁州、扬州和应天府（商丘）。复职回京后官至参知政事（副宰相），后又相继任刑部尚书、兵部尚书。“唐宋八大家”中他与韩愈并肩 C 位，其中苏轼、苏辙、曾巩三人都是他的学生，他是北宋政治家，也是名副其实的文坛领袖。

一股寒气从墓园树丛中袭来，令我猛地打了一个冷战。我停住脚步，把大衣领子竖了起来，然后快步走进大殿避寒。

想起上周末在郑州火车站职工书屋读书会上的一个尴尬事。

当我讲到欧阳修被贬扬州，在蜀冈建起平山堂，展示了他宽广的胸襟和情怀时，一位在读文科研究生当面给我提出一个问题：“老师，欧阳修以笔做刀，杀死北宋名将狄青，最终葬送了北宋江山这事，该怎么理解呢？”

我蓦地愣了一下，不知该怎么回答他。作为欧阳修的崇拜者，这何尝不是我心中的一个结呢？只是……

二

熟悉宋朝历史的人，大概都知道“北宋缺将，南宋缺相”这句话。而狄青则是北宋少有的著名将领。在宋夏西北战场上，狄青作战勇敢，屡建战功。每次作战的时候，他披头散发，戴着青铜面具杀入敌阵，勇冠三军。每每大战过后，总能得到提升。后来南方爆发侬智高叛乱，狄青主动请缨，率军迅速平定叛乱。宋仁宗大喜：“帝嘉其功，拜枢密使，赐第敦教坊。”

然而，这位战功卓著、誓死捍卫大宋江山的将军却屡遭文职官员陷害。带头陷害狄青的并不是秦桧那样的奸臣，而正是人人敬仰的北宋一代名臣欧阳修。

欧阳修引经据典，认认真真写了一篇奏折，攻击、诋毁狄青。劝说仁宗免去狄青职务，逐出京城。

这篇文章有很强的煽动性。但仁宗爱将心切，不予理会。

欧阳修并不罢休，继续寻找机会上书皇帝罢免狄青。在欧阳修的煽动下，许多文官紧随其后，也纷纷上书，要求罢免狄青的枢密使，剥夺他的兵权。

面对群臣的压力，仁宗也乱了心智。最后忍痛割爱，“罢青为同中书门下平章事，出判陈州”。离开朝廷没过多久，狄青便气血攻心，口舌生疮，郁郁而终。

欧阳修堪称忠臣，狄青也对朝廷忠心耿耿。那么忠臣为何要陷害忠臣呢？

原来，狄青是一介武夫，通过一次次战场拼杀，上位枢密使。有人认为他触犯了北宋的政治忌讳。当年赵匡胤就是后周一员大将，陈桥兵变夺了皇位。为避免历史重演，朝廷推行“重文轻武”政策。狄青战功卓著，官至枢密使，在军中享有很高的威信，这使欧阳修一帮士大夫忧心忡忡，怕再出一个“赵匡胤”。

历代文人大都敬仰欧阳修。尽量淡化对欧阳修的指责，说陷害狄青这事，表面看是欧阳修，其实是北宋王朝的体制。

三

天色渐晚，墓园中雾气越来越重。一丝丝细雨飘来飘去，若有若无地洒在脸上。一名管理人员从一团雾中冒出来，催促着游客离园，要关门了。

我站在大殿左侧的醉翁亭前不愿离去。

狄青的死肯定与北宋政治体制这个大背景有关系，但仅仅是体制问题吗？这帮文人有没有点儿“醉翁之意不在酒”的味道？

我无意触犯一代文宗，但这些文官真的是站在国家立场上考虑问题的吗？有没有既得利益者的私心？有没有“万般皆下品，唯有读书高”的自恋？狄青是没有十年寒窗、挑灯夜读，也没有秀才、举人、进士一路考上来。但人家天生武才、拼命沙场，是用生命和忠心为国尽忠。仁宗皇帝还知道论功行赏，你们比皇上还爱这个江山社稷？

狄青死了，文官的忧患消除了。但当外敌侵入时，靠谁横刀立马，御敌于国门之外？靖康之难发生时，徽宗、钦宗父子，皇后、嫔妃、朝臣三千多人被押往幽州之地的路上，心中感慨悲凉，“如果狄青在，何至于此？”

坐回车里，脑子里像录音机一样，反复倒带。重复着那首著名的《蝶恋花》：“庭院深深深几许，杨柳堆烟，帘幕无重数。……泪眼问花花不语，乱红飞过秋千去。”

这首温情脉脉的闺怨词，出自欧阳修之手。能写出这首词的人，心思怎么会？唉，很多年了，我一直不愿相信。

暮霭沉沉，越发看不清房屋，也看不清道路。我索性打开车灯，两盏车灯像两束光柱直射出去，冲破雾霾，直射远方。

其实人性既经不起考验，也经不住细究。无论是贩夫走卒，还是一代文宗，也许谁都摆脱不了人性的弱点。但瑕不掩瑜，何必细究？历史给我们的馈赠是，记住这些教训，最好少被同一块石头多次绊倒。

光柱照射之处，路面清晰可辨，心头的郁闷瞬间舒缓了许多。

（2021 年 10 月）

平山堂

每次到扬州，挂念的总是平山堂。站在堂前台阶上，深吸一口清新的空气，望一望远方的天空，身心便轻松了许多。

扬州坐落于长江北岸，靠近大海，地势平坦。而城西北郊外却有一座土丘凭空突起，显得格外巍峨。土丘之上林木葱郁，大明寺宏伟，被扬州人视为风水宝地，取名蜀冈。

平山堂就在蜀冈之上，是欧阳修被贬扬州时所建。

一

这次来到扬州，既兴奋又郁闷。兴奋的是适逢阳春三月，满目春色，时日正好。郁闷的是，因李白一句“烟花三月下扬州”，三月的扬州便成了人的海洋。

我索性躲开游人如织的瘦西湖，径直来到蜀冈之上，静静地品味平山堂独特的寂静与辽阔。

三月的平山堂前，翠竹葱郁，古藤错节，远山近花，相映成趣。门厅上方，“平山堂”三个字苍劲有力，每次看到，心头都会为之一震，内心深处的自信和清醒便神奇地被激发出来。

“平山堂”三字匾额是清代两淮盐运使方浚颐所书，多年来任由天下人评头论足，皆曰上品。

庭堂之内，楹联繁多。

“隔江诸山，到此堂下；太守之宴，与众宾欢。”“晓起凭栏，六代青山都到眼；晚来对酒，二分明月正当头。”“衔远山，吞长江，其西南诸峰，林壑优美；送夕阳，迎素月，当春夏之交，草木际天。”

大堂侧室的“风流宛在”“坐花载月”等，则是在追忆当年平山堂的点滴逸事。

平山堂俨然成了历代文人墨客唱诵的地标性场所。

然而，后代唱诵者真的了解建造者彼时的心境吗？

二

1045 年，北宋著名政治家、文学家欧阳修正值人生巅峰期。由于上书为范仲淹等政治革新派辩护，被朝廷贬谪，由一名堂堂参知政事（副宰相）贬为一介区区滁州知州。1048 年元月，四十二岁的欧阳修又转任扬州知州。这在仕途上可谓一落千丈，前途未卜。自尊心、自信心受到致命打击，内心曾极为沮丧。

一名当朝参知政事、“庆历新政”运动中的改革派、文坛领袖，被贬谪至两千里之外，中断了他远大的政治抱负，天天与具体琐事纠缠。更甚者，地方个别不同政见、不识时务者狗眼看人低，更让人不快。

百无聊赖的欧阳修登临蜀冈散心，隔江远望。突然发现“江南诸山，(如)到此堂下，拱揖栏前，若可攀跻”。压抑的心情瞬间舒展。遂在蜀冈中峰建造了一座庭堂，作为平时休闲养心、朋友聚会之所，并在此度过了一段既郁闷又开心的日子。

心情一变，往事随风飘散；事情看淡，磨难也化作了路上的星辰。

平山堂真的是山与堂平吗？不，那是胸怀，是境界，是自尊，是“一览众山小”的气概。

三

一拨一拨人流涌上山岗，打断了我的思绪。怎么，平山堂也人潮汹涌了？

还好，人潮向大明寺涌去，我松了口气。

有时自己也想不明白，怎么就喜欢上平山堂了呢？

也许人类的情愫是相通的。说不准哪一点触动了某一根神经，碰撞了软肋，刺激了心底最柔软、最敏感的地方，共鸣就产生了。

人在职场，身不由己。无论地位高低，身份贵贱，谁都有不顺心的时候，也都会遇到不称心的人或事。或怀才不遇；或遭遇不公；或过于耿直，不屑做精致的利己主义者；或时运不济，没遇到好的上司；抑或爱较真，看不惯世风日下的林林总总……

面对逆境，是一筹莫展、一蹶不振？还是平缓情绪，提升自己，等待时机？主要看胸怀、看格局。

“格”，是人格，“局”是气度，是胸襟。心胸越大，格局越大，事情就会越小；格局小了，心胸狭窄，遍地是荆棘，更觉无路可走。

其实人生坎坷是常态。谁的生活不是苦闷中自寻欢乐，笑声里夹杂着淡淡忧伤？表面貌似风花雪月，内心实则也百般愁肠。那些能够笑对人生，自我成就的人，不过是学会了不与往事纠缠，懂得放宽心胸向前看。耐得住眼前的寂寞，才等得到未来的繁华。

平山堂的意义，也许就在于此。

避开竹林稠密处，来到平山堂前稍空旷的地带，这里正是“隔江喜看六朝山”的最佳处。睁大双眼向长江对岸望去，隐隐约约中，南岸的金山、焦山、北固诸山，好像真的环绕在平山堂前，做拱揖状。

（2021 年 5 月）

萨格勒布小记三则

萨格勒布是克罗地亚的首都，城市不大，人数不超百万，但它却给我留下了深刻印象。

走在总督广场上

与世界众多著名城市广场相比，无论是规模还是知名度，萨格勒布市的总督广场都不值一提。形式和规模很像大号的北京市百货大楼门前的广场。把劳模张秉贵的塑像换成耶拉契奇的塑像就基本齐活儿。然而我在此走过时，却有一种莫名的震撼感，让我不得不停下脚步，任凭巨浪在心中翻滚。

站在耶拉契奇紫铜雕像下，我眼前出现了 2018 年 7 月 16 日的电视画面：从俄罗斯世界杯赛场归来的克罗地亚足球队，就是在这个广场上，受到了全国无以数计的群众的热烈欢迎。

那天下午，整个广场人头攒动，水泄不通。从机场到总督广场短短的 15 公里路程，球队队员乘坐的大巴从白天走到晚上，从艳阳高照走到灯火辉煌。群众与球员尽情欢乐，激情释放。就在耶拉契奇雕像旁，我站立的这个地方，一群人把一个球迷高高举起，香槟酒喷洒在耶拉契奇身上。

让群众欢迎的，不仅仅是他们获得的殊荣，更让人动容的是球员高尚的品德。按照国际足联规定，他们可以拿到 2300 万欧元的奖金。在这个还不富裕的国家里，球员们一辈子基本可以尽享荣华富贵。而他们却毫不犹豫地把这笔奖金当场献给了国家儿童基金会。

球队队员的球技、毅力和不惧强敌的拼搏精神固然重要，而这种情怀、这种风格，这种爱国热情岂能是以金钱刺激而组成的球队能学来的?

这是一个充满激情的广场，这也是一个净化人们心灵的广场。

在欢呼的群众从全国各地，甚至从世界各地奔向萨格勒布时，国家铁路部门当即宣布，凡是到萨格勒布的火车票价全部五折，大街小巷的商铺也免费供应饮水简餐……

金钱、名誉、地位、荣耀都如鸿爪雪泥，唯有情怀永恒。

只为这一件事，我和我的朋友们，记住了克罗地亚。也是因为这件事，遂对总督广场，充满敬慕之情。

看着这些琳琅满目的商店还有匆匆走在广场上的人，不禁沉思，这是一个怎样的民族?

红伞市场的启示

在萨格勒布上下城的正中间位置，一顶顶红色的遮阳大伞整齐地排列着，大小一致，行距相同。伞下一个个摊位整洁地、规矩地排列着，摊位大小一样，间距相同。这就是著名的多拉克菜市场，也叫红伞市场。

每天清晨，菜农们从四面八方赶到这里，把最新鲜的蔬菜瓜果以及面包奶酪等食品带到这里来。还有自家酿的红酒白酒等，应有尽有。团友张丽、杨新乐几个人在一顶红伞下发现了薰衣草、香油茶包还有护肤品等，兴奋地说:“比法国便宜很多倍，质量却毫不逊色呢。”在菜市场，这个摊位吸引了不少的人围观，当地农民用鲜花提炼出来的名叫“拉万达”的香水，成了团友们的抢手货。

蓝天白云下，红伞鲜艳夺目，五颜六色的菜品和日用品琳琅满目，人们悠闲地选购着物品，享受着清新时光。

然而，菜市场最具特色的则是“公平秤”。

在每一个摊位上，都有一台公平秤。这种秤还是那种灌了铅的老式秤。人们选好货品，拿到秤上称重量，付款，相视而笑，说声“拜拜”，轻松愉快，从没有发生过因缺斤短两而争执的事。

收摊时商户把秤交回管理者，出摊时再到管理处领取。在收回期间，政府管理部门负责校对秤的准确度，及时调整误差。保证物资交易中的足斤足两，从制度上避免商户的欺诈行为。

细想不禁感慨。整齐划一的设置，整洁有序的管理，校对准确的公平秤，不仅让城市居民生活悠闲自得，还成了一座城市的亮点。

都说克罗地亚人太过认真，甚至有点“轴”，有点笨，但我觉得这种“轴”值得尊敬。

卖蜂蜜的老太太

傍晚时分，我们入住在萨格勒布郊外一家风光无限的田园宾馆。

宾馆门前是一条路，路对面是几间红瓦农舍和一望无际的草地，不远处是葱绿的山脉，白云像是巡查人间烟火的天使，自由自在地在空中飘来飘去。

欧洲的原野大都美景如画，让人惊艳，遗憾的是大多情况下只能隔窗而望，不能停车拍照。能住在郊外的田野宾馆里，真心遂了团友的心愿，一个个背上照相机疯了一样涌向草地。

去草地拍照，正好路过那家农舍。

农舍的门前是一小块儿菜地，菜地旁是农户的一个用木板搭的棚，棚内摆着一张旧桌子，上边摆放着装满黄色液体的大瓶小瓶，一看就知道这是卖蜂蜜的。

早就听说克罗地亚的蜂蜜特别好吃，而且多是各种野生百花蜜，大家都想买一瓶尝尝。

一个身穿黑衣服的老太太从房子里慢腾腾地走出来，站在摊位前有一眼没一眼地看着客人。有团友用英语与之交流，老太太面无表情，只是看着客人发愣。懂点克罗地亚语的翻译小李闻讯赶来，和老太太叽里咕噜了半天，最后一脸苦笑地对我们说，老太太说只收克罗地亚的货币——库纳，不收欧元、不收美元，也不收人民币。怎么解释都不行，你说这老太太“轴”不？

团友们悻悻然，奔向草地拍照去了。

我很纳闷儿，在这个涉外宾馆的门前，天天有世界各地的宾客往来，竟然不收欧元、美元。这不是“轴”是什么？尽管你不是申根国家，欧元不是直通货币，但生意总是要做的吧？

我没心思去拍照，和小李相视而笑着坐下来，与老太太闲聊。

原来，老太太的儿子在萨格勒布当足球教练，一周回来一次，孙子也是足球爱好者，放学不回家，有空就跟着爸爸学踢球。儿媳妇带上家里的蜂蜜，三天去一次市区的红伞市场，她们家的蜂蜜基本成了红伞市场的品牌蜂蜜，特别走俏。儿媳妇今天早上走的时候，把家里最近装瓶的蜂蜜全都拿走了。剩下的这些蜂蜜，还是老太太勉强留下的，说有些老客户大老远跑来，不能让人家扫兴而归。

看到我们会意地点头，这个严肃的老太太也终于露出了一丝微笑。不好意思地说，看到那么多外国客人喜欢自己家的蜂蜜，打心眼里高兴。可是自己没文化，不会说英语，怠慢了客人。再说家里就那么多箱蜂箱，实在是没办法。

所以卖不卖的，无所谓。

老太太拿起一瓶蜂蜜给我们，说："你们尝尝吧，不用付钱。"这位很"轴"的农村老太太，其实已经很不简单了。

小李从口袋里掏出把一张库纳压在桌上一个瓶子下面，笑着说了一句感谢的话，拉起我就走，好像有一种后院挖到宝，灾年捡到馍的感觉。

（2019 年 5 月）

三张照片留下的记忆

有人说多瑙河流经欧洲十个国家，最美的一段在布达佩斯。我不否认那一段的美，但给我留下深刻印象的还是贝尔格莱德郊外，多瑙河与萨瓦河交汇那一刻的壮美景色，特别是岸边的安逸与宁静最让人难以忘怀。

我拍的三张照片，留下了我对它的美好印象。

五月中旬的贝尔格莱德春风和煦，随处可见的洋槐树正开着串串饱满的槐花。

美丽的萨瓦河与蓝色的多瑙河在这座城市边缘交汇，而后裹挟着多彩的云和满满的一河故事，穿城而过。

观看两河交汇壮美景观的最佳地点莫过于卡莱梅格丹城堡。

我们走上河岸赶往城堡的时候，已是下午五点，太阳早早躲进厚厚的云层后面，使得天空深沉且层次丰富。宽阔的河面也随之丰富多彩起来，与远处的云，近处的城市建筑还有河面上的行船与水草树木连成一片，形成了一幅美妙的图画。

有点摄影知识的我知道，这种天气，既没有强光刺激，又有比较充足的光线，对于一般摄影爱好者来说，减小了不少摄影的难度。只要注意取景和构图，就能拍出不错的照片。

河岸上很多地方都修筑有防护墙，约一米高、一米厚，墙砖多为大石块砌成。人们可以顺着矮墙游览，也可以爬上墙头，坐在上面休息。古城堡以及周边的一些残垣断壁，给整个河岸陡然增添了沧桑感。

其实这些很多是古罗马、奥匈帝国的建筑遗风，目前所有残存的遗址大多是土耳其统治时期修建的。这一段段防护墙就是用不同时期、不同帝国被毁坏的城堡旧石块垒起来的。

我们走上河岸的时候，岸上依然是人山人海，一拨一拨的游人摩肩接踵，纷至沓来。各团导游不停地催促着团友：快，快，跟上。

我一面琢磨这些宽大的石块，一面深一脚浅一脚地往前赶。这时，一个场景出现在我的视野里。

墙边一条连椅上，坐着两个身穿浅色上衣的女子，面对面地说着话。神态自然，悠闲。背景是多瑙河，还有对岸的城市建筑和工厂。虽然背景有些杂乱，但从整体构图看，祥和、宁静，是一个真实的城市生活写照。

多瑙河岸边，很多当地人也会专程来到这里，不为参观游览，只是静静地坐在岸边，享受难能可贵的静谧时光。

我顾不上导游的催促，停下脚步，避开人流，调整相机，按下快门。一张照片收入相机。

越往里走游人越多，大家都在往前奔。尽管这时两河交汇已经出现在眼前，但观看景色已成了次要。一眼看不到自己团队的熟面孔心里就发慌，掉队了不仅自己麻烦，还影响他人的行程。

我尽量躲开人流，抚摩着矮墙快步赶路。突然余光看到一个场景，就在我身边二十厘米的位置，两个年轻男女相拥着坐在矮墙上，观看着汇流处的景色。

这种场景在其他场合随处可见，引不起人们的关注很正常，我却眼前一亮。便迅速躲开人流，离开防护墙约两米远近，回过头来重新审视构图效果，竟然与想象中的画面意境吻合。远处是奔流的两河交汇，天空云展云舒，两个年轻人无视人来人往的嘈杂，静心独享这安静时刻。

河，是他们的河；天，是他们的天。

早就听说贝尔格莱德是一座极具浪漫色彩的城市，是年轻人的天堂。尤其是周末，游客很多来自波黑、克罗地亚和斯洛维尼亚，他们更愿意把贝尔格莱德看作一座大都市而不单单是塞尔维亚的首都。因为这里有美丽的萨瓦河和多瑙河，有众多的俱乐部和酒吧以及便宜的饮品。没有语言交流障碍，没有繁杂的限制，有的是自由和浪漫。

我把照相机举起来，想拍下这张照片，但一连拍了十几张都没能避开人。慌忙转脸四处张望，人流中一个熟悉的面孔都没了，我只能选择放弃，追赶队伍要紧。谁知这当儿，前后人流出现了十秒钟的空当，说时迟那时快，我瞅准机会举起相机，跨前一步，“咔嚓”一声，拍下了一张照片，还好，没游客入镜。

我喜欢拍照，是一种心情使然。至于说如何用千分之一秒的速度拍出大雨倾盆时清晰的雨丝，如何用多次曝光拍出丰富的夜色，那是专业人员的事。一个业余摄影爱好者只要有激情，有一颗好奇心，就能在繁杂的世俗中发现不俗的意境。

喜滋滋地追赶队伍时，团队早没了踪影。估计是进城堡了。

我一个人在岸边静静地观看两河汇流，反而觉得舒缓了许多。

天空的云层出现了亮色，水天连成一片，开阔而遥远。多瑙河与萨瓦河汇在一起时，像一个横放着的英文字母“Y”字。“Y”字中间是一大块绿树簇拥的土地。听说这就叫“战争岛”。岛上多年来到底有什么变化，对面的古城堡不一定记得清楚，而这座古城堡无数次从战争的废墟里重生的历史，却清晰地记录在战争岛的记忆芯片里。

美丽的景色与战争的创伤同在，我的心在欢乐与悲情中纠结。

昨天下午五点，我们前往中国驻南联盟大使馆旧址凭吊在此牺牲的新闻界三位同行。看着献给烈士的花篮上，在微风中飘动着的挽带，我的心一阵悸动。

战火的阴霾从来都不曾远离这块以浪漫著称的土地。

收回远望的目光和思绪，精彩的一幕出现在视野。左前方一截残旧城墙上，或坐或躺着几个年轻人，那种放松、自在、悠闲、满足溢于画面。面前是美丽的萨瓦河，近处是战争岛上的丛林，远处是对岸的现代化新城区，而脚下是战争的留痕。画面虽远，内容却极其丰富。

历史与现实就这样并存着，浪漫与残酷就这样对立着，迷人的景色与炮火的残留同在一个画框内。

而年轻人是世界的主宰，温馨浪漫是这里的主色调。

我迅速调整相机镜头，拉近画面，把相机光圈设置在9挡，ISO放在200，按下快门，一幅图画出现在我的相机镜框里。

我的浮想联翩也许是自作多情。其实，两河交汇处的岸边，历来是贝尔格莱德市民最主要的休闲场所。

两河交汇，气势恢宏，天清气爽，白云飘浮，整座城市仿佛披上了一层流动的色彩。

如果遇到一个彩霞满天的傍晚，宽阔的河面还有贝尔格莱德城市都会是彩色的。

届时，约三五好友，岸边小坐，几缕清风，一丝若有若无的手风琴声……不需要再多了，你会立刻融化在这氛围里。

回到驻地，几个团友发现了这几张照片。惊奇地问，这是什么时候照的?

是啊，同是一个问题，各有各的思路，同是一路旅游，各有各的视角。

我把这三张照片认真保存在相册里。每一次看到它们，就像又站在贝尔格莱德郊外的多瑙河岸边，听到一丝若有若无的手风琴声……

（2019 年 5 月）

我见过的乌海人

去乌海参会回来几个月了，乌海的一些人和事却还不时萦绕在心头。

乌海是内蒙古西部的一座城市，东临鄂尔多斯，西接阿拉善草原。从地图上看，正在黄河“几”字形转弯处的左肩部位，典型的河套平原。

按计划应中午一点到，可千回百转到达乌海时，已是下午三点半。朋友建群和兰颖还在耐心地等着我吃午饭。

他们只好另约了一家奶茶店，说让我品尝一下内蒙古奶茶，顺便也休息一下，晚上正式请我喝酒。

走进这家店里，给人一种新派内蒙古小店的感觉，满屋子纯原木家具，纹理清晰，敦厚实在，艺术气息特浓厚。

据说这是刚从阿拉善草原引进的一家奶茶店，原料和制作方法都是从家乡照搬来的，非常正宗。

奶茶是内蒙古大草原上最具有代表性的饮品，既有牛奶的醇厚，又有茶叶的芳香。牧民们每天都会自己熬制享用。

人刚刚坐下一会儿，奶茶就端上来了。

老板有四十来岁。他说他们家的奶茶以砖茶、马奶和酥油煮，用盐调理而成。纯正的阿拉善奶茶还要加入伴侣炒米，奶豆腐、奶皮子等，这些奶制品泡在奶茶里喝，非常有味道。为了照顾外来客人，慢慢有了甜味的奶茶。

调皮的老板笑着说："第一次喝内蒙古奶茶时要注意，不要'醉茶'哟。"

端起杯来，一股特殊的奶香直冲鼻腔。仔细观察，杯中是淡淡的古铜色液体，极像一杯多加了牛奶的咖啡。

早就听说内蒙古奶茶好喝，但真正喝到嘴里时才知道，味道醇厚、香甜、回味悠长的表述，是多么恰如其分。

其实，我感觉内蒙古奶茶闻着比喝下去还舒服。闻着可以直接品，喝下去，还要等它再返回到口腔才能品味。正像乌海这座小城市，只有离开之后，才能真正感觉出它的味道。

正轻松地半躺在沙发座椅上说着话，享受着奶茶的美妙，老板把两大盘焦酥流油的烤羊肉端上来了，着实吓了我一跳。

一串羊肉足有半斤，都是大块大块地往上串，一盘羊肉串不知有多少了。还有烤羊眼、烤板筋……你们不是说喝杯奶茶，休息一会儿再吃饭吗？这都四点多了，这么大盘烤肉就上桌了？

兰颖说，乌海人就这性格，朋友是贵客，不敢怠慢。

那种实在，少见。

晚上我喝断片儿了。只知道是一家蒙古菜专营大店，大堂和房间里都是彩色挂画以及牛头骨、羊头骨的。满桌子手抓羊肉、烤羊腿、酱牛肉……还有大碗的酒，其他什么也记不清了。

第二天会议。

晚上七点，天黑得早。想去“几”字肩上的黄河边转转，便拦了一辆出租车。上车时正接一个电话，司机问去哪儿？我用手指指黄河方向。车行一公里之后，电话挂断，司机又问具体去哪儿？我说：“听说黄河边很好玩，去看看。”司机把车停在路边说：“师傅，天这么晚了，黄河边没人啊，黑乎乎的什么也看不见，明天再去吧？”

“啊，是这样啊？也好，那就回吧。”

回到宾馆门前，我拿出钱付车费，司机师傅坚决不收，说没拉我到地方，不能收费。

嘿，还有这种出租车司机？你不会拉我到黄河边，再拉回来，不就可以收费了？再说，上车收费这也是规矩。我把钱放车上就走，他又下车把钱塞我裤兜里。

一直听说乌海和与法国波尔多一个纬度，特别适合种植葡萄。味道可以与新疆的哈密瓜比肩。宾馆附近有葡萄一条街。我不愿只为吃而吃，想去找一家葡萄园，体会一下当地风土民情，也算没有白来一趟，便趁午休时间走出宾馆。门卫说，不用乘出租，门口有一辆公交直通北郊外的葡萄园。

那就乘公交吧。

刚站在公交车牌下，一辆公交车便驶过来了。三站过去，就是郊外的模样。大路两旁，笔直的穿天杨直指天空，黄黄的叶子哗哗地响着，雪白的树干上画着黑色的眼睛，注视着过往的路人。

乌海地处黄河上游中段，西接贺兰山、乌兰布和沙漠，东依桌子山脉，黄河穿市而过，在乌海境内流程达 70 多公里。沙漠、黄河、充足的日照、适宜的气候，给乌海提供了独特的种植葡萄的自然优势。

我问车上一个背书包的小男孩儿说："小同学，附近有葡萄园吗？"

小男孩儿微笑着说："我姥姥家就有，我带你去好吗？不远。"

那当然好，免得我走冤枉路。

跟着小男孩儿下了公交，走过大片农田，进入一个葡萄园。

这个葡萄园的大门并不显眼，里面却很大。首先映入眼帘的是一个大葡萄架，葡萄架上红红的大串葡萄从绿色的葡萄叶子中间垂下来，挂在人走过的地方。太阳光射下来，把葡萄叶子和葡萄照得透亮。

往里看，大片的葡萄丛中，一排排水泥柱子和铁丝搭成的葡萄架，承载着红的、绿的、黑的葡萄串的重压。

小孩儿把我的来意介绍给他的姥姥，就进屋写作业去了。

孩子的姥姥六十多岁，健康利落。我忙说道：“老姐姐好。”听到问候声，她立刻乐开了花，顺手端出两个小筐，筐里盛满各种葡萄，笑嘻嘻地说：“先吃先吃，尝尝味道。”像是招待一个亲戚朋友。听说我是来乌海参加会议的外地人，老姐姐忙不迭地又跑回屋里，沏上一杯花茶放在小桌上，说：“不好意思，怠慢了，喝茶喝茶。”

老姐姐说，目前她的葡萄园，按照市政府的规划，主要引进了无核白、龙眼、巨峰、玫瑰香、马奶等品种，效益很好，再加上近年快递业助推，销路很好，产品走向了全国各地。

趁着她说话的空隙，我用余光看了一下筐里的葡萄，有红的、有白的、有紫色的，个个体形饱满。拿了一串紫红色的葡萄在手里，尝了尝，一股馨香弥漫在口腔和空气中，说话中也有了甜甜的香气。

仔细品品，香甜中带一点微酸，口感也清脆而软绵。还真是与其他地方的葡萄不一样。其他地方的葡萄甜就是甜，酸就是酸，有的干脆什么味道也没有。乌海的葡萄是复合味道，香、甜、微酸。咽下去后，一股宜人的香气留在口中，有的像玫瑰香味，有的像熟透了的麦黄杏味道，半天不会消散，说出话来也带有几分香甜味道。

老姐姐带我在葡萄园里转了一圈，两个篮子已是满满的了。回来装在两个带乌海葡萄图案的包装箱里，丰收的喜悦也满满的了。

老姐姐说提着箱子不方便坐公交，非要亲自开车送我回宾馆。我都不知如何是好了。

回到宾馆，考虑到第二天才返程，便抱着试试看的想法，找到大堂服务人员说明情况，谁知他提上葡萄箱，贴上客人房号、联系方式，就放到厨房保鲜柜里了。我站在原地愣了半天没动弹，这乌海人，怎么处处让人暖心呢？

坐车离开乌海的那天上午，我一再回头望着清澈的黄河水和漫无边际的沙漠，“三山环抱，一河中流，民风淳厚”的印象深深地刻在我的脑海里。

（2017 年 8 月）

又是一年梨花开

一阵微风吹来，满树的梨花随风落下，飘飘洒洒散落一地，落在我们身上，也落在餐桌上。待微风过后，地上厚厚的一片雪白，餐桌上甚至菜盘里、茶杯里，都是片片落花。

单位几个摄影发烧友多次相约一起去宁陵县看梨花，由于我的不积极，一直未能成行。今年春分刚过，董平、杨君便又来约我说，这次无论如何不能再犹豫了，四月二日风雨无阻。

郑州离宁陵县约 130 公里，沿连霍高速一路向东，也就一个半小时路程。

这条路是我再熟悉不过的路，每年都会走上几次。因为我的家乡睢县就在宁陵梨树园区西边 20 公里处。我之所以对宁陵梨花没兴趣，就是自认为对那一带太熟悉了，几棵破梨树，有啥看头？

望着车窗外熟悉的道路和村庄，少年时期的印象如幻灯片儿一样，一幕幕展现在眼前。

那年我正上小学，家里人安排叔叔把我从商丘接回老家。

从商丘回睢县老家，宁陵是必经之路。叔叔借了一辆旧自行车载着我往回颠，一路经过宁陵很多村庄。

时至四月初，不时看到正在开花的梨树。

人们喜欢春天，说人间最美四月天，可豫东人过去最害怕春天。那正是青黄不接的季节。梨花就像村头路边的荠菜花，压根就引不起人们的注意。

宁陵县北临黄河故道，一到春天，“风沙满地跑，大闺女披件袄，不见有青草”。路旁的沙土地里，一堆一堆的白蜡条树苗间，夹杂着细弱的香椿柳在风沙中拼命地挣扎。讨饭的人也随处可见，酷似电影《焦裕禄》里灾民逃荒的场景。

参加工作之后，我又去过宁陵多次。杠子馍、臊子汤吃过不少次，梨树开花也是常见，但始终没有引起人们观赏的兴趣，即便有个别人说梨花好看，也被大家说成“吃饱了撑的”。

贫穷的豫东人，多少年来都是把吃顿饱饭当成人生第一追求，谁会有闲心赏花？尽管改革开放，社会发生了天翻地覆的变化，但一说专程去宁陵看梨花还是觉得太矫情。

车过兰考不久即进入了宁陵县，董平推推思绪纷繁的我说："梨花，快看！"

顺着他的手指看去，高速公路两旁的确有不少梨花映入眼帘。我并不以为意，不就有些梨树吗？我早就见过。然而，从收费站下来，我就不能不吃惊了。皑皑白雪般的大面积梨花铺天盖地，一望无际。"梨花千树雪，杨叶万条烟。"如果不是有思想准备，很容易让人产生误入黑龙江雪乡的感觉。

我暗自纳闷儿，宁陵人施了什么魔法呢，几棵老梨树竟整出这么大动静？

把车泊下后，我们随着赏花的人流往梨园深处走。

道路两旁都是大片盛开的梨花。一排排梨树像接受检阅的一队队礼兵，昂首挺胸，神清气爽。一朵朵雪白的梨花晶莹剔透，冰清玉洁，与紫色的蚕豆花、嫩黄的油菜花互为衬托，渲染出无限春色。

鲜花盛开的梨树园区内人头攒动、熙熙攘攘，全国各地前来赏花的人群络绎不绝。

路边是当地卖梨的梨农。梨农把去年的果实储存起来，卖一个冬季，再卖到新一年梨花开放。看着一筐筐金顶谢花酥梨，让人嘴馋。便顺手买了几个，边吃边观看路两旁的梨花。

在梨树簇拥的乡间道路上不知走了多远，来到了刘花桥镇所在地，左拐不远便是梨园观景台。游人也更加多起来。人山人海、摩肩接踵。我们索性不上观景台，在路人的指引下直奔梨园最深处的梨树王。

接近梨树王时，明显感觉周围梨树的与众不同。树干普遍粗大，树冠遮天蔽日，梨花开得大而浓密。像看名家演出一样，压轴戏总是给人一种神秘厚重的感觉，连梨树王身边如助威皂隶般的一棵棵大梨树，也威严得让人敬畏。

梨树王果然不负盛名。褐黑色的树干疙疙瘩瘩，虬枝盛隆，伸向天空的枝干也粗壮有力。大朵的梨花密密地挂满枝头，黑白相间形成反衬，老枝和白瓣黄心的梨花形成强烈对比，所谓“占断天下白，压尽人间花”可能指的就是它。此时，无论你摄影技术高低，只要按下快门，这幅照片总能使人震撼。

听一个当地人说，这棵梨树王生长已有近百年，而脚下这块土地栽种梨树已有约 700 年历史。忍不住回过头来再重新审视这棵老梨树，那满身的疙瘩和黑褐色的枝干，无处不满满地镌刻着沧桑。

中午时分，我们到镇上一个颇见体量的农家院就餐。

农家院大致有三个部分：前院是厨房和餐厅；中院是梨园和几个包房；后院是大片的梨园。

此时正是梨花盛开的季节，满园的梨花连成一片，洁白如雪，在温暖的春光抚慰下闪着亮亮的银色。“梨花雪压枝，莺啭柳如丝”，满院春光尽现眼前。一枝开满梨花的树枝搭在餐厅门前的黑瓦上，在光与影的结合下显得格外醒目。

前院餐厅和中院包房均已客满，我们只好在后院的大梨树下支起一张餐桌，露天解决用餐问题。哪知这一临时应付之举，竟成就了一场赏花经典。

首先菜品就让人眼前一亮。蒜泥拌鸡蛋，就是把鸡蛋煮熟切碎，用蒜泥凉拌，这是我非常熟悉的家乡味道，小时候豫东吃不上什么菜，这是最有记忆的菜品了。再是地锅炒柴鸡、垛子羊肉、臊子汤，再来一筐宁陵杠子馍，都是当地特色。我们吃得津津有味。偶尔抬起头来环顾四周，绿的是麦苗，紫的是蚕豆花，一株株黑褐色的树干上，是白云般的梨花。无论从哪个角度看，都是一幅幅美好的画面，人在画中游的美妙，瞬间被立体化。

一缕缕柔和的太阳光从梨花的缝隙间斜射下来，照在餐桌和用餐人身上，如梦如幻。把手中的杠子馍放下，举起相机随便“咔嚓”几下，准有好照片留下。董平、杨君都是摄影高手，左右开弓，上下照应，“咔嚓”“咔嚓”好不惬意。

正享受着美食美景，忽然一阵微风吹来，满树的梨花随风落下，飘飘洒洒散落一地，落在我们身上，也落在餐桌上。待微风过后，地上厚厚的一片雪白，餐桌上甚至菜盘里、茶杯里，都是片片落花。

我们几个顿时一片惊讶声，这不就是传说中的梨花雨吗？既像洒落的雨滴，又似飞舞的雪片，更是真实版的天女散花。霎时间时光逆转，刚才还满眼春色，转眼便是漫天洁白。

蓦然想起宋人范镇“飞英会”的故事。说每到暮春，荼蘼花盛时，宴宾客于荼蘼花架下。酒席期间相约有飞花堕入酒中的人，喝一大杯。当微风过处，荼蘼花缤纷四散，则满座无一遗者，当时号称“飞花会”。司马光、苏辙等文人雅士都是他的座上宾。

河南大学旅游系管教授讲课时也曾即兴发挥：在花树下，或饮茶或用餐是赏花的最高形式。她说真正的高境界赏花要有三个前提条件：一是要在晴天；二是要有微风；三是要在树下支起一张桌子，要么吃饭喝茶，要么喝酒行令。在端起茶杯聊天或举起酒杯畅饮的时候，正好有一阵微风吹来，花随风落，飘飘洒洒，满地满桌花瓣无数，这才是赏花的最高级别。

我心中暗自琢磨，如此赏花经典让我遇到，这是在用真实场景告诉我，忘却过去吧，盛世春天已经来临了吗？

正琢磨间，收拾餐桌的小哥肩上搭条白毛巾，一边收拾着不远处一张餐桌上的盘子一边哼哼着李玉刚的《梨花雨》：“梨花开，春带雨，梨花落，春入泥……”我招呼道：“小兄弟，好兴致啊！”

小哥哈哈笑着道：“过去看花都是公子小姐的事，与咱干活儿的老百姓没有半毛钱关系，梨花已有几百年历史，谁听说过人山人海看梨花的故事？眼下日子富裕了，高兴啊！”

看着跑堂小哥在梨树下繁忙并快乐着，我的心情也如盛开的梨花越发灿烂起来。

（2016年4月）

玉河·青藤·生活

生活的简约，身心的闲适，或许才是人们久违的生活状态。

去年8月中旬，趁着去昆明学习的机会，周末到丽江走了一趟。这一走，竟生出了许多感慨。

踏进丽江的一瞬间，一股清新闲适的气息便扑面而来。

傍晚时分，大街小巷亮起了红灯笼，三三两两的男女从爬满青藤的院落里走出来。他们衣着奢华宽松，步态悠闲懒散，神情轻松惬意，一如卸了妆的演员，还原了人的本色。

我在红灯笼下漫无目的地走着，看着一对对有情人说笑着走过，自己觉得仿佛就是舞台上的路人甲，与此情此景颇有些格格不入。

丽江古城据说有客栈千所，店铺万家，每间客栈或店铺既古朴典雅又极强烈地流露出现代气息。玉水河在城中一分为三，三分为九，再分为无数小溪，使之主街傍河，小巷临溪，数百座形态各异的小桥横卧其上。更为奇特的是，玉河水系上仍然保存着的七座古桥，自水头而下，排成“七星”，形如宇宙星系。水流出城处，设下三大“巨锁”，印证了“玉龙锁脉”的古代村落建筑文化内涵。聪明的古人仿佛800年前就预示到了丽江今日的繁华与逍遥。

窄窄的街道两旁店铺林立，青石板铺就的街道上人来人往。幽静古朴的院落民居多已改为客栈，客栈院内绿荫如盖，院墙和门头上爬满了青藤，不时有鲜花探出头来，似乎在欢迎外来的游人。透过敞开的大门，可以看到院内鲜花盛开，青藤绿荫下舒适的摇椅上有的人在翻阅着书籍，有的人玩着平板电脑，也有的人在闭目养神。旧式的四合院大门两边上方，挂着两只大红灯笼，闪烁着深邃幽遥的光。

这分明是一个既充满现代气息又安静祥和的世外桃源。

我实在找不出合适的词汇描述这里的情景，索性用手机记录下几座院落和店铺门头上的招揽词儿，也许能反映出丽江古城的一鳞半爪。小客栈门口的墙上，钉着几块像路标形状的木牌，自然的木纹底色。木牌上分别写着：“晒太阳，赏月”“睡懒觉，做梦”“恍惚，游离”“看书，发呆”“聊天，偶遇”……

木府大门前有一间纳西人开的餐馆，如带的玉河从窗台下流过。打开的窗扇下方也分别钉有几块木牌，写有几行招揽词，在红灯笼的微弱灯光下隐约可见：“有点爱好，有点钱，有点闲——丽江生活”“像一条鱼儿，从地狱游向天堂，在丽江，我路过人间”“一盘三文鱼，一瓶红酒，一壶普洱茶，两个人，一辈子”“爱一个人很累，恨一个人很痛，想一个人很傻，可是一个人却如此寂寞”“发呆免费”“把行人当风景时，自己也成了别人的风景”。

第二天中午，我来到木府大门旁边的那家写有许多招牌词的菜馆里吃饭，才发现该菜馆有一半门面长廊是临小溪敞开的，整齐的一张张餐桌旁，是一溜木栏杆，栏杆上也爬满了青青的藤蔓，藤下就是流动的小溪水。行人从小溪旁路过，可以观看爬满青藤的餐厅和脚下的流水，也可以留意用餐人的吃相和所点菜品。此时的我端坐在青藤下的餐桌旁，一边喝茶一边翻阅一本书，静静地等着菜品上桌。我想，那做派，那品位，说不定也成了别人眼中的风景。

蓦然间，餐厅里轻轻飘出优美的《斯卡布罗市集》歌曲。歌者用略带忧伤的嗓音吟唱着“不用针儿不用线，只用心儿缝的衣裳”，久久地绕梁不去，让人突发万千思绪。

沿玉河水返回客栈的路上，在百岁坊桥下的岸边，我发现一块不起眼的石头，上刻着几行字还清晰可见，仿佛在默默地诉说着丽江的过去……黄山古柏掩映下，村边杨柳梧桐婆娑交荫，民居庭院四时群花烂漫。玉河如带，日夜潺缓，与织机声、磨坊声、琴弦声、读书声相伴……

人类社会的发展是那么的不可思议，千般追寻，万般求索，却又回到了原点。就像纳兰词中所说“人生若只如初见”“当时只道是寻常”。

难怪朋友介绍说，在丽江买院子买房的人，很多是来自全国各地的成功人士。他们抛却条件优越的繁华都市和自己打拼得来的一片天地，来到西南一隅安家置业，就是看中了这里温润宜人的气候和有山有水的自然环境，更看中千年流淌的玉河孕育出来的安逸舒适的慢生活状态。他们努力忘却都市的喧嚣，忘却名利场上的利益纷争，回归田园回归自然，听鸡鸣狗吠，看满天繁星，试图抓住黄金后半生，过一把悠闲自得的田园生活。

人生其实就是一场旅行，经历了旅途的风风雨雨，看多了世事的沧桑无常，才发现生命的宁静竟是一种别样的恬美和淡然，无欲的豁达和宽容带来的是清醒与平和。

丽江为智者留下一扇窗，它为你打点后半生的念想。

人心就是这么奇特，逝去的岁月更多的化为美好记忆，更值得用剩下的人生去慢慢品味。

然而，能够真正在追求功名利禄的人生迷途中戛然而止者，又有几人？也许只有在玉河边、青藤下享受慢生活的人们，才更像是真的成功者。

叔本华在《人生的智慧》一书里说：“一个精神富有的人会首先寻求没有痛苦、没有烦恼的状态，追求宁静和闲暇，亦即争取得到一种安静、简朴和尽量不受骚扰的生活。一个人拥有的越丰富，他对身外之物的需求也就越少，别人对他来说越不重要。”

微风伴着蝉鸣，阳光洒向花丛。玉河水用涓涓细流抚慰你，青青的藤蔓用宽大胸怀庇护你，丽江将会以自己的方式让你渐渐平静下来，安放好自己的心灵，那些早年错过的惬意时光，此刻都会加倍弥漫在静谧而充满兰香的气息里。

生活的简约，身心的闲适，或许才是人们久违的生活状态。

（2014 年 8 月）

月光下的内乌姆

内乌姆的夜安静祥和。

依山而建的别墅群错落有致，红瓦白墙，绿树掩映。一束束柔和的灯光从山坡上众多别墅的窗户里透出来，若隐若现，像眨着眼睛的点点繁星。

这里是亚德里亚海边的一个海湾。

平静的海水与深蓝的天空连接在一起。银盘似的月亮像挂在空中，不移动也不变化，与海水中的月亮相互辉映，散发着银色的光。

坐在三楼阳台上，望着这宁静的夜色和海水，实在不敢相信，这里曾是以战乱闻名世界的波黑境内一座小城。

内乌姆也是波黑唯一的海滨城市，虽然海岸线仅 24.5 公里，距离首都萨拉热窝还有 150 公里山路。从地图上看，这狭长的一段路，就像一根长长的脐带，把内陆国家波黑与亚德里亚海连接在一起，就像母体滋养着的一个婴儿。

我实在舍不得入睡，索性下楼来，踏着月色在海边散步。

海边已少有游人，微风徐来，使人神清气爽。海面上的月亮被微风一吹，顷刻碎成一片，像洒了一地的水银，忽闪忽闪，一会儿又聚成一个圆盘。

我的思绪也随着银白色的月光一聚一散……

今天上午我们从萨拉热窝出发，途经莫斯塔尔，经过三个小时的奔波来到海边小城内乌姆。一路上，心情一刻也不曾平静。

波黑地界范围内有着两个极为突出的特点，强烈地刺激着人们的大脑，让你不得不留下深刻记忆。

一个是这里的女人都特别漂亮，男人都特别帅。修长的身材、浓眉大眼、深眼窝、高鼻梁、肤白貌美，满脸的笑容自然而纯真。走在街上让你不由自主地左顾右盼，目不暇接。

再就是战争的痕迹依然历历在目：第一次世界大战导火线发生地——拉丁桥头依然如故；第二次世界大战时游击队员接头的钟表铺排队留影的人们络绎不绝；波黑内战时弹痕累累的楼房诉说着人类灾难……

站在萨拉热窝钟楼下的广场上，树，还是那几棵大杨树；广场，还是电影上的模样；成群的和平鸽漫步在人群中觅食，我却分明看到满广场都是横尸街头的平民，德军上校的讲话声依然在上空徘徊："萨拉热窝的公民们……"

我无论如何都静不下心来，只好急匆匆地走进紧临广场的清真寺大院内。大殿内显然已座无虚席，众多伊斯兰教徒跪坐在院子里的地毯上听讲。两块大型荧屏竖立在大殿两侧，屏幕上身穿白袍头戴礼拜帽的阿訇正在讲经。

我知趣地立在院门口，借庄严、肃穆的伊斯兰礼拜，平静一下零乱的心境。

其实我心里很清楚，年少时曾多次看《瓦尔特保卫萨拉热窝》这部电影，主要情节和台词都烂熟于心。终于有机会来到这个故事发生地，老城市、老建筑物与 50 年前拍摄电影时的场景没有一丝变化。不进入电影情节是一件非常困难的事。

我索性沿着满是涂鸦的城市街巷走，想象着游击队员在这里奔跑时的身影。无意中发现，吉斯的照相馆还在，伊万跳窗的博物馆后墙还在……无非是广场上那几棵大杨树又长粗了许多，钟表店的老板换成了老板的侄子……

在莫斯塔尔，战争的痕迹似乎成了这座城市的名片，许多房屋弹痕累累，满目疮痍。清真寺旁边就是一个墓园，绝大部分墓碑上的卒年是 1993 年。

离开莫斯塔尔，越过萨瓦河，大巴慢慢悠悠地行进在山间密林中的小路上。

一直在这条旅游线路上开大巴的司机马丁很理解客人的心理，车厢里响起《啊朋友再见》的歌声："那一天早晨，我从梦中醒来，侵略者闯进我家乡……”

看着窗外密林中的山路和小村庄，德军入侵农家的镜头立刻浮现在脑海里……

“消灭法西斯”，我吃了一惊，不假思索地脱口而出“自由属于人民”。回头一看是两个团友与司机马丁还有翻译小柳几个人结伴从海边散步回来了。

这种“二战”时期的接头暗号，只有我们这些二十世纪五六十年代出生的人记得最清楚。都是从《桥》等几个影片中学的。

我邀请他们说：“走，咱们去内乌姆街道上转转。”

因为城市很小，街区离海边很近，从海边步道走上去就是街道。

小城道路不宽，但很整洁，顺着一座座精致的别墅院落，蜿蜒深入各个区域。路灯杆是墨绿色金属品质，整齐划一，高高地竖立在路的两边，给小城增添了舒适感。也许是夜深的缘故，也许是行人稀少，明亮的路灯从高处照下来，变得有些昏暗。

路旁有一家酒吧引起了我们的兴趣。酒吧里灯光柔和，工作人员在认真地做着自己的事。酒吧对面是大海，海岸与路之间竖着几个墨绿色帆布大阳棚，棚下是围在一起的干净整洁座椅。

小城、海边、酒吧、月光、夜色、异国他乡……这些元素每一个都充满着诗情画意，也都是“浪漫”一词的重要组成部分，错过岂不可惜。我们遂坐下来，享受这惬意的时刻。

我和司机马丁来到吧台买酒。吧台设在酒吧门外的路边上，吧台内一位姑娘给我们打招呼。

马丁用当地语言与姑娘交流，我却被眼前的沽酒图迷住。说话者是一个二十来岁的姑娘，身材高挑，肤如白雪，两只大眼月亮般清幽。身边摆满了罐装啤酒和瓶装酒。

“垆边人似月，皓腕凝霜雪。”

这是唐朝诗人韦庄借用卓文君和司马相如的故事描写江南人美景美生活美的诗句，却“呼”的一下从脑海深处冒了出来，并自动生成一幅油画定格在那里。

这个神奇的波黑，真的让人不可思议。

人手一杯啤酒，话题便多了起来。

我抬头看看天上圆圆的月亮，情不自禁地对马丁说：“这里真漂亮，安静又舒适。”马丁说：“是啊，我也特别喜欢这座小城。每次来到这里，心里的烦躁和焦虑就会消失得无影无踪。”

马丁大高个、黄头发，英俊稳重。听翻译说他今年刚二十八岁，开长途大巴有六年了，经验特别丰富，不光服务好，开车技术也特别过硬。客人瞌睡了，他就开慢点，使大巴平稳舒适。路段好了，就开快点，多给客人创造参观时间，客人们都很喜欢他。对这些，我们也有着深切体会。

显然平日里马丁与小柳交流很多。小柳会意地笑笑，介绍说，马丁真的很喜欢这种平和安静的生活状态。他的家乡在萨拉热窝近郊，爷爷的哥哥“二战”时期是游击队员，在保卫家乡的战斗中牺牲了。马丁的爸爸在波黑内战中受了伤，现在行动要靠轮椅，生活受到很大影响。所以家里人都特别希望能有一个平静温馨的生活环境，优雅地享受生活。

小柳看了一眼马丁，接着说：“他之所以喜欢大巴司机这个职业，就是觉得可以有机会直接服务来访的客人，把波黑人爱好和平的心声传递出去。”

透过月光，马丁表情异常凝重。这个平时只知埋头干活，不善言辞的小伙儿，眼睛里闪着不易察觉的泪光。

我好像突然明白了什么。

夜深了，路灯也昏暗起来，月光却越发亮。皎洁的月光像一袭轻纱装扮着夜色中的内乌姆。眯着微醺的双眼看去，像那位卖酒的姑娘，让人艳羡，让人心生爱恋。

（2019 年 8 月）

在开城用午餐

到朝鲜访问，大同江景色的秀美和阿里郎表演的壮观给人留下了深刻印象，而开城的午餐也同样让人久久不能忘怀。

开城位于朝鲜半岛的中部，曾是高丽国的首都开京。由此往南再走 8 公里，就是板门店韩朝军事分界线，简称“三八”线。

那天我们从板门店参观回来，已是中午时分。团队安排在开城市区内一家涉外酒店用餐。

从平壤来开城的路上，就听朝鲜领队给我们介绍说，开城有一种美食叫铜碗餐，是古代皇室的用餐形式，所以也叫皇帝餐。今天中午我们就在开城享用皇帝餐。

当我们抱着好奇的心态走进餐厅时，首先被餐厅的环境给惊到了。

餐厅高大开阔，几十张白布台面的圆桌依次铺开，背景墙上是一幅巨大的中国画，画面上一片盛开的桃花，鲜艳夺目，让人瞬间生出一种在中州宾馆开会的感觉。

我们被领进一间小型宴会厅，宴会桌早已摆放整齐。每一个座位前，一片铜质的小碗在白色台布上闪着亮光。有人好奇地查了一下，每个座位前摆放九只铜碗，餐具也是清一色的铜制品，铜勺、铜筷子。

在用餐之前，这些铜碗都是用配套的铜碗盖盖着的。客人落座后，由用餐人自己一个个打开铜碗上的盖子，依次欣赏或品尝碗里的菜品，那场面的确有点豪华的感觉。

我打开小铜碗一看，每个碗里都有不同的菜品。虽然每只碗都很小，菜量也不大，但是却荤素搭配，营养均衡，色彩也好看。只要不是重体力劳动者，进食总量恰到好处。

细细观看，铜碗里分别有猪肉、魔芋、泡菜、凉拌绿豆芽、豆腐、土豆片、绿叶蔬菜、咸菜、咸鱼干，另有米饭、海带汤。虽然略显清素，但由于菜品多，仍然让人心情愉悦。

铜碗餐有些类似于韩国的“韩定食”，是当年朝鲜王室的标准用餐，每人一套，搭配烧酒和米饭同食。种类颇多的菜肴加上金光闪闪的餐具，视觉效果当然与民间大不相同。

我一个菜一个菜地仔细品尝，还真是不错。既有辣、甜、蒜味等朝鲜特色，总体又比较适合中国人的胃口，看来都是经过精心调制过的。

这时，又一个中国团队进到餐厅。从我们身边走过时，一个人边走边小声取笑说："碗儿虽多，量却很小，真是小气吝啬。"我抬头看了他一眼，心里说，也许，这正是朝鲜人的可敬之处呢。

这些菜品，应该是经过营养师调配、测试过的，肉食几片、青菜几叶，其他配菜几种，主食几两、总量多少，既讲排场又讲科学，是既营养又美味的餐食标准。

想到日本饮食，与朝鲜也有相近之处。国家对普通民众的饮食习惯有指导意见，提倡健康饮食，防止体重、腰围超标，引导国民身高、体重等健康指标良性发展。

朝鲜根据人的身体健康需要，定制菜品和分量，经济实惠又美味，也不浪费。不像慈禧太后的用餐，每顿餐一百多道菜，也吃不了几口，追求的就是一个排场。这种陈旧、落后的饮食习惯，分明是土豪思维在作祟。如果遇到饕餮之徒，还不吃出"三高"来呀。

等铜碗餐将要用完时，参汤鸡端上来了。

路上导游就给大家宣传，说开城是高丽参的主产地，高丽参炖土鸡汤是世间大补、人间美味，营养价值极高，只有开城有，不吃会遗憾。

我们不禁暗自得意，这团队的待遇挺高嘛。

谁知领队笑笑说："如果有人品尝，那是自费哦，每只

260 元。需要提前两个小时定制，晚了，就没了。”

我用鄙视的目光瞥了一眼导游，心想广告做到这种地步，套路好深啊。抱定决心就是不吃。同座位的赵建霞看出了我的心思，悄悄说：“既然来了，必须尝尝，贵就贵吧又不是天天来。”

唉，也是，又不是天天来，吃就吃。

其实大家和我一样，也是怕上当。虽然不在乎花几个钱，上当的名声实在不好听。大家决定六个人一只。尝尝就好。

参炖土鸡汤端上来时，正冒着热气，一股诱人的人参汤味扑面而来，让人深深地吸了一口气。仔细观察，这是将糯米、人参、红枣等材料与当地土鸡一起炖的汤，鸡肉软烂，汤色略挂糖色，味道足够鲜美。

的确，能在开城喝上一口原汁原味的高丽参炖土鸡汤，心理上真的很满足。

刚才还在戒备森严的“三八线”上，听全副武装的执勤军人告诫我们：“你所在的地方，是全世界最引人注目的地方，战事一触即发，请听从指挥，不许随意走动。”

一颗紧张的心还怦怦直跳，现在又坐在皇家餐桌上，享用皇帝套餐，戏剧性的节奏，让人一时还转换不过来。

其实人类生活就是这样，居安思危，居危更思安。经历过危险境地的人，在享受安宁的生活时，会倍加珍惜；站在一触即发的危险中，更渴望身心放松的生活状态，心存善念，祈祷平安。

朝鲜半岛的百姓什么时候能自由往来开城，享用皇帝餐呢？

（2018 年 11 月）

在婺源学摄影

如今外出旅游随身带一部相机，或拍照留念或展示摄影技艺，都已司空见惯。然而利用当地旅游资源进行摄影实操培训，我还是第一次遇到。今年三月中旬我随许老师等几个发烧友去婺源春游，算是开了眼界。

我们到达婺源时已是下午。正赶上当地阴雨连绵，雨滴不紧不慢地敲打着路边行道树上的树叶，使人越发烦躁。

尽管说是春雨贵如油，但对于一群春游者来说，跑几千里路来看油菜花，却遇到一个阴雨天，咋说心里也不是滋味。

第二天早上四点半钟，天仍是漆黑一片，宾馆院里的树叶上依旧发出不紧不慢的雨点声。我被朋友急促的喊叫声惊醒："快起床，上车了。"

迷迷糊糊地坐在车上，才发现全车二十几个人无论男女老少都全副武装，雨衣雨鞋穿戴整齐，长枪短炮三脚架的挎了一身。这时我方才明白，许老师带我们参加的是摄影创作团队。车上这些都是来自全国各地的发烧友啊。怪不得这深更半夜大雨天的，还奔景区。

第一次来婺源，又是黑灯瞎火的，分不清东西南北。只知道在从城区通往山里的路上颠簸了一个多小时，到达了一个叫“查平坦”的小山村。

天虽已蒙蒙亮，雨却还在慢悠悠地下着。站在村口的山坡上往远处看，层峦叠嶂，白云笼罩。白云下面嫩绿的是柳枝，红的是桃花，梯田里大片大片黄澄澄的是油菜花，围着高低不平的山势渐次铺开。

山色黄花随着白云的厚薄和聚散时隐时现。

侧过身子，云雾缭绕中是若隐若现的小山村，绿树成荫，粉墙黛瓦，错落有致。

婺源虽然属江西，但是因靠近黄山，仍是典型的徽派建筑、徽派景致。马头墙下，桃花掩映，小桥流水……

天上下着雨，路上和梯田里是红泥，漫山遍野跑着的是背着照相机的人。伙伴们在细雨中把三脚架支好，用雨衣遮挡住镜头，然后选景、构图、调好焦距……

我有点晕了。早听说摄影发烧友都是疯子，我第一次亲身体验。

许老师擦了一把脸上的雨水，轻声对我说，淋雨是常事，重要的是要有耐心。景色的美妙，有时不只在风景本身，更在于对正确的时间和光线的把握。

许老师叫许昭志，退休之前是鹤煤集团的职工。摄影技术在鹤壁那是一流的。身上常年穿着一件土黄色多兜摄影马甲，照相机、三脚架等摄影器材不离身，一看就是行家。

老天真给面子。浓云开始疏散，雨势有急有歇，天色也逐渐亮了起来，如诗如画的美景即刻清晰地出现在眼前。桃花花瓣上挂着水珠，雨水洗过的油菜花更加清新亮丽，云雾缭绕的小山村显露出不可思议的美妙。

关键时刻终于来了，谁能抓住时机，谁就有好作品。

雨停的片刻，云散的间歇，光线亮起来的瞬间，只听“咔嚓咔嚓”的相机声在山间回响。

我伺机望一眼山坡下，突然发现画面里又多了一道景色，一片片彩色的雨衣如一簇簇月季花散落在金黄色的油菜花丛中。

不失时机地，我把拍风景的也人揽在镜头之内。

浓云又聚了过来，山间又是一片混沌，美景再次淹没在烟雨中。

回到车上，大家全不顾浑身的泥水，不厌其烦地看着显示屏回放并展示自己的作品，几个脑袋凑在一起互相评点起来。看着自己拍摄的得意之作，个个禁不住发出美滋滋的笑声。

许老师指着我的一张照片说，这幅构图不错，有远山，有淡淡的白云，有满山遍野的油菜花，还找了一枝滴水的桃花陪衬，三重景深，在雨后初霁的一瞬间曝光。烟雾缭绕中，桃花、油菜花更显得娇艳亮丽。

我脸上热辣辣的，心想哪有那么好啊，撞上大运了吧。但摄影的兴趣的确急剧增加。

如果是平时旅游，这天气铁定在宾馆睡大觉。但烟雨中的美妙景致和摄影感悟恐怕永远无法体会。

摄影真是一门让人痴迷的艺术。

大巴在山路上“呼哧呼哧”地爬行着，车内人们却异常兴奋。车窗外是一步一景的婺源春色，山坡上、田地里到处都洋溢着春的气息。一望无际的油菜花丛中，一所所徽派建筑静卧其间，格外抢眼。粉墙黛瓦马头墙，在褐色的远山映衬下，组成一幅幅经典水墨丹青。明代戏剧家汤显祖的千年绝唱跃上心头：“一生痴绝处，无梦到徽州。”

车在一条宽阔的河边停下，听许老师说，这就是婺源著名的“月亮湾”。

路旁泥泞里站满了春游人。许老师带着我们往路边的小山上爬。他说上一次来时就是爬到山上拍的照片。

我们背着摄影家伙爬到山顶时，浑身都沾满了泥。同车一位台湾来的先生，中等身材，六十来岁，背一架五 D3，两手拉着雨衣只顾护着相机，人却暴露在雨里。还有两位深圳来的女摄影发烧友，专门设计了一款相机套，两只手从两边穿进去握住相机柄，前面只给镜头留了一个口。全身用彩色雨衣雨鞋包裹起来，露出的两只眼睛上还戴着眼镜。如果不是经常出来采风，无论如何也不会设计出这么严密而实用的行头。

我这是学徒工遇到了研究生啊！

所谓“月亮湾”就是河水转弯处有一个月牙一样的岛屿，上面长满了树木绿草，站到高处或河边拍照，绿岛酷似一弯新月。我们刚把相机架好，正好有一只渔船经过，船上挂着两只红灯笼。头戴斗笠的渔翁正在把渔网撒开……

这幅照片出来，一准被看成黄宾虹的山水画！

我正看得目瞪口呆，心想还有这么原始的地方？许老师笑了，说这是专门给摄影爱好者准备的。在这里，主要是练习构图，取景。与主体无关的内容要尽量规避掉，学会取舍。

虽然我也接触摄影多年，自认为在取景、构图方面也是业内老手，但操作起来总是力不从心。

打开相机，选景，心里琢磨着程序步骤。拍月亮湾，月亮湾是主体，水自然是陪体，带上一抹远处的大片油菜花是不是会好些呢？再把渔船拉近，把渔翁拉近，其他就又成了陪体。一番琢磨之后，果然有了新的感觉。

美国摄影师安塞尔·亚当斯说过：“你不是拍照片，是制照片。只有好的照片，没有好照片的准则。”一切要靠自己琢磨。

接下来的两天里，天始终放晴。我们进樟村、拍察关、逛浙源、游篁岭，处处春色处处美景。看着相机里那一幅幅美图，竟生出疑惑，这么好的照片，是自己拍的吗？

临离开婺源的那天一大早，接待方根据要求，又把大家带到秋口村的一条河边。宽宽的河面上有一架窄窄的竹桥，竹桥上一次只能走一个人或挑担子或推一辆独轮车。

一个农村妇女穿一件红色上衣，担着两筐青菜从河对岸走来。在波光粼粼的衬托下晃晃悠悠，踩得竹桥吱吱作响。

许老师说："别激动，这里也是实操基地。"

这些年，来婺源旅游的人多了，爱好摄影的人也多了起来，新事物便应运而生。

这时河里有一条船从远处漂来，渔翁头戴斗笠，身披蓑衣站立船头，手握一杆长篙，做撑船状，时而仰头望天，时而低头看水，时而把嘴里叼着的香烟递到手里，抬头吐个烟圈。做悠闲自得状，表演能力超一流，给摄影者留足拍照时间。听旁边人们议论说，这个人是秋口本村人，在这里配合摄影发烧友好多年了，张艺谋来这里拍片都请他帮过忙。

许老师说，在这里拍照，主要学习捕捉人物的面部表情，有了表情，画面才能活灵活现。但不要让他们一直笑，这是业余拍摄者拍摄的最大误区。

我站在河边把相机端起来，对着人物面部，构图、调焦距、等表情、按快门。

突然，一堆人头突地冒出来闯进镜头。

收起相机，定睛打量，一群摄影发烧友瞬间在我面前竖起一道人墙，对着船上的渔翁"咔咔"地连拍着。他们脚下就是河水，很多人把三脚架扎在河里，人也穿着皮鞋站在了水里。早听说摄影人发现目标会不顾脚下的一切，还真是啊。

这群敬业的摄影人!

回来路上我感慨万端，要拍出好作品，首先要具备不怕吃苦，不怕受累的良好素质，然后再说技术。如果雨天、雪天不愿出门，山高路远惧怕辛苦，那就别说喜欢摄影。

实地创作使我明白：光圈、焦段、曝光时间、ISO……仅仅掌握这些看似重要的参数信息，并不能成就一幅完美的作品。还要看自己对美的悟性，对事物的感知能力。就像美国作家马克·吐温说的，“想象力跑焦了，眼力就靠不住了”。

台湾那位团友后来和我成了朋友，互加了微信。他在去黄山的路上微我说，其实摄影的套路本身并不多。大师能拍出千变万化的照片，靠的不是套路，而是思考能力，是文化，是激情四射的灵感。

他真的说到我心里了。一幅好的摄影作品甚至包括绘画作品，与一篇优美的散文一样，是从心尖尖里自然流淌出来的灵魂感悟，是心血。

高铁已经启动。回头再望一眼迷离、娟秀的烟雨村落，记忆的焦点还是那么清晰……

（2017 年 6 月）

何来樱花雨　邂逅阿里山

三月下旬去中国台湾参访，是年前就安排好了的。但满脑子座谈、交流，即使看到行程安排上有阿里山的活动，也无论如何没有把阿里山和樱花盛开的季节联系起来。

按照行程安排，我们第二天要上阿里山，头天晚上就住在了嘉义县。

阿里山是大武恋山、尖山、祝山、塔山等 18 座山峦的总称，最高峰为大塔山，海拔 2663 米，是台湾著名的天然森林公园。

嘉义县就在阿里山的脚下，乘大巴上山也就一个小时路程。第二天早上我们不紧不慢地吃过早餐，八点钟乘车上山。这时的我们对阿里山的概念只是来自那首台湾民歌——《阿里山的姑娘》：高山青，涧水蓝，阿里山的姑娘美如水，阿里山的少年壮如山……接待我们的高雄加工出口区产业工会的总干事何俊男先生似乎看出了我们的心思，就带我们在半山腰一家高山茶场的门前停了下来。茶场里的人好似与老何的想法一致，几个姑娘小伙儿果真穿着高山族民族服饰在采茶、炒茶。看着山坡上大片绿油油的茶园和采茶的姑娘，还真有画一样的感觉。同伴们立刻来了兴致，满茶园跑着拍照，试图创作出一幅油画般的照片来，老何催了几遍上车，大伙儿还是恋恋不舍。

老何介绍说，阿里山有五大奇观，日出、云海、晚霞、森林、高山铁路，但必须在山上住上一段时间，才能全面体会到阿里山的美，尤其是对云海、日出和晚霞，只能偶遇，不可强求。我们当然懂得这个道理，但仍忍不住两眼在山间寻觅。

大巴在祝山登山口处停了下来，我们顺着山道往山上走。一边走一边向四处张望，企图能发现五大奇观。谁知这一望，竟然让我和同伴们惊得目瞪口呆，半天都没有回过神儿来。

山坡上、山涧里，上千株樱花恣意开放，一簇簇、一团团、一片片……白的似云团，粉的像彩虹，铺天盖地，遮天蔽日。春日的暖阳从浓密的樱花枝条缝隙中奋力穿过，整个树冠上闪耀着五彩的光环。一阵微风徐徐吹来，清新扑鼻。也许是风的吹拂，抑或是季节的缘故，粉白色的花瓣儿飘飘洒洒，随风而下，落在人的头上、身上，酷似一场盛大的婚礼，任凭神奇的万花筒喷洒出彩色的花瓣。落花瞬间铺就一条粉白色的地毯，指引着我们上山的路。我们哪能受得了这等礼遇？一个个不知所措地在樱花树下惊叫着。这就是传说中的樱花雨吗？这是上苍给我们安排的上山仪式吗？真的是让人醉了。

老何后来半开玩笑地解释说：“我们今天上山看樱花事先

有说明的，你们只顾念叨阿里山的姑娘，是没把我的讲解当回事啊。”

也是，不能怪老何没说清楚，我们谁会想到阿里山有这么个樱花纷飞的季节，还正好让我们赶上了呢？

我们顺着赏花步道往山上走时，才有心思慢慢地欣赏漫山的樱花。

阿里山是中国台湾著名的赏樱胜地。每年的3月15日到4月15日，是阿里山樱花的盛花期，漫山遍野开满了樱花。由于阿里山高海拔低温差，同样品种的樱花在这里就开得格外灿烂。这个时期，樱花树下的杜鹃花、石楠花、毛地黄等也不甘寂寞，纷纷绽开花苞，与樱花争奇斗艳。把阿里山装扮成了一个花的世界。

正观看时，一株巨大的樱花树出现在眼前。这株樱花外观很像我们家乡的大桃树，褐色的主干很粗，长长的枝干向四面斜上方伸展着。枝干上开满了粉白色的花。据介绍，这就是著名的樱花王。

等我们顺着落满樱花的步道刚走到阿里山宾馆门前的时候，一辆小火车正慢慢地从樱花树丛中开过来。它低声地鸣着汽笛，轻轻地摇落着车头上的片片花瓣，特像一个得胜归来的黑脸小王子。我突然发现，眼前这情景，不就是多年前一份画报上刊登的著名的阿里山小火车照片吗！我马上打开相机，快速记录下这珍贵的瞬间，记录下这高山铁路的美妙英姿。

据说阿里山的樱花有一个特点，含苞时，恬括淡雅，安静平和，当寒冬过后春季到来时，一夜之间便开得满树惊艳，淋漓尽致，毫无保留，如烟花般灿烂夺目。随后便烟消云散，无影无踪。很容易让人产生“好花不常开，好景不常在”的惋惜，引发青春美好，芳华易逝的感叹。而且不知从哪一年起，阿里山的樱花每年只开花，不结果。让许多人为之扼腕叹息。

我站在宾馆外面樱花树下，回头看着从祝山登山口一路走来的这不足一公里的山路两旁那一棵棵盛开的樱花树，心里不禁感到些许欣慰。

只开花，不结果，就是把美丽洒满人间，然后转身而去。这不正是中华文化所推崇的只管耕耘，不问收获的优秀品质吗？观世音菩萨还是“有求必应”呢，阿里山的樱花连这个程序都省了，“只在春日来，恣意纵情开”“君若有意时，堪摘只须摘”了。难道阿里山的樱花是神灵附体的美艳姑娘吗？它是用樱花雨无声吟唱“关关雎鸠，在河之洲，窈窕淑女，君子好逑”吗？这真是可遇不可求的天赐佳境啊。百年风雨激荡，世态起起伏伏，在变幻无常的人类社会中，多少正人君子被功名利禄挤对、戏谑，迷失了前行的方向。而樱花以它特有的美艳姿态，召唤人们回望的路，以奉献和专一激活人们遗忘的初心。

其实，自从踏上中国台湾这片土地，就有一种奇妙的感觉冲撞着我的心。这里的街道就像家乡的街道，这里的人就像久别重逢的亲戚朋友。

我第一次见到老何，就有一种似曾相识的感觉。老何早已是在超期服役，却坚持亲自出马陪同全程。他的真诚、热心给我们留下了深刻的印象。老何个头不高，身材偏瘦，戴一副金丝眼镜，一副教书先生模样。总是安静地站在你面前，微笑着听你说话。那天到了他的家乡高雄，他和夫人一起连夜赶制了一个大礼盒，把当地的芭乐、莲雾、释迦、凤梨等多种水果细心地分切成小块，让我们逐个品尝。而且只要有机会，老何总是带我们逛逛台湾的夜市，买一些当地特色小吃给我们吃。他也不说话，只是微笑着看我们吃得高兴。每次回忆起这个场景我就特感温馨。

从嘉义出发上山的那天早上，嘉义县工会的理事长老李没来告别，老何说，老李为了让我们吃到中国台湾著名特产嘉义福义轩食品厂的饼干，凌晨三点起来排队，早上七点送到宾馆，他劝老李回去休息了。其实我们对嘉义特产并不了解，更无要求，他们是真心实意想把家里最好的东西拿出来宴客。

我被感动得稀里哗啦。我们萍水相逢，今后也不一定再联系，但他们的真诚和热情让我久久不能忘怀。凝视着一簇簇雪白的樱花，我好像明白了许多。

又一阵微风吹来，漫天飘飘洒洒，脚下的绿草地也铺上了层层花瓣，有粉色的、有雪白的，大地上越发鲜活起来。

（2016 年 5 月）

开封的夏天

开封是一座美丽的历史名城。而且最美是夏天。

一

开封与北方其他城市不同。北方很多地方没水而开封有。即使是有些北方城市现在有了一点水，那也是靠“南水北调”分得的一瓢水，总让人有点如遇旱情会随时干涸的担忧。

而开封历来以水城著称。站在龙亭最高处往周边望去，龙亭湖、包公湖、铁塔湖等湖泊通过一条“大宋御河”串联起来，像几颗蓝钻镶嵌在城中，太阳一照，闪着亮光。如果你屏住呼吸，凝神静气地向湖里望去，似乎有一股股灵气“咕嘟咕嘟”直往外冒。

傍晚时分，你若从包公湖码头租一条船，告诉船家在水上游玩的时间，船家就会合理安排精彩水路，包你满意。

船家一边慢悠悠地划着桨，一边轻轻地给你讲着开封的故事。他告诉你，二十一岁的苏轼那年从湄洲来这里科考，考完之后一出考场，便跑到西门大街上一家酒馆以诗会友。他的诗词震惊店家和酒友，店家一高兴，全部免单；开封府有皇上御赐包公的三口铡刀：一口是龙头铡、一口是虎头铡、一口是狗头铡。上至皇亲国戚，下至平民百姓，全部可以先斩后奏，如皇帝亲临……

你听或不听的，船家并不在意。船慢悠悠地荡漾在水上，你倚在椅子上吹着凉风，眼睛望着远处的景色，耳边时而传来西司夜市的吆喝声："黄焖鱼……杏仁茶……"

船在西门大桥桥洞下通过时，河面变窄。桥头一户人家，葡萄架下放着一张小圆桌，桌上一碟花生米、一壶酒、一只杯子。主人光着背，背上搭一条毛巾，慢悠悠地喝着酒。人生在他眼里，就是一壶酒。葡萄架上挂着鸟笼子，鸟不停地欢唱着。

行至七盛角，岸上是商业区，门店早早灯火辉煌起来。

天阴，船到龙亭湖时，已渐渐黑下来。龙亭湖用烟波浩渺形容一点不为过。天边仅存的一抹亮色被一团乌云遮住，云与湖水连在一起。

夏日的傍晚，最有诗情画意的是下雨的时候。

船在水上漂着，好似漂在天边，人也没了方向。让人想起"醉后不知天在水，满船清梦压星河"的句子来。

湖面上有雨滴落下，一滴、两滴……一眨眼工夫湖面便成了

“王二麻子的脸”，分不清哪是坑儿了。

微风徐徐，细雨蒙蒙，在无边无际的湖面漂着，那是身心的放松，是精神的享受。尘世的一切与我何干?

湖面静得偶尔也会让人心慌。平时一些难以启齿的酸句子这时悄悄冒了出来：夏天的雨，落在夜晚是宁静；落在湖面是深情；落在船上是挂念；落在湖边的荷花上，是多情……

落在心里呢?

不知何时，龙亭四角的霓虹灯也明亮起来，远远望去，给人一种神秘感。

二

你也可以选择沿湖边漫步，感受开封的夏天。

等斑驳的古城墙终于把骄阳遮挡在城外的时候，天也不太热了。你可以迈着八字方步，沿着龙亭湖的东岸往北走。那时，乘凉的人也慢慢多起来。有的坐在湖边栏杆上，有的搬个小马扎坐在湖边柳树下，手里大都拿着一把芭蕉扇，有一下没一下地扇着。

傍晚的龙亭湖渐渐安静下来，微风过处，碧波荡漾，不时有船驶过。

龙亭这时是最好看的时候。彩霞还未完全褪尽，龙亭四角的霓虹灯便开始闪亮。摄影人把这个天将黑未黑的时间段，称作

"蓝光时刻"，大概就10分钟时间，拍出来的照片色彩丰富，表现力极强。

龙亭湖其实是由龙亭东、西两侧的两个湖组成的，中间一座五孔桥把它们连接在一起。开封人把中轴线以东的湖叫潘家湖，中轴线以西的湖叫杨家湖。用以形容北宋时期朝廷势不两立的忠奸两股势力。潘家指奸臣潘仁美家，杨家指满门忠烈的杨业家族。多少年来，人们都说，潘家湖的水混浊，杨家湖的水清澈，以此表明杨家忠烈而潘家奸佞。我当然不信湖水清浑这种传说。可当我有一次无聊时进行观察比较后发现，还真是一边清澈一边混浊，这不禁让我纳闷儿。一位在市政府任职的朋友后来告诉我说："哪有那回事，主要是早些年东湖附近有不少小企业往湖里排放污水，把水搞浑了。"

走一会儿累了，你可以找一处人少的地方，靠在栏杆上休息一会儿。有兴趣也可以叫一份花生糕送过来，一边乘凉，一边慢慢嚼着。这是开封的名小吃，凡来开封的人，都会带一份回去。

湖东岸是一排排二层楼的门店，多是咖啡馆、西餐馆、茶馆等。这个时候年轻人也从各个方向聚过来，开始晚间的约会。有兴趣你也可以缓步走进咖啡厅，空调的冷风忽地吹过来，让人打一个激灵。你靠窗坐下来，叫一杯"冰厚椰"拿铁或其他，慢慢用小勺搅着。窗外就是湖水，龙亭在湖中闪着光。

三

夏天到开封，如果刚好下过一场暴雨，我最喜欢到铁塔湖边看荷花。那时酷暑暂时退去，风也凉爽起来，雨后的湖面更显得安静。莲叶的清香充斥在空气中，让人瞬间心情愉悦。

“叶上初阳干宿雨，水面清圆，一一风荷举。”大片大片捧着水珠的荷叶铺满湖面，一枝枝高傲的荷花像舞蹈《春天的故事》里的演员一样，齐刷刷地从绿茵丛中探出身子来，尽情地展示着自己姣好的容颜和身姿，那是不可多得的美妙时刻。

看荷花其实是一种极为高雅的活动，我等凡人大多是来附庸风雅。荷花有什么好看的？满湖都是，满开封都是，看一会儿就让人眼花缭乱。重要的是碧绿养眼，清香养肺，宁静养心。在燥热的盛夏，寻一块儿清凉之地静一静心，才是最实在的。

树上的知了不停地叫着，湖边更觉寂静。

一阵倦意袭来，心里却还念叨着“一夜风雨凉到梦，万荷叶上送秋来”。

那是人生惬意时刻。

（2019 年 8 月）

开封味道

在我心里，开封是座很治愈的城市。

每当心身疲惫的时候，我总爱驱车来这里待会儿。说来也怪，车子一进大梁门，烦躁的心瞬间便会安静下来。或在龙亭的台阶上坐一会儿，或沿着大宋御河随便走走，哪怕到寺门儿吃一碗“四味菜”，立刻掉转车头回郑州，心里已经熨帖了许多。

开封像个博物馆，到处都有历史侵蚀的遗迹。你可以瞻仰，可以凭吊，也可以悠然遐想。想八朝古都的变迁；念大宋鼎盛时期的繁华；听大相国寺的钟声；看千年铁塔上空的悠悠白云……

然而我对这些已经熟视无睹，来来往往多少年了，总觉得看与不看的，都在那里。可我对开封满满人间烟火味的生活气息却情有独钟，它给人以感官上的宁静和慰藉。只在这种氛围里深吸几口空气，精神上便会舒展很多。就像一个高原缺氧的病人回到驻地，不一会儿工夫，人就活泛过来了。

我把这种很治愈的“魔力”归纳到开封味道里，实际也是人们对待生活的态度。

一

像北京、西安、南京一样，大凡做过都城的地方，小吃都是一绝。开封也不例外。每当看到胡同口，街巷深处冒着热气的笼屉和“咕嘟咕嘟”翻滚着的羊肉汤锅，总能生发出“像一条鱼儿，从地狱游向天堂，在开封我路过人间”那种感觉来。内卷的职场与无力施展的抱负所带来的困惑与心理厌倦，瞬间便随着缕缕炊烟飘散在空中了。

吃小吃，越是人多的地方，当地人越是不去。鼓楼广场、小吃一条街、寺后街、小宋城……我虽然不是当地人，去开封次数多了，实践便出了真知。总是能在拐弯抹角的胡同口、巷子里找到可口的小吃。

新街口有一家高炉烧饼铺。早晚都有人排队。这种烧饼与我老家商丘的烧饼一脉相传，功夫都在和面上，面和不好，就是在烧饼盖儿上撒再多的芝麻，烧饼烤出来也没有面香味儿。

吃这种烧饼的诀窍是要趁热，最佳时间是出炉三分钟之内要吃到嘴里。“咔嚓”一口下去，焦香四溢，饼内的椒盐溏心随着一股热气直冲你的鼻腔。你会长吸一口气，品一会儿，再慢慢吐出来，眼里透出满足感。晚一分钟，口感便大打折扣，晚十分钟就只能当干粮吃了。如果烧饼炉旁正好有一家卖垛子羊肉的，你买上 10 元的，店家用大刀切出薄薄的肉片，趁烧饼刚出炉，把羊肉夹进去。让烧饼夹层内的热气“呼”地一激，羊肉瞬间发生了质的变化，连同烧饼的焦香混合在一起，重新生成另一种复合型香味，那才是吃高炉烧饼的最佳形式。

我还喜欢到丁角街一家羊肉汤馆喝汤，不仅是因为那家排队的人多，主要是感觉那家汤馆的汤味道纯正。

喝羊肉汤也有讲究。会喝汤的人一般先不放盐，更不放调料，就是喝汤。是山羊肉或是绵羊肉，是本地羊或是外地羊，是新鲜的羊肉或是隔天的羊肉煮的汤，第一口就能喝出来。如果任凭店家放上各种调料和香菜、葱花，即使是新鲜的豫东小山羊骨头煮的鲜汤，也很难喝出那种清香绵软的感觉了。

开封的羊汤馆不像有些地方，只要有人喝，就一直卖，反正汤锅边上有一个自来水笼头，煮着加着水，老板照样喊：“羊汤滚着嘞。”开封的羊肉汤一般是煮一锅卖一锅，卖完下班。如果从郑州去开封喝汤，不巧路上堵车，到汤馆时说不定已经关门了。

开封人惜命，绝不为了挣钱把生活的快乐赔上。

我每次来开封，吃小吃总是很挑剔，有时自己都觉得不好意思。我会沿着穆家桥街往东走，在路边一家不起眼的小店里来碗黄焖鱼，坐在路边的大槐树下吃完后，再到内环路口买个高炉烧饼。顺便钻进旁边一个胡同里，那里有一家炒花生米的人家。直接到他们家后院的炒锅边，买回一斤酥焦咸香的花生米，放到汽车里。开车前抓一把塞到嘴里慢慢嚼着，满车厢都是焦花生仁的咸香味。人生还有比这更惬意的事吗？

如果夫人随车前往，她还会在顺河南街胡同口买几斤泡菜放到后备厢里，用手夹起一块儿酸白菜放在嘴里嚼着，“咯吱咯吱”的生脆爽口。也会专门来到北土街上一个卖水煮西瓜子的摊位上，买两斤瓜子，据说这是开封市最好吃的一家。

小吃给人带来的不仅是味觉的满足，更多是对生活的热爱。

二

其实，最能表现开封味道的还是开封人。

开封自北宋以来曾风光无限，仅双龙巷一个胡同里，就住过北宋两任皇帝，后来还住过民国两任总统，住过中国共产党早期领导人之一的罗章龙……然而风流总被雨打风吹去，尤其是经过历史上几次黄河水滔天巨浪的冲刷淹没，开封早已失去了往日的风采。

无论世道如何改变，大凡皇城根的人都有着挥之不去的京城味儿，开封人也是一样。“我祖上如何如何”“开封过去怎样怎样”……

时间久了，任谁都得接受现实。

好在开封人不再因为城市的逐渐没落而垂头丧气。开封人的傲气表现在骨子里。

开封人不攀比，你喝你的茅台酒，我喝我的汴州坊。一盘花生米，顺手摘一根嫩黄瓜，一样能喝个小晕儿。

有钱人开豪车，老子照样看不起你。我的脚踏三轮比你的车自在多了，慢条斯理地骑行在豪车前面，急死你。

开封人的知足最让人感慨。前些年去开封出差，清晨到午朝门一带跑步，碰见几个老太太在那儿踢腿。一个老太太问旁边那个老太太说："你儿子每月给你多少生活费？"回答说："每月一百多块，够花了，你嘞？""我也中，孩子每月给我 80 块，我卖鞋垫儿还能再挣个 50 多块，可得。"说完几个人舒心地大笑。一个市井平民，无病就是福。发自内心的满足，最养人。

早上一锅羊肉汤卖完，收摊。有人排队也不卖，爷们儿我要享受生活。午饭过后，睡个晌觉，起来穿双拖鞋，背心搭在肩头，提着鸟笼来到包公湖边坐下乘凉。兴致来了，再哼一曲《铡美案》："驸马爷近前看端详，上写着秦香莲她三十二岁……"

那个舒坦劲儿，李嘉诚也得羡慕死。

三

终于有一天，"郑汴一体化"惊破了开封人的美梦，一大批外地人涌进"大梁门"。走路都是小跑，开口就是央行。一时间快节奏、挣大钱的"腥风血雨"席卷"汴京"，让开封人好一阵不适应："一碗炒凉粉的价格都比以前涨了一半。"

好在很快新城老城有了界限。老城的保护性政策不仅保护了古建筑，也顺便保护了开封人的生活习惯。

不管你西餐馆、咖啡厅前霓虹灯如何耀眼，老开封人照样还是排队去喝羊肉汤，高兴了再往碗里倒进去二两白酒，然后提个鸟笼在湖边遛弯儿。

开封治愈我的，也许正是这种平和心态和慢悠悠的市井生活。有人可能觉得开封不思进取，或许这正是开封人的聪慧之处呢？

一个遭遇过黄河水多次灭顶之灾的都城，一代代见惯了繁华与屈辱的开封人，这世上还有什么事儿是他们看不明白的呢？无论是腰缠万贯或是家无隔夜粮，幸福与否其实是自己内心的感觉。

（2019 年 8 月）

塔里木河畔的胡杨林

又到一年一度的胡杨林观赏季，不由自主地想起打“飞的”去轮台塔里木河畔看胡杨林的事。紧张、周密又刺激的一次活动，每每想起总让人心潮澎湃。

2018 年 10 月 25 日，几个摄影爱好者约我周末去看胡杨林。心想，四千多公里路呢，能是说去就去的事？

第二天看到手机上传来的机票，才知道这云里雾里的一句话，真的不是戏言。

周五下班前从郑州出发，乘飞机直飞南疆库尔勒，辗转到达轮台时已是晚上。

夜晚的轮台灯火辉煌，安静祥和，一派现代化城市的景象。走在轮台大街上，看着色彩变幻的霓虹灯，我的思绪却如脱缰的野马难以控制。

“北风卷地百草折，胡天八月即飞雪……轮台东门送君去，去时雪满天山路。”

“僵卧孤村不自哀，尚思为国戍轮台。”

边塞诗人岑参、爱国诗人陆放翁关于轮台的诗句争先恐后地从我的脑海深处跳出。我睁大双眼努力寻找想象中边塞古城的感觉，却最终没有发现半点蛛丝马迹。

直到第二天上午，我站在塔克拉玛干沙漠边缘，看着脚下湍急的塔里木河水，才总算找着一点儿遥远、苍凉的感觉。

现代化交通工具和通信工具缩小了世界，也模糊了概念，给人留下或醒或梦的神奇幻影。

一

第二天一早，我们摸黑起床，乘朋友的汽车沿着沙漠一号公路，来到了著名的轮台胡杨林公园。

上午八点钟，天色仍是漆黑一片，伸手不见五指。半个小时后，天才慢慢亮起来。

这真是一个童话的世界。

胡杨林或三五棵一簇，或连成大片，鲜艳的色彩映照着湛蓝的天空。浓密的树叶像金子一样黄得耀眼，像火焰一样红得热烈。这些神奇的树木历经千年风雨静卧沙漠之上，酷似黄河岸边的炎黄二帝塑像，默默地注视着天地玄黄。

徜徉在胡杨林中，感受着大自然的鬼斧神工，人也似乎飘飘欲仙起来。

胡杨林遍布在塔里木河两岸的上下游，塔克拉玛干沙漠的边缘。让我们吃惊的是，轮台境内的胡杨林竟有 40 多万亩，占中国胡杨林总面积的 90%。

在这金色的世界里，同伴们像猎人发现了心仪的猎物一样，来不及多说话，各自迅速选好射猎位置和角度，卸下肩上的长枪短炮三脚架，安装测试完毕，便咔嚓咔嚓地拍起照来。

我也习惯性地掏出手机，熟练地调出大屏幕，试着拍了几张自认为还不错的照片。然后便踱着方步欣赏美景，同时也欣赏着每个人千奇百怪的摄影姿势。暗暗地观察学习。

一阵紧张的拍照之后，凝结的空气有所缓和，不知谁喊了一声："超哥，你把相机打开呀，手机能拍出好片子吗？"

我不好意思地笑笑。

我当然知道，像素再高的手机充其量也只是"傻瓜相机"，要想拍出有层次、有品位的作品，的确要有高质量的相机和与之相匹配的镜头，更要有文化积淀和艺术修养。人的灵气，悟性才是决定性因素。

其实在爱好摄影方面我出道很早，上中学时就跟着一个酷爱摄影的老师当助手，背着一架海鸥 120 跑工厂拍摄铁花四溅的加工件操作台，跑火车站拍扳道岔的工人师傅……回来后闷在暗房的红灯光下一待就是半夜。冲胶卷、显影、定影、放大等，连放大机也是我们自己用土法自制的。

现在是过时的技术用不上，新的知识又没掌握，正处于转型期。

朋友们只知道我用手机拍出的照片无论是取景还是构图都还像模像样，说起摄影也头头是道，哪知道我内心的尴尬呢？

为了拍摄到有特点有新意的好照片，我们放弃游览专用森林小火车，决定徒步深入景区腹地。

离开小火车轨道这个坐标，我们基本就成了无头苍蝇，成片的胡杨林茂密悲凉，经年沉淀的湖水边缘已被腐败的树木杂物侵蚀，但中心区域的湖水仍能清晰地映照出胡杨林的倒影。这时，无论你摄影技术如何，无论你用什么设备，只要你按下快门，那就是一幅美丽的西洋油画。

二

再往里走，大片大片的沙漠红柳也渐渐多了起来，沙堆上，胡杨树下，坑洼中无处不在。酷似家乡那生命力顽强的葛巴草，无论条件如何恶劣，都不影响它的生长。

最让人敬佩的是几棵古老的胡杨树，虽干枯千年，却仍质如玉石，形如青龙，好像随时能腾空而起。

那才是胡杨林的魂。

上午十一时许，天空下起了蒙蒙细雨，雨中的胡杨林又多了一层安静的神秘色彩。同伴们舍不得返回，其实即使想回去，这时也找不到回去的路，索性跟着感觉走吧。

有远见的人，冲锋衣正好发挥作用。司机小刘把他的雨伞给了我，两个没带雨具的人可就惨了，他们把照相机藏在怀里，任凭雨水兜头而下。外罩很快被淋湿。我从包里找出两个塑料袋，让他俩套在头上，在鼻子、眼睛处挖了洞，便于呼吸和走路。

不知方向和距离地走着拍着照，下午二时许，瞄一眼手机的计步功能，显示出28000步，脑子里立刻一片空白。

正是“胡天八月即飞雪”的季节，若不是在运动中，早就冻蒙了。一片红柳的尽头，有几间平顶土坯窝棚出现在我们模糊的视线之内。大家饥寒交迫外加雨水淋湿，疲劳和不适感一股脑地集中显现出来。不顾脚下泥泞，不约而同地冲向窝棚。

窝棚内杂乱无章，一片狼藉。据陪同的当地朋友介绍，这是来新疆摘棉花的农民临时搭建的简易住所。一个大嫂正在找容器接雨水，两只手如干柴棒一样黢黑干枯，缠着破布。

小刘问：“大嫂，能给我们下碗面条吗？我们付钱。”大嫂一脸无奈地回答说：“没法下，房顶漏雨正好漏在锅里。”

小刘不甘心，指着案板上的一只铝盆说：“你把那半盆米饭给我们盛出来吃好吗？”大嫂皱着眉头说：“没东西盛，碗都被拿到棉花地里去了。”

小刘看实在不行，就说：“那就把柴火抱出来一些，让我们烤烤衣服好吧。”大嫂说：“柴火全淋湿了，点不着啊。”

真就这么寸吗？

不过窝棚遮风避雨的功能还是正常的。没有了雨的侵袭，人也昏昏欲睡起来。

不知过了多久，身上的衣服都快暖干了。忽听有人在门口喊了一声：“天晴了！快出来吧，天晴了！”

三

等大伙儿迷迷糊糊跑出来看时，乌云正在迅速退去。半边天空呈现出一片湛蓝。极像一张大型的天幕，被一只无形的巨手拉开，露出温暖的、可爱的、令人精神振奋的蓝天。

乌云退去得异常利索，一点儿也不拖泥带水，速度之快让人来不及细看。

远远望去，大片的胡杨林正逐渐地由湿气笼罩的暗淡转为清爽明亮，树叶又金光闪闪起来，而且更加清晰透亮。红柳上悬挂的雨珠也闪着亮光。

大伙儿立即精神抖擞起来。雨过天晴，正是出好片儿、大片儿的绝佳时机，这才是真正的可遇不可求。

果不其然，在光线的作用下，一切都愈加鲜活起来。雨后的阳光像舞台的追灯一样从高空照射下来，穿过清新如洗的空间，穿过金黄亮丽的胡杨林，洒在沙漠红柳丛中，如条条彩色的丝线，给人一种固化的错觉。

大伙儿小鹿般地在胡杨林中跑来跑去，忽隐忽现，各自寻找着眼中的兴奋点和最佳角度，尽情地享受着大自然赐予的光与影的艺术盛宴。

我们深知，每一张照片都是时光的标本。

晚上七时许，意想不到的景象出现了。

几团阴云随风而至。无意中遮住了太阳的光芒。阳光无视阴云的存在，轻松划动几下光柱，便突破重围，从云彩的缝隙中冲出来，射出万道霞光。

浓云借着阳光的折射，瞬间也变得色彩斑斓起来。

金色的云、橘红色的光，幻化出彩色的晚霞，照耀着金色的胡杨林，让人来不及思索，便一下子坠入了仙境。

一切都是那么自然、那么平静、那么不可思议。只有照相机的神奇功能，记录着这神奇的一切。

不经意间，森林小火车的轨道突然出现在脚下。

循着铁轨向前看去，金黄色的胡杨林簇拥下的轨道向远处延伸着，尽头便是景区的出口。

在周日中午回郑州的飞机上，我禁不住暗自思忖：趁周末去轮台看胡杨林听起来像梦话，却真的实现了。

世间很多事就是这样，真心想做的事，只要条件具备，计划周密，不怕辛苦，大胆去做就能成功。谨小慎微，裹足不前，永远都是梦想。梦想与成功，就差一个行动的距离。

（2016 年 12 月）

潭柘寺秋日

虽然是第一次来潭柘寺，但我对这所寺院早有神往。无论是“先有潭柘寺，后有北京城”的悠久历史，还是元世祖忽必烈的女儿妙严公主在此出家终老寺中的传说，抑或是乾隆皇帝六次到此进香礼佛留下的众多瑰宝和故事，以及龙潭、柘树、千年柏等，都满满地充斥着我的大脑。

然而一踏进山门，还没等我按图索骥一一寻找名胜，竟先被潭柘寺的秋色给迷住了。人像掉进了凡·高的调色盘，满眼都是金黄色，瞬间眼花缭乱起来。

一

在外地人心目中，北京的西山美丽而神秘，潭柘寺就坐落在西山南部的潭柘山麓、九峰环抱之中。

立冬时节，站在山门口抬眼向四周望去，满眼皆是金黄色。

宝珠峰迎面矗立，簇拥着寺内的牌楼、天王殿、大雄宝殿和白塔，给人一种神秘、神圣和至高无上的感觉。让人立刻收拢凡心，肃然起敬，瞬间生出一种顶礼膜拜的欲望。

李师傅拍了我一下，把我从遐想中拉回，引导着我沿山道慢慢地往山上走。

李师傅是我朋友的司机，专程派来陪我游潭柘寺。朋友说，李师傅的家乡就在房山区百花山镇一个靠近门头沟区的小山村，与潭柘寺镇就隔着一座山坳。每次回家，潭柘寺是必经之地，熟。

随后的实践证明，李师傅的确对潭柘寺内外的一草一木都了如指掌。

这条山道是进寺院的正道。路的右手是悬崖，有一道厚厚的半截儿墙护佑着。墙体涂着一层浓浓的“中国红”漆，异常醒目。墙外是大片的树林和峻峭的山峰。

李师傅是一位四十多岁的中年男人，一口标准的北京口音，特别健谈。他说：“门头沟的学校比我们村的学校好多了，我就是在门头沟上的初中和高中。那时这里的山路很不好走，乘着老式大巴车，在山路上晃来晃去的。周末回家，必须经过潭柘寺。”

他停下脚步，指着墙外两棵黄绿叶子相间的树说：“这两棵树就是颇有名气的柘树。过去我们这一带的山里，有不少这种树。加之后山有一处龙潭，这里的先人觉着原来的寺名叫着拗口，就顺口把寺院称作潭柘寺了。

“后来，传说柘树的树皮能治不育症，树皮很快被扒光，树也几乎绝种。眼下寺里仅有的几棵，还是压枝栽培的。”李师傅满脸不爽。

山道弯曲，道边儿的树枝能碰到人。

李师傅站在红墙边上，从提袋里拿出一瓶水递给我说：“你别看这条山路弯弯曲曲，这可是一条贵族路。自元朝以来的几百年间，多位皇帝及权贵都是从这条道儿上山的。当然，近百年来，特别是近二三十年来，从门头沟通往潭柘寺的山路修好了，从这儿上山的人就更多了。”

“其实，山路越难走，越能考验人的意志和诚心。”李师傅看着我笑笑。我知道，他是怕我累，在鼓励我。

一阵微风吹来，带着山野的清香，也带来一片片黄叶落在脚下。黄叶落得多了，逐渐盖住了部分路面，路也显得金黄起来。

雨过天晴的深秋，真的让人舒心。

太阳暖暖地普照着大地万物，被雨水清洗过的黄叶在太阳光下显得晶莹剔透。停下脚步往山上再看，此刻山是金黄色的，树是金黄色的，大雄宝殿和白塔也是金黄色的了。

这是太阳的功劳。

这个季节的太阳，尤其是上午十点以后和下午四点以前，似乎有着染色的功能。照到哪里，哪里就一片金黄。不同的是，阳光过后，一切都又恢复原状。即使是大殿的金顶，也不再炫耀光辉。而满山的树和灌木丛的叶子，却愈加金黄，甚至深红起来，像染坊的布，一旦浸染，便成永远。

二

今天是周二，又是疫情防控期间，上山的人不多，我们可以自由地在寺内浏览。

潭柘寺内古树众多，仅国家级重点保护的古树就有186棵。顺着金黄色的山道，跨过一道侧门，铺满金黄色树叶的院落出现在面前。院子里有两棵高大的银杏树遮天蔽日，直冲云霄，半个院落在它的庇护之下。金黄的树叶厚厚地铺在地上，人也显得尊贵起来。李师傅指着其中一棵告诉我，这一棵是唐代栽种的银杏树，也是传说中的“帝王树”，有着1400年的树龄。树高40多米，需六七个人才能合抱。

我不由自主地抬头再看，除了敬畏大自然的神奇，又萌生了一种穿越历史的幻想。

李师傅压低声音，神秘地说：“相传在清代，每一位新皇帝即位登基，从树的根部就会长出一根新的树干来，以后逐渐与老干合为一体。有一次乾隆皇帝来游玩，听说这个典故，便御封此树为‘帝王树’。”

二十世纪六十年代初，爱新觉罗·溥仪到潭柘寺游玩时，指着树上东北侧一根未与主干相合的细干，自嘲道："这根树杈就是我，因为我不成才，它才长成了歪脖儿树。"说完自己先哈哈大笑起来。

但无论是乾隆还是溥仪，他们都是惯用"帝王思维"，想的都是自己的江山和贵为天子的身份。

时代潮流浩浩荡荡，顺之者昌，逆之者亡。不管你是帝王，是官员，或是平民百姓，顺应了民心和时代，为苍生百姓做点实事，造点福祉，百姓就会记着你的好。否则，心里只有自己那点权势和利益，最终会被扫进历史的垃圾堆。

三

踏着黄叶铺地的台阶，来到寺院最高处。回过头来再往山下看，白塔也只露一个尖儿，立在金黄的树丛中。

深山藏古寺的感觉让人窃喜。

也许是到此进香礼佛的帝王众多的缘故，相传潭柘寺是京城求姻缘签、仕途签最灵验的寺庙。自明代以来，到这里求签的人不计其数。

"现在就更多了"，李师傅的眼睛眯成一条缝。

我擦了擦汗湿的前额，坐在一块石墩上小憩。

旁边坐着一位四十来岁的女士，也许是看我俩急匆匆得走了一身汗，搭话说："大哥来这里是游玩还是拜佛呢？"

我礼貌地回话说：“我们来看看潭柘寺的风景。你呢？”

那位女士说：“我是来进香的，无论是生意上的事还是家庭的事，都想来给菩萨说说，不然，心里总不踏实。”

看我半天不接话茬儿，她又自言自语道：“我一年要来好多次呢，反正现在路好走了，从西城开车一个小时就能到山上，方便。”

不知什么时候，进来的人增加了不少，不断有人站在各个殿堂门前，双手合十举在胸前做虔诚状。

李师傅告诉我说：“大多是来进香的。但疫情防控时期，寺庙不让进殿堂，也不让烧香，否则山上会人山人海。特别是初一、十五，虔诚的善男信女，都会到这里上炷香，祈求平安多福。”

也是，不管你进不进香，这么好的风光，哪怕在山上坐一会儿，心里真的会安静许多。

站在最高一层的台阶上，红墙黄叶庄重神奇。在秋风吹拂下，金黄的树叶和深红的植被，透着一种生命的坚韧和厚重。好像历经过风风雨雨，等的就是这一季的辉煌。“山明水净夜来霜，数树深红出浅黄。试上高楼清入骨，岂如春色嗾人狂。”想必刘禹锡也看过这样的景色。

我突然心生感慨。这些树木植物，褪去了春天的亮丽，没有了夏天的火热，面对自然界的千变万化，绽放着秋的丰硕与瑰丽。

人生其实也是如此。经历了起起落落，岁月沧桑之后，早已变得不再张扬，不再注重外界的褒贬，更多的是回归生命的本质，踏实地过着正常人的生活。就像张爱玲所说：“走过平湖烟雨，岁月山河，那些历尽劫数，尝遍百味的人，会更加生动而干净。”

季节是由浅走向深，人生是由薄走向厚重。离开了内卷严重的职场，内心瞬间多了许多安静与从容。可以在简单、淡定之间，把每一个迎面而来的日子，都过成风景。

（2018 年 11 月）

小水潭记

小水潭最美的季节，莫过于深秋初冬。山上的树叶，水中的倒影，共同迸发出火焰一样的红。

立冬节气，本应秋高气爽，天却阴沉沉得能拧下水来。

今天一早儿登封朋友的一则微信强烈地吸引着我。说嵩山深处的嵩岳寺塔附近有一潭湖水，秋色正浓，红叶遮掩，神秘莫测。

看看表已经临近中午，再也坐不住了。与单位 C 先生约定好会合地点，背上相机，说走就走。

一

郑州到登封 80 公里高速公路，到达登封县城时，已是下午两点十分。稀稀拉拉的小雨开始有一下没一下地拍打着风挡玻璃。我们按照导航指引，顺着山路往嵩岳寺塔方向走。

过启母阙、嵩阳书院、永泰寺，又翻过一条山涧，一座山坡挡在车前。导航也已无能为力，只好在山脚下泊车。

环顾四周，群山环抱，细细的秋雨洒落在满山红叶上，发出似有似无的沙沙声。山半坡的树林里，一位中年山民正怀抱着鞭子靠在一棵树干上打瞌睡，四五头黄牛自由自在地散落在山坡上，懒懒地低头寻觅着食物，全然不顾毛毛雨。

我微笑着问："老乡，这附近有湖吗？"

我俩知道，只要找到那条微信中所描述的一潭湖水，就能找到嵩山最美的红叶。拍风景照，最好有水，有水才有灵气，有水就有倒影，能给照片增加不少韵味呢。

也许我的表述有歧义，放牛的老乡举起鞭子"啪"地炸响，说："嵩山上压根儿就没有过水，更没有你说的湖。"说完便赶着牛群往别处去了。

今日立冬，又是个阴雨天，山上想碰见个人都难。我们只好拾阶而上，进嵩岳寺塔碰碰运气。

还好，门口执勤僧人很热情地告诉我们，山上的确没有湖，但后面山谷深处倒真有一片池水，不过没有路，最好不要去。如果执意要去尝试，可沿寺院后面的小路，顺着写有"三祖庵"路标的指示牌往山上走，半个小时即可到达。

出了寺院大门，我们犹犹豫豫地沿着小路转到寺院东侧墙外，寻找着退却的理由。

一棵约三十米高的大柿树傲然矗立在脚下的山涧里，惊得我们直唏嘘。树干粗壮，色如生铁，一个个红红的柿子挂在坚硬黢黑的树干上，如数盏孔明灯飘浮在苍穹，在远山的映衬下，闪耀着红红的光。

我随手把雨伞丢在一旁，来不及打开三脚架，便用衣服遮挡在镜头上方，“咔嚓咔嚓”就是一阵狂拍。

这一个惊喜，实实在在地冲垮了我们退缩的念头，激起了冒雨继续探索的欲望。

二

顺着崎岖山路往上走。路两边、山坡上密密麻麻的都是树叶泛红的山林，小路也被厚厚的黄叶铺满。放眼往远处望去，满山遍野都是彩色的树叶，远处青色的山头显露出嵩山本色，被浓浓的白云缠绕着，时隐时现。

细雨中的嵩山的确别有一番滋味，即使拍不到好的照片，能在静谧、清新的山间走走，本身就是一件极舒心的事。

我们边拍照边爬山，不知不觉中，半个小时过去了，身后高高的嵩岳寺塔渐行渐远，仍然不见湖水的倩影。

正疑惑间，C 先生回头大叫：“看，水！咱走过了！”

顺着他的手往身后的深谷看去，在两山的谷底，一丛丛红叶黄叶的遮盖中，一潭碧水映入眼帘。

原路走回来，小水潭在脚下的山谷里更加清晰起来。潭面呈心形，约百米见方，湛蓝湛蓝的。在高山大川中显得那么袖珍，在深秋色彩的掩映下又是那么灿烂夺目。特像女娲娘娘项链上的“祖母绿”吊坠遗落在山间。

远处看看容易，要想走近小水潭，真就难了。

山路边沿由石块砌成，山坡上长满了树木荆棘，基本上是直上直下的坡度，别说是雨天，就是晴天，要抓着树根和荆条往下滑，也是个难事。

摄影发烧友的倔强和不顾一切占了上风。

我们把相机仔细包裹，挂在脖子上，三脚架用塑料袋装好顺着树根往下丢。这有两个作用，一是可以腾出手来抓树枝保安全，二是东西下去了，人想退缩也不行。

经过一番折腾，约六十米高的陡坡我们居然成功下到了谷底。衣服被树枝上的雨水打湿，两手抓得都是黑泥，树枝留在脸上的刮痕竟全然不知。

站在谷底，再看四周，树木掩映，红叶遮天。一汪碧水，虽清澈却不可见底，红叶黄叶漂浮水面，整个嵩山更加安静。没有鸟叫、没有虫鸣，只有细细的小雨点儿轻柔地落在镜子一样的湖面，还有我俩粗粗的喘气声。

仔细观察，这是山崖上长年不断流下来的泉水，聚集在一起，形成了一个面积不大却很深的小水潭。

三

太多的人到过嵩山，登过峻极峰，拜谒过少林寺、法王寺、永泰寺，但肯定没有几个人到过这个小水潭边。小水潭很隐蔽，知道的人不多，况且下来难度很大，多数人只能望而却步。这也让谷底美景得以保存原始模样。

整个峡谷，隐藏着无数天然美景。神秘的小水潭，茂密的森林，一簇簇深红、金黄的树叶像母亲温暖的怀抱一样包裹着小水潭。水中的倒影与山上的美景连成了一体，整个山谷仿佛一个万花筒，令人眼花缭乱，一个最隐匿的天堂秘境呈现在眼前。

在这里，天是蓝的，水是蓝的，就连远处的山石也是蓝的。树木层林尽染，树下黄叶铺地。让人不敢相信眼前这一切是实景。

举头仰望，是山上的塔；低头俯视，是多情的水。下到潭边的人，就在这抬头低头的瞬间，被自然界征服。

我突然觉得，嵩岳寺塔和小水潭很像一对永世相望的恋人，一塔一潭，相依相伴。恰似陕北山沟的婆姨山顶的汉，“招招手容易拉话话难”。

四

小水潭最美的季节，莫过于深秋初冬。山上的树叶，水中的倒影，共同迸发出火焰一样的红。尤其是天空飘洒着毛毛细雨，朦朦胧胧，缥缥缈缈，说不出的诗情画意，真是一种难得一见的美。

我们把雨伞打开，四角挂在周边的树杈上，一个天然帐篷瞬间搭成。支起三脚架，调整相机数据，构图、取景，一幕幕美景渐次收入镜头。

摄影爱好者进入状态容易走出来难，尤其遇到好的景色，天上响炸雷也听不到。

五

光线渐渐暗了下来，光圈和曝光时间一再调整，仍然出不来理想效果，甚至按不动快门。瞄一眼相机上显示的时间，坏了，五点二十了。

城市里这个点儿，仍是拍照的好时候。山里就不一样了，尤其是雨天，很快便看不到十米远。趁着 C 先生收拾东西的空当，我麻利地在同学群里晒了一张照片，说按图索骥找到了登封同学介绍的最美的红叶观赏地，拍照后正准备返回。

上山的路更加艰难。天黑下来，不知道抓着哪几棵树根可以攀爬到上面。如果爬错了方向，越走越远，今晚就别想睡觉了，心里陡生恐惧感。

好在我走对了路，下山时抓断的那棵树枝成了回程的路标。这个发现使我清醒了许多，也踏实了许多，人也顿时精神了起来。

我两手各抓住一根较粗的树枝，左脚踩着一个结实的树根，右脚往上探索着，企图找一个可以落脚的点。这时手机响了，是登封学友打来的。

“你上来了吗？别动，我马上来接你，小水潭附近坡陡林深，又是晚上，千万别慌张啊。”

趁机扫了一眼微信，同学群里热闹极了。

纷纷留言提醒，“小心点，天黑路滑，山高谷深，注意安全”“需要救援时及时电话联系”。有一条微信更贴心：“别打扰他，正爬山呢。请登封同学备二两小酒，给超哥压惊。”

诗人樊国新也打来电话：“我在永泰寺创作，离你最近，需要救援吗？”

一句句火热的问候，立刻温暖了浑身打战的我。我站直身子招呼 C 先生说：“来，拉你一把。”

等我们爬上来的时候，竟然有莫名其妙的愉悦感蓦然涌上心头。这难道就是脱险后的喜悦？

黑暗中靠着山上的树干，给同学群发一条微信：“我已脱离险境，感谢诸位挂心。”

群里又是一片关注声。还有几个同学竟出口成章，赋诗留念。其中一首是：

超哥雨中登嵩山，
满山红叶云半边。
衣衫难耐秋雨侵，
跃出深谷众心宽。

回头望望身后的山谷，心里感慨万端。美好的事物总是在险峰、深谷中。谁惧怕艰险畏首畏尾，谁就永远看不到绝美的景色。

（2017 年 10 月）

雪夜永泰寺

雪，下了整整一天。

上山的路已经被大雪覆盖，好在车灯明亮，还能看清山路的轮廓。

在导航的指引下，从郑州到永泰寺不足 100 公里的路程，我还是走了近三个小时。到寺院门前时，已是晚上八点半。

夜晚的太室山子晋峰下，万籁俱寂。没有丁点儿亮光，没有狗吠，更没有鸡鸣。四处环顾，白茫茫一片，分不出哪是山，哪是路，哪是树。

我把车泊在寺院门前的广场上，踏雪往净舍方向的山坡上走。

净舍门前那条《少林寺》电影中的牧羊女山道，已经满是积雪。只有被雪压弯的大片竹林的边缘，黑漆漆的还能看出是一条通往后山工作人员生活区的小山路。

上山前我已做了一些攻略。年初疫情来袭时，永泰寺按要求已闭门谢客，至今还没有接到开门的通知。尼僧都下山暂时去了别的寺院。寺院北墙外的净舍因没有香客上山早已歇业。留下的两个值守人员也不知在不在。

弯着腰，顺着竹林边沿那条小路往山上的后院走。竹林上的雪抖落下来，我瞬间与四周的环境融为一体。

竹林中呼啦啦一阵骚动，我不由自主地心头一紧，两只拳头攥在一起。转头顺着声音望去，是竹林上的雪掉落的声音。

山上是不会有狼的，其他动物呢？忐忑不安又左顾右盼着往前走，一脚踩空，整个人便陷在了雪窝里。

从雪窝里爬起来，继续慢慢摸索着往前走。

转过一道儿小弯，眼前突然一亮。小路的尽头，有一盏路灯在闪着昏黄的光。

像马六甲海峡的夜行船看到岸边山头上那盏百年航标灯一样，我心里瞬间一阵惊喜。

脑海里竟然蹦出现代豫剧《五代井》的一句台词："朝着有灯光的地方走，那就是县委！"

自己觉得没来历，但身上却温暖起来。

灯下不远处有一个人，在扫着小路上的积雪。

雪夜山上，清扫小路积雪，这该是多勤奋的人啊！他能预料今夜有客人上山？

到跟前时才看清，这是一位四十来岁的男人。

听见有人上山，这个男人停止扫雪，用疑惑的眼光打量着我。经过交流得知，他就是驻守在山上、照看寺院和净舍院落的留守人员。

男人姓李，在山上管理事务已经有五年。也许是过于寂寞，听说我是从郑州冒雪上山的，也曾来净舍的素食斋用过餐，非常热情地接待了我。

净舍因歇业已经关门多日。老李在净舍后院的员工宿舍给我开了一个房间。

房间虽然陈旧，设施也简陋，但毕竟有了住处。我拍打干净身上的雪，坐在房间里的椅子上，心里别提有多舒服了。

突然觉得人生真的很美好。

安顿下来时，才想起来时匆忙，没吃晚饭，我翻遍双肩背包，也没有找到一点吃的，身上更觉寒冷起来。

有人敲门。一股饭香迫不及待地从门缝里挤进来。

老李一只手端着一小盆冒着热气的汤，一只手端着一只竹编馍筐走进房间。

我激动地急忙上前，汤是白萝卜豆腐汤，馍是手工白面大方馍。我当然知道，这里虽不是寺院，但这是为香客服务的净舍。净舍内的素食斋是郑州区域内一家最著名的素食堂馆，萝卜豆腐也能给你做出百般花样来。

老李显然不是厨师，白水豆腐萝卜汤，竟倒进去不少生抽，汤水显得发红。但热汤热馍已是难能可贵。我连声感谢着，两碗热汤须臾间就进了肚里。

心里的热乎和身上的热乎，竟让我忘却了门外大雪天的寒冷，忘了上山的初衷，躺在床上享受着这意想不到的温暖时刻。

二

永泰寺是国内最早的尼僧佛寺。历史上曾因北魏文成帝的女儿转运、南朝梁武帝的女儿明练、北魏孝明帝的妹妹永泰三位公主在此出家修行而闻名于世，是名副其实的皇家寺院。但现在使其声名远播的已经不仅仅是它的历史，而是寺院周边环境的舒适与清静。

巍巍太室山西麓子晋峰下，绿茵覆盖，万木葱茏，寺前不远处的少林寺水库微风徐来，碧波荡漾。永泰寺就隐藏在子晋峰的半山腰中，依山傍水，处处显现着它的无限神秘。

据说很多都市丽人都奔着它的静，千里迢迢来到这里，安安静静地住上几天或一段时间。春天闻着空气中的花香，夏天听听昆虫的低鸣，秋天沐浴在金色的娑罗树下……凌晨去寺院听听早课。

默默地清洗掉尘世间的“污垢”，悄悄地“疗养”着受伤的心。整理一下凌乱的思绪，再重新出发。

据说这就是佛家说的“静乃禅修”，也是寺院近年来最吸引人的地方。

我不懂佛经禅意，也没想“禅修”。但来此感悟一下它的清静，尤其是感受一下雪夜的寂寥，却是由来已久的一个想法。也许这也算是“缘”吧。

事后听对禅宗教义颇有研究的一位朋友说，来永泰寺静修不难，难的是寒冬时节到永泰寺看雪、听雪，那是静修的极致。

不禁大惊失色。一不小心，我竟然……极致啦?

之所以说它是极致，那是因为雪天上山的条件要求太过苛刻。要正巧天降大雪，路途尚可以行车，山上有个落脚之处，本人身体健康，时间允许，更重要的是恰好那时心情极佳，几个条件缺一不可。所以，有此想法者不乏其人，但能成就此行者屈指可数。

三

大概这是对我平和处世的一种奖励吧，我遇到了这样的机会。

2020年的第一场雪在没有一点迹象的情况下悄然而至。虽然郑州的雪薄得盖不住地皮，但仍然让人有所遐想，嵩山上的雪一定会很大。

机不可失，其实很多时候说的是天机。

阴冷的冬季，天黑得很早。出郑州市区时，已伸手不见五指，路上的雪已化为泥泞。我一边艰难地开着车，一边通过蓝牙联系登封市的朋友。打听山上的雪和永泰寺的近况。朋友一再劝说今晚千万不要上山，等天亮了再去。他哪会知道我内心的想法？

但我行驶的速度很明显慢了下来，有时是道路复杂，有时是内心复杂。半夜三更的，真的要冒险吗？

还好，没有退却。

嵩山的雪夜真的特别静，也特别深沉，让人来不及思考，便一下陷进了夜色之中。

心里的暖和来自精神，身上的暖和来自热汤。等这一切过去之后，大自然的冷，不可抵御地冲进屋内。

大概是夜里十一点吧，寒冷的空气把我冻醒。心里一边感谢着冷空气，一边哆嗦着披衣下床。我是为睡觉而来的吗？

隔着窗户看看外面，雪又下了起来。

我转身走到后窗拉开窗帘，外面天地混沌，白茫茫一片，什么也看不清楚。远处隐隐约约的是太室山子晋峰的模样，后院山坡上，是落满白雪的永泰公主包骨塔和永泰寺塔。

大雪像一床厚厚的棉被，严严实实地盖在大地万物之上。山、树、房屋、宝塔以及人世间的一切，都进入了深度睡眠状态。风也知趣地躲进了自己的老窝睡觉去了。

一切都那么安静。

我舍不得睡。

裹上棉被坐到窗户前的椅子上，看着窗外的雪发呆。身上暖和了，内心也慢慢地安静下来。

我努力地竖起耳朵，想捕捉一丝外面的响声，却只能听到自己“怦怦”的心跳声和时有时无的、雪片落下的声音。

雪落得特别慢，懒洋洋的样子。一片、一片落下时，又特别轻。如果不屏住呼吸，凝神聚气，几乎听不到它的声音。但你稍一迷糊，转眼再去看时，屋外矮墙上的雪，却又厚了许多。

四

庄子说：“澡雪而精神。”

以雪洗心，杂念全无。想必庄子一定也裹着棉被在这样的山中雪夜里发过呆。

人生选择了职场，其实就像雪夜登嵩山，本身就是一个充满挑战与刺激的旅程。你永远也想不到会在哪一个山坳里会有下一道坎。稍不留神一脚踩空，你便会跌在雪窝里很长时间爬不出来。但同时也会给你很多意想不到的惊喜与体验，抚慰你曾被惊吓的心，帮助你登上更高的山峦。

这种充满刺激与挑战的旅程本身，就是人生大目标的重要组成部分。经不起挫折与考验，压根儿你就别出发。

无论生命途经哪里，遇到什么，都不必惊慌。相信所有的亏欠，都会以另一种方式偿还你。有得必有失，有失必有得。

其实，得到如何，得不到又如何？功名利禄、是非恩怨哪一样是你出生时带来的？哪一样又是你将来可以带走的？

有时想想，人活得累全是自己跟自己较劲儿。放不下架子，磨不开面子，什么都想比个你短我长、我高你低。静下来仔细品味，人生的精彩绝不仅仅是实现梦想的那个瞬间，而是包括人生经历的全过程。名牌大学招生，不仅看重你的高考分数，也看重你平时的学习成绩。

你的优秀，大多表现在过往的日子里。

有诗云："人静心安生禅意，玄机参破一念通。"其实有些道理，我们或许一辈子都无法参透，但只要保持一个丰盈的内心，幸福便已经跟随在你的左右了。

夜，越来越深；雪，越下越大。

人心静了，竟然特别轻盈。轻得像一根羽毛，又像一片雪花，慢慢地飘向空中。

飘啊，飘啊……很快便与空中的雪融为一体，在银色的夜空中飘浮着，遥看着白茫茫的、洁净的大地。

（2021 年元月）

圆石滩与孤独柏

孤独的柏树显然已成为圆石滩的标志，看不到孤独的柏树就等于没有来过圆石滩。它更是圆石滩林克斯高尔夫球场的标志。

人们说，喜爱打高尔夫的人，特别是高尔夫球员，都以能到圆石滩林克斯高尔夫球场打一次高尔夫球为荣耀，甚至在别的什么地方，谁能穿一件印有“孤独柏”标志的圆领T恤打球，也会被同行们羡慕。我不喜欢打高尔夫，因此也找不到那种激情和被人羡慕的感觉，但圆石滩绝妙的风光和那棵挺拔苍劲的孤独柏却让我激情澎湃，不能自已。

圆石滩有人也翻译成“鹅卵石滩”，是美国西海岸的一个海滨风景区。位于北加州蒙特利尔半岛境内，据说这里是世界上海洋与陆地的最佳接合处。由于景色秀丽，气候适宜，许多有钱人便在周边建起了别墅，众多高尔夫球场也应运而生。其中圆石滩林克斯高尔夫球场以设计精美和极具挑战性闻名世界。2005年美国杂志《高尔夫大师》举办最佳球场评选时，圆石滩林克斯高尔夫球场位列全美国第一。建成近百年来，美国高尔夫球公开赛均在此举办，尤其是在2000年美国高尔夫球公开赛上，二十四岁的老虎伍兹在此一举成为最年轻的“20冠王”后，这里更成为全世界年轻的高尔夫爱好者的梦想球场。

景色的秀丽，球场的辉煌，加之有钱人的推波助澜，圆石滩日益成为世界著名的休闲度假胜地。

后来我发现，圆石滩被推崇岂止是地理位置的优越和球场的著名。17英里海岸线及孤独的柏树等众多经典景点无不为它锦上添花，无论他人承认与否。

圆石滩位于旧金山西南190公里处。我们从旧金山出发，享受着深秋北加州明媚的阳光一路向南，美景让人目不暇接。如同走进北京故宫博物院的珍宝馆，目光所及之处都是稀世珍宝。无非是有些你能一目了然，有些只能伸着脖子惊叹。途经有“硅谷之心”美称的圣何塞境内时的感觉就是这样。顺着朋友的手指方向看去，是一些平平常常的灰色的多层楼房，而朋友的解说能把你吓死：苹果总部、雅虎总部、谷歌总部、英特尔、火狐、惠普……每一个名字都如炸雷般响亮，都是引领世界潮流的核心力量。我坐在中巴后排，看着满车人侧着身子目不转睛地望着窗外那方神秘的天地，半天不带换姿势的。

说起来很伤自尊，像我们这样貌似光鲜的人，出国时可能只知道看一些人文景观，山水花草，遇到一些有技术含量的事就蒙，只剩下仰慕的份儿。某种程度上说，出国刷新了我们的观念和认知，其实也就是井底的青蛙跳到井腰，多看见了一线天而已，还是什么也没弄明白。

也许是路过圣何塞时中了招儿，回来后一段时间内，我竟然对神秘的硅谷念念不忘，以至于邻居的儿子作为后备力量被谷歌总部选中时，我竟情不自禁地欢喜了好多天，逢人便讲邻居儿子传奇的成长经历，我与梦幻中的神秘之地终于有了一丝真实的联系。

11 月的西海岸秋高气爽，温暖宜人。太平洋岸边的蝴蝶城温馨祥和。数千只精美的黑脉金蝶正逐渐飞到这里过冬。我竟无心观赏这不可多得的世间美景，思绪仍在硅谷空中盘旋。互联网刷新着一切，改变着一切，世界日新月异，瞬息万变。我们已经被呼啸而过的时代列车甩出了十万八千里，有人仍还为能否弄个“靠窗的位置”纠结。不免使人心生哀怜。

直到进入蒙特利尔市时，我才缓过神来。

我们的车子沿着 17 英里海岸线一路前行，临近圆石滩地区时，便放慢了速度。

17 英里海岸线是加州一号公路最精华段，是美国仅有的九条收费公路之一，每辆过境车收费 9.5 美元。右手边是蓝色的大海，左手边是自然生态的山林，这段路因集中体现了海岸线经典景观而著称于世。岸边和沙滩上多以黑褐色礁石为主，因海浪长年冲刷，礁石棱角分明、坚硬锋利。海岸边有许多松树及一些杂木，也呈褐色，经受过长年狂风大浪的洗礼，仍傲然屹立。

蓝色的大海里一簇簇银色的浪花带着巨大的轰鸣声撞击着黑色的礁石，一浪接着一浪。成群的海鸥鸣叫着，或在海岸上空低飞或站立在沙滩、礁石上，悠闲地梳理着自己的羽毛。

一块大礁石上迎风站立着一群海鸥，眼睛齐齐地注视着大海。突然，一排巨大的海浪由远而近拍打过来，狠狠地摔在礁石上，激起两丈多高的浪花。海鸥们临危不惧，直到浪花打来时才猛地腾空而起，迎着浪花飞去……

临近圆石滩时，路边的风景更加迷人，浪花也缓和许多，阳光温暖惬意，不时有松鼠甚至野鹿跳来跳去。我们索性顺着岸边的人行道上徒步前行，边观赏景色边拍照。

往左边山坡上望去，色彩斑斓的小树林里，一座座各具特色的私人别墅静卧其中。这就是传说中的富人豪宅区了。这些有钱人还真是有眼光，蓝蓝的海水、白色的沙滩、清新的空气，尤其是令人沉醉的加州阳光，无不给人以舒适的感觉。海水冲击着沙滩，形态各异的松柏在石崖上展示着优美的风姿。这些松柏树龄最长的已有近400年，尽管有些树因年代太久，风吹日晒有所断裂甚至倾斜，但棵棵都是枝叶茂盛，一尘不染，迎风挺立。最惹人注目的是立于悬崖峭壁之上的一棵柏树，其树形挺拔，树冠优美，孤独地傲然屹立于一座绝壁之上。260年来一直犹如忠于职守的瞭望哨兵，一丝不苟地注视着太平洋上的一举一动。这就是圆石滩乃至17英里海岸线上最经典的景观、遐迩闻名的孤独的柏树。

孤独的柏树显然已成为圆石滩的标志，看不到孤独的柏树就等于没有来过圆石滩。它更是圆石滩林克斯高尔夫球场的标志。球场的商品部里每天出售大量印有“孤独柏”的T恤衫，任由游客带往世界各地，以满足那些高尔夫爱好者的虚荣心。

环游球场时我们方知，球场也是一个小半岛，三面被17英里不规则的海岸线环绕，凸凹不平，悬崖沙滩。设计者在自然景观的基础上巧妙安排，在峭壁边缘布置球道，在浪花飞溅处修葺了起伏的果岭，可谓巧夺天工。无怪乎球员大呼有挑战性。

有没有挑战性我没资格说，但坐在绿绒地毯一样的草地上，看着碧蓝的海水，沐浴着温暖的阳光，呼吸着清新的空气，对我们这些黑蓝服装的大叔已经是一种奢侈了。我们没有兴趣欣赏景区内别墅的建筑风格和园林绿化，对这些过去几十年曾被我们百般鄙视的“资产阶级生活方式”，虽然目光“柔和”了许多，但总还是觉得离我们太远。

人们说17英里海岸线上，最漂亮的核心景区就数圆石滩高尔夫球场了，是17英里景区的一颗闪亮的明珠。我也深以为然。但我总觉得，在这些耀眼的珍宝级的景观里，最有资格称霸经典的，还是非“孤独的柏树”莫属。

圆石滩固然很美，但那是上苍的眷顾，是大自然的产物。而那棵茂盛的、坚挺的“孤独柏”，则是凭着自身顽强的生命创造力形成了经典美景。在寸草不生的峭壁上生存，它必须要把根系钻进细小的石缝里，艰难地往下深入、深入，直至扎进有土有水有营养的大地。孤独的柏树面对艰苦的自然环境，不怨天尤人，不自暴自弃，主动适应环境，忍受孤独，战胜先天不足，赢得生命的辉煌。那种顽强的、锲而不舍的坚韧或许才是高尔夫爱好者仰慕它的内在原因。

我喜欢圆石滩，但我更赞美孤独的柏树！

（2017 年 10 月）

行走在溱洧岸边（一）

溱与洧，方涣涣兮。士与女，方秉蕑兮。

大凡读过《诗经》的人，都对《郑风·溱洧》篇印象深刻：阳春三月，暖风拂面。溱水、洧水清澈见底。河岸上，一群群小伙儿、姑娘身上佩戴着兰草，手里拿着芍药，追逐嬉戏，愉悦欢畅。一幅东方伊甸园的画面跃然眼前。

在芸芸众生正饱受战乱和愚昧煎熬的西周，溱洧岸边的先人就以聪慧的头脑、率真的性格，大胆超越世俗，引领着社会的变革了。

每当我手捧《诗经》，总被溱水、洧水的神秘所迷恋，总被这方神奇的土地所震撼。

一

在“三月三日气象新”的日子里，应新密朋友王浩州先生之邀，我踏上了这片神奇的土地，行走在莺飞草长的溱洧岸边。

溱水、洧水是河南新密（旧属郑国）境内的两条河流，洧水全长 40 公里；溱水全长 28.5 公里，两条河水相距很近，在新密东部的具茨山麓又合在一起，称“双洎河”，经颍水汇入淮河。

溱洧岸边，绿荫覆盖，百花盛开。河床很宽，水流却很小，据说从未断流过。看着这不起眼的两条河，我不禁暗自纳闷，当初它们是怎样成就了郑国的繁荣，成为中国文化史上耀眼的坐标呢?

让人始料不及的是，绿荫掩映之中，一座座比邻而建的工厂争先恐后地进入眼帘：耐火材料厂、机械装备制造厂、白银加工厂……

我不由自主地惊叹道：“耐火材料厂好多啊！”

浩州看了我一眼，笑着说：“新密是全国四大耐材生产基地之一，也是当地重要支柱产业，全市规模以上耐材企业就有 305 家，从业人员 8 万多人呢。”

“305 家？这么巧，《诗经》就是 305 首呢。”我心里想。

浩州接着说：“仅耐材产业一项，全市每年 GDP 就 260 亿元。新密以 38.86 亿元的财政收入进入全国百强县，耐材企业功不可没啊。”

我惊呆了。

能主要依靠工业制造位列全国百强县，这在全省乃至北方许多省份都是不多见的。

我突然意识到，一定是这神奇的溱洧河水仍然在滋养着这里的后人。那种敢为人先的精神始终没有离开过这片土地。

我决定在溱洧河边住下来看看，细细感悟一下这里的种种神奇。

二

新密市来集镇。

树木葱茏，桃李争艳。洧水南岸一家玫瑰红色高大厂房异常引人注目。

王浩州指着厂门口的大牌子说：“这是郑州真金耐火材料厂。”

走进车间，整洁、清静。一条百米多长的隧道窑，像一条长龙匍匐在高大的车间内，尽头一个仪表操作间里却异常安静，仪表盘上的仪表不停地跳动着数字。一个女工穿着整洁的工作服，一边喝水，一边看着一份资料。一个班一个人，管控着一条隧道窑生产线，轻松自在。一排机器在不停地整理码放着各类产品。大批异型耐材产品经检验合格后，自动包装，发往全国各地。

看来王浩州对这家企业很熟。他径直带我来到办公楼一个会议室里，一位身材高大，头发稀疏，身穿工作服的长者埋头在会议桌上写着什么，周围堆着一堆报表和资料。

浩州悄悄告诉我说，这就是董事长宋金标。

感觉有人进来，宋金标头也没抬就说："请坐，等我一下，我看完这个报表。"

王浩州说："宋董事长已经七十一岁，从创办企业到现在，三十八年了，只要不出差，就在车间里查看产品质量，他把产品质量看得比生命还重要，有一点瑕疵都不能出厂。"

忙完手头的工作，宋金标抬起头说："我们去年从欧洲买来了一批检验设备，这下产品质量更有保证了。"宋董事长很少笑，给人一种严肃认真的感觉，但可以看出他很自信，也很得意。

正说着，一个仪态端庄稳重的女士走进会议室。一边进门，一边笑着打招呼："欢迎，欢迎王主任。"浩州笑着看了一眼进来的人，给我介绍说："她是总经理宋彩红，宋董事长的女儿，市政协常委，我在市政协工作时常与她联系。"

彩红刚坐下就说："不好意思，我周六周日到上海学习去了，今天上午刚下高铁，怠慢了啊！"显然，她与老总风格有所不同，一股现代女企业家的韵味隔着会议桌都能感受出来。

"每周都去吗？"我迫不及待地问。

“这一段时间都去，在上海一家行动教育公司听老师讲《经营策略》课程。现在的企业与过去大不一样，变化特别快，一天不学习，就会落后。”

我突然有点头晕：一家乡村民营企业积极引进欧洲检测设备，以保证产品质量；一个七十多岁的老企业家埋头查看生产流程资料；年轻的女企业家每周末都往返于千公里之外的上海学习新的管理知识。

这样的“企二代”让人期待，但这还是乡村民营企业吗？

三

事有凑巧，在洧水岸边休息时，路上一个干部模样穿戴，却满脸质朴与真诚的人引起了我的注意。借着问路我拦住他聊起来，原来他是来集镇分管工业的副书记杨建辉，刚从一家企业出来。

聊起新密工业的发展历程，杨副书记来了兴趣。他说新密市的民营企业兴起于二十世纪七十年代末八十年代初。那时，党的十一届三中全会刚刚闭幕，新密人就迫不及待地“饿狼寻食”般行动起来了。利用本地一些基础资源，开煤矿、办水泥厂、造纸厂，尤其是办耐火材料厂的最多。垒起简易的“倒焰窑”就能烧制耐火砖，宋金标就是其中之一。一家发财了，带动一个村。一个村致富了，带动一个乡。新密的民营耐火企业最多时有

2000 多家。

“真是这样，我的家乡超化镇，大小耐材企业就有 100 多家。”浩州接过话头说。

杨副书记拧开手里的矿泉水瓶盖喝了一口，接着介绍。后来随着企业整顿，一批条件简陋的小企业关停，大一点的企业升级改造。再后来，环保要求越来越严格，煤矿关了，造纸厂关了，水泥厂关了。一批小规模的耐材企业也关了。而一批有眼光、有实力的企业家紧跟国家步伐，加大投入力度，快速脱胎换骨，升级换代，很多已成为花园式工厂。仅国家级“绿色工厂”称号的耐材企业，全市已建立五家。

“新密，已从依靠资源发展，走入依靠技术发展的良性循环。”杨建辉得意地说。

可不是吗，原料从外地进，产品又销往省外和国外，新密人靠的就是超前的眼光、过硬的生产技术和精细的管理能力。

我听得津津有味，杨副书记讲得兴致勃勃。

告别杨建辉，沿着洧水河，我们走到河北岸的河南凯翔实业有限公司门前。一个穿着工装，戴着安全帽，年纪约四十岁的人站在厂门前。浩州介绍说：“他是董事长刘辉凯，他的孩子与我的孩子是一个班的同学，开家长会偶尔也见过。”

刘董事长笑眯眯的，说话也风趣得很：“今天真是巧了，正好这几天我在家。平时我大部分时间都在国外或省外跑呢。”

这个企业厂区倒不大，但厂房设计严谨合理，充分利用着每一寸土地。我感到很惊奇，听说不少地方的民营企业圈有大面积土地，看来并不是这样啊。

看我惊奇的样子，刘辉凯笑眯了眼睛：“我们的厂区的确不大，不足 10 亩地，但‘亩均效益’比较高。2020 年缴纳税款两千多万元，一亩地税收 200 万元呢，郑州市委徐书记都表扬我们了。”

“亩均效益？”这个说法让人振奋。大家如果都能在“亩均效益”方面下功夫，那才是功在当代，利在千秋啊。

我眯着眼睛看着眼前这个年轻人，不说话也不笑，半天没有移开视线。

一年中用大部分时间围着地球转，了解科技前沿状态，学习更新知识，布局企业未来。他们与溱洧河边的先人一样，这都是骨子里自带的聪慧啊。

四

振东公司和郑州瑞泰科技公司，绝对是新密市耐材企业中的大咖。仅振东公司一家，年产值就达 10 亿元；瑞泰斥资两千多万元从国外购进检验检测设备，成立了新产品研发中心。

现代化、信息化、智能化渐次成为新密企业发展主流。

梁新星、崔明奎、刘伟、刘官清等一批年轻的企业家，干脆摒弃多年的老作坊，重新建立新材料企业。一步就跨进了高科技领域，成了全国新型材料的领跑者，新材料制造业的领头羊，已初步显示了旺盛的生命力。

梁新星的陶瓷产品服务于“人工晶体”“航天航空”等高科技产业，崔明奎生产的汽车后视镜片已击败德国同类产品，成为市场宠儿。

新密人，是个谜。

然而更让我吃惊的是，在振东公司竟然见到了郑州大学著名教授叶方保，他可是全国耐材行业的顶尖人才啊！他退休之后，被侯振东董事长请到新密，来帮助新密的耐材企业引领航向。

王浩州往上推推眼镜片儿，神秘地小声告诉我说：“从全国各地聘请顶级专家坐镇企业指导，在新密可不是新鲜事。新密市的企业里，沉淀了一大批有真才实学的博士、教授等高级知识分子，仅院士工作站就有五家呢。”

“这才是深度的产教融合。”浩州自豪地补充说。

晚上躺在床上，辗转反侧，夜不能寐。

工业产品最主要的是材料、技术、加工工艺的问题。但极致产品的背后，必然是文化，是人，是故事，是一部绵绵的传奇。

那一年，白居易也曾来过这里，他很失落。

“落日驻行骑，沉吟怀古情。郑风变已尽，溱洧至今清。不见士与女，亦无芍药名。”

我却与白老先生所感不同。

这几天，我在溱洧岸边看到了众多的“士与女”，他们依然聪慧过人，埋头实干；依然不畏困难，敢为人先。只不过他们不再是追逐着互赠兰草和芍药，而是争相学习先进的科学技术，创造着惊人的经济奇迹。

我意识到，在溱洧岸边，一个经济发展史上耀眼的坐标已经形成。

（2020 年 11 月）

行走在溱洧岸边（二）

一

我从洛阳返回郑州时路过新密，电话联系王浩州，感觉他正忙得不可开交。“我在学院报告厅开会，你直接到报告厅吧，我下去接你。”浩州在电话里大声喊着。

郑州西南隅有座小城叫新密。新密市区有一条横穿城区的大路，叫溱水路。溱水路西段，雪花山下有一片红砖墙白窗框的建筑群，掩映在绿荫丛中。大片的樱花树正飘着粉红色的花瓣，铺满树下的小路。

这就是早有耳闻的花园式大学——郑州城市职业学院，朋友王浩州就在这里上班。

沿着樱花小路赶到学院报告厅时，只见旁边一个操场上停满了小轿车，少说也有300辆。

王浩州面带微笑地拉着我匆匆走进会场。

约400人的会场里已座无虚席，会议已经开始。新密市市长程洋和郑州城市职业学院党委书记兼校长徐洪波正健步走上主席台，共同揭开一块红绸布。金色的匾牌上“郑州城市职业学院——材料工程学院”几个大字闪着亮光。

我抬头看见台口挂的会标：热烈祝贺郑州城市职业学院材料工程学院成立！

哦，明白了。

浩州把嘴巴贴近我的耳朵小声说：“全场坐的都是新密的乡镇企业家，前排中间那位，是河南省耐材协会的靳亲国会长，旁边那位是郑州大学教授、高温材料研究所所长马成良，穿浅色西装那位，是郑州大学教授、现任振东科技总工程师叶方保……”

浩州停顿了一下，指着第二排一位花白头发人的背影说：“那就是材料工程学院第一任院长、郑州大学二级教授叶国田。”

我心头一震。市长、校长、会长、企业家、教授合力打造一个“新工科”，定位培养人才……这不正是产教融合，校企合作、校地合作、学校和行业合作的典范吗？

正思忖着，企业家代表争着拥上主席台发言，愿捐赠善款，愿提供实训基地……

那个花白头发的人侧过身来与一位企业家点头打招呼时，我看到了他的脸，似曾相识的感觉涌上心头。

二

后来王浩州告诉我，上午散会后，下午就有不少人给学校专用账户打来办学基金，带头的是新密市“耐材业三老”魏国钊、宋金标、侯振东。

其实新密市耐材企业要求办学这件事，我前段已听到过不少议论。

新密市是全国四大耐材基地之一。全市现有规模以上耐材企业 305 家，从业人员 8 万余人，是新密市 GDP 占比最大的一个产业，关乎着新密市 80 万人的幸福生活和未来。

然而，随着现代化、智能化企业的来临，大批环保不合格企业和劳动力密集型企业或转型升级，或关门大吉。

一批批机器人、新型检测仪器从欧洲进来。企业转型升级了，生产现代化了，一个致命的危机也随之凸显出来——谁来操作这些现代化设备？

上次在东方集团走访时，董事长魏国钊无奈的话语犹在耳边：“供应方把机器人安装调试好回去了，操作中经常会遇到一些小问题，总不能有点儿小事就请人家跑一趟吧？”

临离开时，魏董事长语重心长地感慨：“今后重活、苦活、出力活没人干了，都要交给机器人了。培养自己的技术人员管理机器人，进行产品检测和售后服务，迫在眉睫啊！”

于海东也是让我不能忘怀的企业家。

那天下午，天气格外地好。晚霞挂在米村镇的上空，郑州科信炉料公司的厂房在晚霞映照下闪着亮光。董事长于海东陪着我们从车间出来，兴致勃勃地说着他的不定型耐材的革新方案，并指着副总贾石磊和总工徐彦召说，没有他们几个大学生出身的助手帮忙，科信炉料就没有今天的成就。

据说，这是家聚集高学历员工比较多的企业。

也许是天慢慢暗下来的缘故，也许是于总突然心有感慨，他压低声音说：“其实，培养和留住有学历的实用型人才，一直都是耐材企业心里的痛。”

于总站在车间门外，慢慢地摘下安全帽拿在手里，说：“那是 2013 年吧，市政府根据企业的呼吁，决定由政府组织，企业出资，选派 50 名高中毕业生送到武汉科技大学深造。”

他看了我们一眼，继续说：“四年过去了，学成回来的 50 名学生，愿意留在企业的不到一半，半年以后再看，继续留在企业的不足 10 个人，眼下还在企业工作的据说也就几个人了，我们企业还有两个。”

“学生和企业不是事先签订了协议书吗？”我问。

“也许他们的志向更远大，也许他们所学非所用，其实咱最缺的是有耐材情结，上手能力强的技术蓝领。”于总头也不抬地说。

我大概走访过新密 29 家耐材企业，给我讲过这个故事的少说也有 26 家吧。我每听一遍都会提同一个问题，不是想知道结果，是告诉他我在听，也是想安慰讲故事的人吧。

这或许是一个伤心的话题，却牢牢地刻在新密市民营耐材企业家的心上。

其实，这何尝不是新密市政府的痛？

有一次我在河南烨达公司走访时，正巧碰到新密市科工信局副局长钱芙红。据说她曾长期在市工商联工作。接过董事长吕凤明关于实用型技术技能人才短缺的话题，她说每年开“两会”，代表、委员提议最多的，就是要求政府帮企业解决这个难题。

“不逼到一定程度，市政府也不会出面组织往武汉科技大学送学生。”钱副局长一脸沉闷。

“新一届书记市长狠抓这项工作的落地，程洋市长亲自带队到郑州城市学院调研协商，多次签发专题文件，支持开办材料工程学院。”

“也多亏郑州城市职业学院来了高水平的徐书记，是他把‘天时、地利、人和’诸多有利因素神奇地聚拢到了一块儿，终于把新密人多年的心愿实现了。”钱副局长感慨起来。

三

再次见到叶国田，已经是半个月以后的事了。

因为心里牵挂着那个似曾相识的面孔，更牵挂着企业家倾心办大学的事，趁着周五，我又来到了新密。

本想给浩州他们一个突然袭击，谁知却扑了个空。王浩州电话告诉我，他正陪着叶教授在企业调研，晚饭前才能回来。“要不你也来企业一块儿听听？”浩州不好意思地试着问我。

我沉默了一会儿，回复说：“这倒是个好办法。”

他们今天去的企业是安耐克，我早听王浩州说过，这是一家新密最具科技含量的企业。这个企业在曲梁镇溱水岸边。前几天，去新郑观看“黄帝祭祖大典”时，我曾悄悄顺路去寻找溱洧交流处。在溱水桥头，看到过这家企业。

我赶到安耐克时，他们的座谈还没有结束。

那个花白头发的人出现在我眼前。

哦，我想起来了，还真是他。那次与郑州大学邬建教授一起小聚时见过的叶教授。给人的印象是真诚，做事特别用心。酒量虽不大，但搞科研却很内行。他那个什么CAC，据说还是个尖端项目呢！

看来他也想起了我，知道我的来意后，激动地握住我的手说：“我是一个很看重自己名声的人，不玩虚的。所以想当面听听企业到底缺什么样的人，我们照单设置课程，定位培养。千万不能因自己的疏忽把学校办砸了。”

我突然对他肃然起敬，有这样严谨的办学态度，还怕办不好学校吗？

安耐克董事长李富潮是个极富感染力和人情味的企业家。他告诉我："企业留不住人，有时也不能只怪学生。大学毕业了，要么留在大城市，要么回到自己的家乡，人之常情。无缘无故谁愿意背井离乡到一个偏远的乡村企业工作？"

他点燃一支香烟，狠狠地猛吸了一口，继续说："如果学校能招收一些本地相对贫困家庭的高中生，企业资助他上完三年课程，回到家乡的企业工作，这样不仅他本人安心，还能帮助他的家庭脱贫致富，也符合中央精神。"

我看了一眼频频点头的叶教授，心里也豁然开朗起来。

回到新密市内，已经是晚上八点多了，我与叶教授决定步行去宾馆。让乍暖还寒的春风，吹吹因激动而发烫的脸庞。

青屏大街上，华灯闪烁。两个背着装着电脑的双肩包里的年轻人，兴致勃勃地行走在路灯下，憧憬着一个"新工科"的问世。

四

我回郑州时，路过曲梁镇，鬼使神差地来到交流寨村。

交流寨村坐落在一座高高的土丘上面，四面耸立着古老的寨墙。从远处看，有点像欧洲的城堡。

清澈的溱水穿过浓密的灌木丛，环绕着寨墙流过，像一条长长的时光隧道，记录着新密人三千年的辉煌与梦想。

我坐在寨墙上面，两只脚搭在黑色的土墙壁上。面向东南方向，正好看到溱水与洧水汇合后，变成双洎河，继续向前流去，经颍河汇入淮河。

我又想起了郑州城市职业学院的材料工程学院。

据叶教授说，全国大学里有材料工程专业的不少，但大都是以培养研究型人才为主。培养工匠型技术技能人才的，可能目前仅郑州城市职业学院一家。

听说叶教授牵头办了一所材料工程学院，专门为耐材企业培养实用型技术人才，国内不少大型耐材企业纷纷给他打来电话："给我们留几个毕业生哦，别忘了我们。""给我们举办一期培训班吧！"

我突然意识到，这所学校或将成为一个历史的风口，带动起地方经济和一个产业的腾飞。

（2021 年 5 月）

行走在溱洧岸边（三）

大樊庄是郑州郊县新密市曲梁镇下辖的一个村庄，也是我朋友樊二民的老家。

二民虽是新密市总工会的副主席，实际至今仍是个码字的文化人。他知道我也爱写几篇小文章，多次邀请我说：“你不是想了解溱洧文化吗？去我老家看看吧，保你不虚此行。”

我一直认为溱水洧水在新郑市境内，因为很多年前我曾在新郑朋友的带领下，看到他们的一条河道里，摆放着几十块石头，石头上刻着《诗经・郑风》里的诗句。我不置可否地对二民淡然一笑，心想，一个新密的村庄，怎么会与溱洧文化扯上关系？

一

今年头伏第一天，周日。天热得像蒸笼。

我来新密市曲梁镇郑州安耐克公司调研。午饭后正准备回郑州，突然看到不远处一座大桥很醒目，上写“溱水桥”，一下勾起我对溱水洧水的兴趣。

立刻拿出手机给樊二民打电话：“我来曲梁了，你在老家吗？”

二民真是够朋友。半个小时后，他驾着一辆车急急忙忙地从新密城赶到了曲梁。看着满头大汗的二民，我的心开始融化了。

毕竟是土生土长的曲梁人，在曲曲折折的乡间小路上，也能飞快地行车。

二民一边开车一边给我说：“洧水发源于登封与新密交界处的大冶乡，经新密的平陌、超化一直流到大樊庄。一百六十多里呢；而溱水发源于新密白寨乡，流到我们村，五十多里，与洧水合流后进入新郑，改名双洎河。”

他从倒车镜中看到我一脸愠色。我心想：“你怎么不早说！气死我了！”

要知道两河交流处在你老家，我何至于等到现在才来？

过了大樊庄桥，二民的车便下了路，行约两公里，在一处近乎干涸的河边停下。二民领着我从河的一侧下到低洼处。他指着一片长满野草、斜坡形排列、近似镂空的一块块平卧的石头说：“这就是溱水的河床，水小的时候，就露出了河底。这些坑坑洼洼、斑驳陆离的大石块，是被大水常年冲刷形成的。”

我当然信，俗话说“水滴石穿”，何况是历经几千年大水的冲击呢。

二民是个性情中人，五十多岁了，说起话来仍然很动感情："我小时候，溱水河的水还很大，从上游流下来，冲得石头哗哗响。那时候，这个位置还有一台水磨，村里人都来这里磨面。"二民用脚踩踩岸边一个地方。

"奶奶经常带着我来河边洗衣服。这块儿石头，就是我奶奶的捶布石。"二民指着河边的一块大石头说。

天热得像着了火一样，河边上的芦苇也卷了叶。

我的汗，顺着脊背往下淌，有一种小虫爬行的感觉，可心里却异常安静，想象着溱水河当年的模样。阳春三月，河边百花盛开，青年男女来到河边采花嬉戏。

正思忖着，耳边突然有声音响起：

"溱与洧，方涣涣兮；士与女，方秉蕑兮……"抑扬顿挫，有板有眼儿。

惊得我打了个寒战，忙偷偷地掐了掐自己的胳膊，心想，莫不是穿越了？不由自主地擦掉额头的汗珠，四处寻找声音来源。

在河边的大柳树下，原来是两个戴眼镜的学生娃儿假期旅游，突发感慨，背诵起《诗经·溱洧》篇。

其实，三千年了，耳濡目染，这里的石头一定都成了精，有着灵性。每一块儿都会清晰地印记着这些歌谣和溱水岸边的故事。如果你有特异功能，或有一天科技发达了，取一小块石头放在显微音箱里复制、提取，准能听到历史的声音。

从河底上来，途中遇一石碑，上刻“响水潭”。我想起来了，这就是著名的新密八景之一的响水潭。不禁愕然。

二

从涓涓细流的溱水河底部爬上来，二民领着我步行约500米，来到一堵爬满荆棘的土城墙脚下。土墙约6米高，土质坚硬。岁月的洗礼已经使土墙顶部变为黑褐色，墙里面是一米多高的玉米地。

二民指着土墙边上一块石碑说：“你看，这是什么字？”

我一抬头，竟吓了一跳。碑上“郐国古城”几个字映入眼帘。城呈长方形，东西墙长约330米，南北墙长约440米。除西墙据说被溱水冲垮一半外，其余城墙保存完好。

我印象中，《诗经·郑风》中有描写，郑国东迁，不仅是看中溱洧地区的经济富庶，也看到了郐国政治黑暗，民不聊生，一触即溃。《诗经·桧风》就是在这样的背景下产生的，表达的就是郐国即将灭亡时的乱世哀音。与《郑风》的明丽欢畅形成鲜明对比，《桧风》四篇，多是哀怨叹息。

东周初年郐国被郑武公所灭。

汽车在大樊庄的果园边缘行驶，不远处是白墙瓦黛的村民居所。二民一边不时停下来隔着车窗与在果园里劳作的乡亲们打招呼，一边给我介绍说：“这一块儿是我弟弟家的果园，那是我三叔的菜地。”

越过一道深深的河沟，车子爬上一个45度的大坡。一个欧洲城堡似的小村庄出现在眼前。“城堡”四周被高高的土城墙围着，城墙外围一圈儿都是水。二民告诉我说：“这就是交流寨村，属大樊庄大队。溱洧两河在此汇流，一河之隔就是新郑市。”

二民说得轻巧，我听得却沉甸甸的，每一个字都像一块石头，压得我喘不过气来。

这里优越的地理环境，被当时的郑国看中，灭掉郐国后，在这里正式建国，史称“新郑”。100年后，郑文公即位，将郑国国都从这里迁到了今天新郑市的郑韩故城。

三千年前的溱水、洧水，曾繁荣了郑国地区的经济，诞生了《诗经》中的二十多首诗歌，成为中国文化史上耀眼的坐标！这是中原人民的生命之水，智慧之源。

站在城墙边缘，遥望四周，交流寨村就像一座岛屿，被水包围着。溱水像即将出嫁的姑娘，围着家乡恋恋不舍地转一圈，久久不忍离去。等在一旁的洧水像急不可耐的新郎官，瞅准机会把溱水一把托起，揽入怀中，毅然决然地掉头向东，一去不再回头。

我看着兴致勃勃的二民，用赞扬的口吻说：“大樊庄真是文化宝地啊！你早给我说这里有汇流处，我不早来了。”二民不回话，一副很得意的样子，开着车只顾往前走。我知道，二民最近在老家盖了三间大瓦房，一个别墅式的院落，一定是想带我回去看看，显摆一下。

谁知他竟然带我往村外走去。

三

交流寨村往西北约一千米处，有一座大冢出现在眼前，像一个小山包一样。冢前一块硕大的石碑特别抢眼。远远地就能看清上面的字“郑庄公讳寤生之陵”。

我不禁大吃一惊，这难道真是郑庄公的陵墓？

二民说：“真的是郑庄公的陵墓。郑庄公掘地见母处也在这不远的地方，过去听老年人说，我们村有人挖红薯窖，还挖到过一条长长的地下通道呢。”二民说得活灵活现。

我当然不信这些，但对郑庄公的故事我还是有兴趣的。

记得上大学时经常怀揣一本《古文观止》，走到哪儿背到哪儿。第一篇就是《郑伯克段于鄢》：“初，郑武公娶于申，曰武姜。生庄公及共叔段。庄公寤生，惊姜氏，故名曰寤生，遂恶之。”

记得当时有同学说此文描写了郑庄公的仁慈和忍让，有人看法却相反，认为描写的是他阴险狡诈、诡计多端，是他故意“养成其恶”。

对于郑庄公的是与非、功与过我们无权也无资格评头论足。一个时代有一个时代的局限性，每个人也都有着自己的看法和感悟。

但此文是春秋开篇的第一则故事，除了说明多行不义必自毙，还讲述了兄弟的悌，以及后面颍考叔劝君、庄公掘地见母，表现出的孝及君臣之义，是古代孝悌中的经典。

从中也让我们了解到，这种传记写法是《左传》的一种总体行文特点，即不写一个褒字，也不写一个贬字，而褒贬自在其中。这也是后代所说的“春秋笔法”。

站在郑庄公陵前，我肃然起敬，任凭汗水流淌。

转过身来，隔着大片的玉米地和果园，我环顾着大樊庄小楼林立的村庄轮廓和洧水河，心灵此时无比空旷。三千多年来，溱洧两条河流从未干涸。精心养育着两岸的人民，繁荣着中原经济。这里的每一寸土地，每一条河流都镌刻着历史的印痕，闪耀着当地居民智慧的光。

大樊庄这块土地就像一个大戏台，轮番上演着一场场大戏。任凭斗转星移，时空变换，人物更迭，舞台场景始终如一。它时刻注视着人世间发生的一切，也默默接纳着、包容着这一切。正义与邪恶，天道、人道、世道，无一遗漏地被它看在眼里，记在心里，就像溱水河底的那些大石块，注定都有着清晰的印记。也许它也在使用着“春秋笔法”，不褒不贬。其实人在做，天在看，谁人能逃出历史的评判？

（2021 年 6 月）

行走在溱洧岸边（四）

省直机关一位新密藉的领导同志知道我对溱洧文化有些兴趣，专门给我发来一个视频，介绍新密“超化吹歌”的演奏盛况，看了让人颇为惊叹。一个乡镇或者说民间，竟然还保留着这样一种古老的演奏方式和能力，据说还是国家第二批获准的非物质文化遗产，这不能不让我兴奋。

九月下旬的一天，我借去新密市企业调研的机会，联系朋友王浩州，请他陪我去一趟超化。因为我知道他是超化人，而且与“超化吹歌”的负责人很熟，他小女儿正跟着那儿的老师学古琴。

超化还真是一个大乡镇，街道纵横，楼房林立，商场内外熙熙攘攘，汽车分双向三排停在马路两旁。如果说它是一个县城，肯定不会有人反对。宽阔的洧水穿镇而过，超化寺高高雄踞于山头之上，护佑着这座千年古镇。

浩州对这里真的很熟。

从一家摩肩接踵的“超化炒凉粉”小吃店穿堂而过，我跟着他走进一栋居民楼后院步梯口。上至三楼，一位老师模样的人笑眯眯地出来开门。浩州给我介绍说：“这位就是负责‘超化吹歌’工作的钱万仓老师，我女儿的古琴老师。”

钱老师五十多岁，个头不高，鹤发童颜，温文尔雅，满面笑容。室内墙壁四周悬挂着他自己的书画作品，室内摆放着一圈儿古琴。窗外是一条河，不用问，那一定是洧水。

钱老师一边沏茶，一边说：“溱水洧水孕育了这块土地，也孕育了‘超化吹歌’。”

钱老师是教师出身，琴棋书画颇为精通，尤其是在古琴和笛子方面，堪称专家。新密市教育局派他任超化镇社区学校负责人，同时负责超化吹歌古乐团的开发与监管工作。

钱老师说，“吹歌”这种演奏形式源于古老的鼓吹乐，是一种吹奏乐和打击乐相组合的宫廷音乐，大约起于商周时期。

钱老师笑笑，接着说：“好像溱洧岸边的百姓，天生就有音乐天赋，《诗经・郑风》里的许多首诗歌就是以歌唱的形式表达情感的。吹歌从宫廷传到超化寺，再由僧人传到民间，很自然地被当地百姓接纳传承。就像一颗随风飘浮的种子，在这里才找到了适合它生长的肥沃土壤。

“中华人民共和国成立初期，新密有三个乡还保留着‘吹歌社’呢。‘文化大革命’时中断了，乐器也散失了，从此以后再没人听到过管子的旋律。”

正说着，一位五十多岁，精神抖擞的男子推门而进，笑语朗朗，底气十足。

钱老师笑着给我们介绍："这位就是超化吹歌古乐团的团长王国卿，他是超化吹歌国家级代表性传承人。'文化大革命'时，是他的岳父麻老先生把吹歌的主要乐器'管子'，藏在家里高粱秆扎的顶棚上，才躲过了'破四旧'的损坏，侥幸把管子保存下来。"

"不然，吹歌早就失传了。"钱老师说。

王国卿戴一副白边眼镜，偏分头，一副文化人模样，给人一种开朗大气的感觉。听说我们是奔着"吹歌"来的，便微笑着坐下来说："管子是纯黄铜精铸而成的，比笛子短约三分之一，苇哨发音。如果没有那个留下来的样品，人们无法知道管子长什么样儿。"

"北京的专家称它为'古代中国民族乐器活化石'呢。"钱老师补充说。

我虽然不懂音乐，但国家能够认定为"非遗"项目，一定有着它的历史价值。我所好奇的是，溱洧河水，究竟有什么不可知的神力，竟能聚集如此仙气。

从钱老师工作室出来，右手边有一个稍大一点的空间，摆满了锣鼓家伙和乐谱架，墙上挂满了笙、箫等各种乐器。像是一个能容纳约 20 人的小型排练场地。

看我好奇，钱老师说："这是古乐团的排练场地，农闲时，大家可以聚在一起，演奏一曲。”

“什么？农闲时？”我一脸迷茫。

王国卿笑了：“哈哈，袁老师有所不知，除了钱老师是公家人，我们都是超化村的农民。平时大家都摆弄庄稼、养猪放羊，有的还开小商店、小吃店，忙得很。但只要乐团有活动，大家就会放下手中的活儿，随时集中到这里来。拿起乐器就能演奏，演奏完了回去接着种地，就像抗战时期的武工队一样。”

这让我更为吃惊。扛起锄头能种田，放下农活儿能演奏，真是神了！

为了让我一睹演奏实景，王国卿临时喊来十几个人，拿上几件核心乐器，下楼来到洧水岸边。

这下我才知道，吹奏乐器沿用的是古代鼓吹乐的四大件编制：管、笙、笛、箫。打击乐有云锣、鼓、铙等。祖传演出服装为礼帽、长马褂，属于典型的文人士大夫装扮。

今年的河水百年不遇，让人见识了洧水浩浩荡荡的气势。也许是听惯了岸上的乐曲声，一群鸭子拍打着翅膀，“嘎嘎”地叫着从河里爬上岸来。

古曲《传令》《清河令》、新曲《洧水小磨坊》《郑风·溱洧》等，曲曲都让人凝神静气，侧耳倾听。尤其是管子和箫穿透力特强，优雅的乐声在洧水上空回荡。

这些曲子，古朴典雅，豪放端庄，保留着宫廷音乐的原汁原味。据说村民们还一直保持着雅乐的风范，“吹歌”只用于祭祀和过年、过节庆典，不参加任何形式的商业演出。这种骨子里的雅致、朴实，潜移默化于溱洧儿女的血脉里。

钱老师在演奏中吹笛子，有时也吹箫，永远是一副笑眯眯的模样。而王国卿则坐在乐队 C 位吹管子，身旁是他的徒弟小娟女士。两支管声此起彼伏，交相辉映，悠扬空灵。

俗话说，“年箫、月笛、当下笙，十年的管子不中听”，可见，要想吹出动听的管声，不下几年硬功夫，还真拿不出手。

演奏完毕，王国卿走到我身边，悄悄告诉我，现在用的这些管子，都是后来仿造的，音质还有差距。他家那支 300 多年前的管子，其音质优美，清脆洪亮，在同类乐器中实属罕见。

“再慢慢改进吧”，王国卿笑着晃一晃手中浸润着自己热烈气息的管子，低声而真诚地说。

也许管声就是集合号，一会儿工夫，岸边围了一群人。钱老师说：“你别看这些男女老少都是农民，他们里面大部分都有一定的吹奏功底呢。”超化村的张家、宋家、麻家、郑家、钱家、孙家……很多家族都出过吹歌传人，几乎家家户户都有人会吹奏。大家至今仍沿用“宫、商、角、徵、羽”古代音名，实行工尺谱记谱，没有文字记录，以师徒相传、代代相传、口耳相传的方式传承至今。如果演奏时临时缺人，拉一个过来，就能救场。

我走到爽朗大气的王国卿身边，目光注视着他，也注视着他身边这些农民。他们不要报酬，没有编制，多年如一日地坚守在社会最底层，自觉传承着祖国的优秀文化，一代又一代，生生不息。哪一个文艺团体和名家能与他们相比呢？

传说音乐直通神灵。

也许正是有着神灵的眷顾，三千年的溱洧文化才始终一脉相承，从无中断，如三千年溱水洧水川流不息，孕育着人类文明。

（2021 年 9 月）

虎牢关怀古

大凡有点历史常识的人，对虎牢关这个地名都不陌生，但到此游览的人却不多。也许中原大地的每一寸土地都积淀着深沉的故事，像我这样与虎牢关相距不过五十公里的郑州人，多年来竟然也对此地熟视无睹。

说来也巧，我中学同学李志刚的爱人娘家就是虎牢关所在地荥阳市汜水镇人。前几天和李志刚在一起喝酒时说起这事，他盛情邀请说："过几天接你去虎牢关看看。"

五一那天早上，志刚打来电话说："车已到你家楼下，请速下楼，我在汜水等你。"

没想到喝酒时的一句玩笑话，他竟然当真了。

虎牢关距郑州很近，在沿黄快速路向西行驶四十分钟后，那块写有"虎牢关"三个大字的路标便出现在眼前。

中国地势东低西高。从大平原进入绵延起伏的西部山区，荥阳境内的山是第一道屏障，东方第一关——虎牢关，迎面而立。

北临滔滔黄河，南依嵩岳，虎牢关就在黄河岸边一座山崖之间，山岭交错，自成天险。古时要想攻入“中原中心”洛阳，夺取天下，这是唯一的通道，否则只能绕远道翻越嵩山少林寺附近的十八盘。

于是，这个西周时周穆王圈养老虎的地方，便成了兵家必争之地。打打杀杀两千余年，无数著名战役在此地发生。

志刚岳父家早已从虎牢关村搬到汜水镇上居住。已经在路口等候的志刚带着我们绕过卧龙山，来到镇上他媳妇家。他岳父忙从院里迎出来，一面大笑着，一面拉着我们进了家门。

志刚岳父姓梁，退休前在镇政府炊事班工作，微胖身材，中等个头，热情好客。毕竟是在镇政府炊事班干过，梁师傅三下五除二便弄了几个菜，重点推出卤肉和烧饼，每人一碗丸子汤。梁师傅说：“这几样都是我们汜水的著名地方小吃啊，郑州都给注册了，哈哈。”

二两“虎牢关老酒”下肚，浑身热乎乎的，我再也坐不住了，说：“梁师傅，走，咱去虎牢关看看吧？”

梁师傅正沉浸在他的特色小吃里，想好好与我多喝几杯。他哪里知道，我是醉翁之意不在酒啊！

梁师傅带着我和志刚绕过几个小山坡，来到一个宽阔的路口，一块高大、厚重的青石碑立在眼前，上面三个大字赫然入目：“虎牢关”。石碑边缘小字刻着清雍正年间立。

他抬手指着前面高高的山顶说：“你往两山之间看。”

顺着梁师傅的手指的方向看去，两座高山之间，是一片开阔地，黑洞洞的，看不到里面。

“那就是虎牢关关口。”梁师傅说。

由于年代久远不再有人从此路过，草木繁盛，早已看不出路的模样。黑压压的，辨不清哪是山、哪是路。远远看去，像一个张大了的老虎口。我久久注视着这个两千多年来无数英雄豪杰出入的关口，脑袋突然“嗡”的一下，酒劲儿直往上蹿……

瞬间狂风大作，乌云密布，四周漆黑。战鼓轰鸣中，杀声四起，由远而近。

但见密林深处驰出一队人马。为首者乌骓银甲，策马舞枪，纵横冲杀，人海中闯出一条血路。勒马回头张望时，乌骓两只前蹄腾空而起，嘶鸣着奔东方悻悻而去。

人马过后，尘土飞扬，仍能听见“力拔山兮气盖世，时不利兮骓不逝……”的千古绝唱。刘邦华盖罩顶，驾车而至。“望其气，皆为龙虎，成五彩，此天子气也。”一场成皋之战，决定了楚亡汉兴。

梁师傅拍着我的胳膊叫着：“老弟，老弟。”

一阵风从关口吹来，遂云开雾散，像剧场里的大幕被缓缓拉开。太阳光从树缝中间照射下来，如舞台上一道道追光，虎牢关一下清晰起来。

李世民手里提着宝剑，骑着心爱的“拳毛䯄”宝马从虎牢关走出来，后面跟着秦叔宝、尉迟恭等人，押着窦建德……

在决定天下归属的虎牢关之战中，李世民将智谋、勇猛、耐心、果断等各种帅才发挥到了极致，仅用3500名玄甲精兵，大破窦建德十万余众，大唐王朝随之建立。

正看得热闹，耳边又响起“老弟，老弟”的喊声。

我回过神来，顺着战鼓轰鸣、杀声震天的声音寻去，原来是景区改造，民房拆迁，推土机声和切割机的尖叫声。

我看了一眼偷笑的志刚，又瞥了一眼梁师傅，心里想：“老弟？乱辈儿了吧？”

跟着梁师傅沿着成皋古城墙的残垣断壁，来到黄河岸边的“吕布点将台”。

站在点将台上往下看，是漫无边际的黄河水。山脚被滚滚的河水日夜冲刷着。河面逐年加宽，山体渐渐收缩，山头上几棵酸枣树在风中摇曳，好像是大河对面的消息树，随时播报着河水的安危。

梁师傅说：那一年，董卓坐镇洛阳，大权独揽。袁绍、曹操联合十八路诸侯前来讨伐。大将华雄耀武扬威、不可一世，主动请缨，代替吕布担任先锋。来到阵前，连杀三位大将后，再也无人敢上前应战。

曹操用鼓励的眼光看着关羽，并热了一碗酒为他壮行。袁绍认为关羽不过是一个马弓手，根本不是华雄的对手。关羽满脸通红，并未接酒，抬起丹凤眼望了一下曹操，说声："等着。"遂手提青龙偃月刀，在众人注视下走出了营门。不一会儿工夫，提着华雄人头来到曹操面前，碗中的酒还热乎着。从此，"温酒斩华雄"使关羽一举成名。

"鼓励出英雄，欣赏出英雄啊！没有曹操的信任，哪有关公的后来。"梁师傅大声讲着故事，显得很激动。

梁师傅像说书人一样，口若悬河，滔滔不绝："几天后，吕布率五万大军从洛阳赶来。面对十八路诸侯，英气逼人。手持画戟，胯下赤兔，闪电般冲出阵地，多名大将纷纷落马。

"那时，刘备、关羽、张飞尚未建功立业，只有关羽刚建有斩杀华雄的业绩。但兄弟三人不惧生死，奋勇出战。结果一战成名，'三英战吕布'誉满天下，为三国鼎立奠定了坚实根基。"

梁师傅说："团队成就事业，团结出英雄啊。"

我发呆似的望着梁师傅，久久没有说话。

落日像一个橘红色的大圆镜，挂在黄河远处的水面。一眼没看住，便悄悄没入水中，只剩下一片彩霞继续坚守在天边，提醒着太阳落水的位置。

初夏的风从黄河河床上吹来，带着黄河水特有的沙土气息，我头脑立刻清醒了许多。

梁师傅说的是啊。虎牢关果真是个神奇之地！

成皋之战，刘邦登上了大汉皇帝之位；虎牢之战，李家建立了大唐王朝。

汉朝和唐朝两个中国历史上最强盛王朝的建立，都曾得益于虎牢关神助。

名不见经传的刘备、关羽、张飞三兄弟也在此一举成名，为实现天下三分奠定了基础。

这是龙兴之地啊。

脚下的黄河水昼夜奔腾，无休止地冲刷着“成皋城”旧址和“鸿沟”的废墟，就像岁月无情地冲刷着历史的痕迹。

黄河远处的彩霞，真能记得准落日的位置吗？

高速铁路、高速公路像两条巨龙，呼啸着从虎牢关旁飞驰而过，三十分钟到洛阳，九十分钟到西安。有“两京襟带，三秦咽喉”之称的虎牢关，自然也早已风光不再。然而，历史总会以它独特的方式留存人间。

虎牢关就像一个浓缩的中国历史的活标本，与历史教科书一起，被历史教师珍藏在书架上，时时警醒着后人。

（2019 年 5 月）